KB219837

윤동주의 시

임수영 지음

윤동주의 시

아홉 개의

창으로 본 세계

서문

윤동주의 시는 그가 살았던 시대를 초월하여 오늘날까지도 깊은 울림을 줍니다. 그의 작품은 한 시인의 내면 고백을 넘어서, 시대의 고통과 인간 존재에 대한 본질적 질문을 드러냅니다.

이 책은 윤동주의 시 세계를 다각도로 탐구하여, 그의 작품 속에 담긴 다층적 의미를 풀어내고자 했습니다. 제1부 '역사와 공간'에서는 윤동주의 시가 탄생한 시대적 배경과 공간적 맥락을 조명하며, '외딴우물 속 자화상', '아동의 시적 형상화 방식', '디아스포라와 공간을 통해 드러난 저항의지', 그리고 '재만조선인 학생으로서의 경험과 시의식의 관계'를 다루었습니다. 제2부 '자연과 감각적 매개'에서는 자연과 감각적 매개를 통해 인간과 세계를 탐구한 그의 시를 분석하였습니다. 여기에는 '민속적 상징', '물과 바람의 상징', '눈과 매개된 인식', '청각적 종교 인식'을 중심으로 한 해석이 포함됩니다.

윤동주의 시는 공간적 특성, 자연과의 교감, 기독교적 사유, 감각적 매개 등을 통해 인간 존재에 대한 심오한 질문을 던집니다. 그의 작품은 시대적 맥락을 넘어선 공감과 통찰을 제공하며, 내면적 성찰과 외적 항전의 경계를 넘나드는 독창적인 시 세계를 펼쳐 보입니다. 이 책은 이러한 윤동주의 시를 새로운 시각에서 분석함으로써, 그의 문학적 깊이와 인간적 성찰을 더 가까이 느낄 수 있는 아홉 갈래의 여정을 제시합니다.

오랜 시간 윤동주를 연구하며 고민해온 주제들을 이 책에 담아내며 그의 시가 지닌 다층적 의미를 심도 깊게 분석하고자 했습니다. 윤동주의 시를 탐구하는 여정 가운데 그의 작품에 내재된 새로운 의미들이 발견되기를 기대합니다. 아울러 그의 시가 전하는 반성과 희망, 인간의 본질에 대한 깊은 성찰의 가치가 이 책을 통해 다시금 조명될 수 있기를 바랍니다.

수많은 책을 읽으며 지혜의 지평을 넓혀갈 총명한 당신의 앞날에 이 책을 바칩니다.

2024년 월곡에서

저자 임수영

목차

2부

자연과 감각적 매개

1부

역사와 공간

'외딴우물' 속 자화상

1. 100여 년의 스케치

윤동주가 탄생한 지 100여 년이 지났다. 그는 오랜 시간 우리 국민들이 가장 사랑하는 시인 중 한 명으로 자리매김하였으며, 여전히 베스트셀러 시인으로서 그 위상을 떨치고 있다. 1917년생인 윤동주를 '동시대 시인'이라 칭하는 것이 어색하지 않은 이유는 그의 시가 작금의 독자들에게 현재적 의미로 감상되고 해석되고 있기 때문이다. 윤동주의 시는 과거의 시 혹은 과거사를 이해하고 학습하는 자료로 한정되지 않는다. 현재를 살아가는 독자들의 삶과 맞닿아 자신을 되돌아보게 하며 깊은 울림을 주는 그의 시는 오늘을 살아내는 동시대의 시이다.

이 같은 윤동주 시의 생명력을 대표하는 작품 중 하나로 「자화상」을 꼽을 수 있다. 상호텍스트성 이론에 입각해 「자화상」 해석의 새로운 가능성을 모색해본 연구들을 출발점으로 삼아 이 글에서는 그간 필자가 타진해온 「자화상」 해석의 여러 가능성들을 종합, 확장해 보기로 하겠다.

2. "외딴우물"이라는 제의적 공간

사진판 자필시고전집이 발행된 이후 시인이 퇴고한 흔적을 살펴 원전을 확정하는 것이 윤동주 연구의 한 과정으로 인식되었다. 습작노트들에 나타난 창작의 과정이 공개되면서 편저자의 기록에 의존하던 이전의 연구방식이 변화하기 시작한 것이다. 「자화상」도 그러한 논의의 범주에 속하는 시작 중 한 편이다. 습작노트에 「自画像」 이전에 창작된 「自像画」라는 시편이 수록되어 있는 바, 「自画像」의 해석을 위해 그 퇴고과정을 확인해야 할 필요성이 제기되기 때문이다.

> 산굽을 돌아 논가 외딴우물을 단혼자 / 차저가선 가만히 드려다 봅니다.
>
> 우물속에는 / 달이 밝고 / 구름이 흐르고 / 하늘이 펼치고 / 가을이 있습니다.
>
> 그리고 / 한 사나이가 있습니다.
>
> 어쩐지 / 그 사나이가 미워저 돌아갑니다.
>
> 돌아가다 생각하니 / 그사나이가 가엽서 집니다.
> 도로가 드려다 보니 / 사나이는 그대로 있습니다.
>
> 다시 / 그사나이가 미워저 돌아갑니다.

돌아가다 생각하니 / 그사나이가 그리워집니다.

우물속에는

「自像画」

가장 먼저 눈에 띄는 것은 바로 제목의 퇴고과정이다. 자필 노트의 기록을 살펴보면 윤동주가 원래 「自像画」의 제목을 「외딴우물」로 정했었음을 알 수 있다. "외딴우물"이 이 시의 모티프 역할을 하고 있음은 시상의 전개과정에서 충분히 확인되는 사항이다. 그러나 윤동주가 이를 제목으로 뽑아 강조한 점, 그리고 "외딴우물"이 "自像画"로 퇴고되었다는 사실은 자기를 비추어보는 우물의 기능, "사나이"와 화자의 관계에 대한 기존 연구들의 해석을 시인의 언어로 확정지어 주는 역할을 한다.

이때 주목할 점은 그 "우물"을 수식하는 "외딴"이라는 형용사의 역할이다. 습작노트의 기록을 들여다보면 "외딴우물"이 "自像画"로 바뀌기 전, "自画"로 퇴고되었던 흔적이 나타난다. 윤동주는 습작이라 해도 원고지의 줄을 맞추어 가지런한 글씨로 시를 써 내려갔다. 시인의 이러한 특성은 창작 일자를 기록한 습관에서도 드러난다. 같은 맥락에서 "像"이라는 글자가 "自画" 옆에 따로 기록되어 있는 점은 "自画"를 쓰고 난 후에 "像"을 덧붙여 퇴고한 흔적으로 바라볼 수 있다. 여기에서 "画"는 일본식 한자표기이다.[1] 일본어

1 모국어 사용에 민감했던 시인이 일본식 한자표기를 사용한 흔적으로 미루어 당시에 강제적으로 시행되었던 일본어 교육의 영향력을 추정해볼 수 있다.

로 "自画"는 "じが", 즉 그림을 그린 주체인 '자기'에 초점을 둔 단어이다. 이에 "像"을 덧붙임으로써 윤동주는 그림을 그리는 행위주체의 모색행위뿐만 아니라, 그림 속 대상으로 응시되는 자신의 모습 또한 강조한다. 이 같은 퇴고상의 특징은 "외딴우물"의 설정을 통한 「自画像」의 창작적 특성과 상통한다.

종로구 청운동에 위치한 '윤동주 기념관'에는 윤동주의 생가에서 사용하던 사각형 우물이 나무로 제작되어 전시 중이다. 식수를 공급하던 우물에 두레박을 드리우며 어린 윤동주는 일찌감치 사물을 비추는 거울로서의 기능을 파악했는지도 모른다.

그런데 퇴고 이전의 제목이었던 "외딴우물"이라는 설정으로 인해 우물의 그 같은 미메시스적 의미에 균열이 발생한다. 앞마당의 우물이 아닌 "외딴우물"로 형상화되면서, 단순히 식수를 제공하는 우물의 재현을 넘어서게 되는 것이다. 이 "외딴우물"은 산굽을 돌아가야 있는 인적이 드문 논가에 위치해 있다. 사람들에게 식수를 제공하는 보통의 우물이라면 사람들이 생활하는 공간의 중심에 위치해야 한다. 그것이 개인의 소유라면 집 안에, 공용의 것이라면 마을 사람들이 집으로 물을 길어가기 쉬운 곳에 있어야 한다. 따라서 산속에 위치한 1연의 "외딴우물"은 "논가"에 물을 대기 위한 용도의 우물로 설정되었을 가능성이 있다.

그런데 2연에서 시의 계절적 배경이 "가을"로 제시되면서, "우물"에 "외딴"이라는 수식어가 결합된 또 다른 이유가 드러난다. 모종을 심기 위해 논에 물을 대거나 곡식이 한참 자라나는 계절이 아닌 '가을'에는 우물을 사용하는 일이 많지 않았을 것으로 추정되기 때문이다. 즉 "외딴우물"이라는 표현은 단순히 고립된 공간을 의미할 뿐 아니라, 추수에 바쁜 "가을"이라는 계절적 배경과 결합해 사람들이 많이 이용하지 않는 장소라는 의미도 지닌다.

그렇다면 퇴고과정에서 "외딴우물"의 설정이 어떻게 변형되었는지 살펴보자. 인적이 드문 공간에 위치한 "외딴우물"에 "단혼자" 찾아간다는 1연의 설정은 퇴고를 통해 「自画像」에서 "홀로"로 변형된다. 「自像画」에서 "단"이라는 부사로 "혼자"의 의미를 강조한 것은 우물을 외딴 곳에 배치한 공간적 설정과 맥락을 같이한다. 그런데 「自画像」에서 "단"이 "홀로"로 변형되면서 어감이 보다 부드럽고 자연스러워진 반면 「自像画」에서와 같은 강조의 의미는 사라졌다.

"홀로" 찾아간다는 표현은 다른 사람과 동행하지 않는다는 의미뿐만 아니라 혼자서 가야만 하는 공간이라는 의미를 '우물'에 부여한다. 이 경우 원제목이기도 했던 "외딴우물"은 신성성을 지닌 제의적 공간의 의미로 해석된다. 이는 윤동주 시인의 종교적 배경인 기독교적 관점으로 해석될 수 있는 공간적 특성이기도 하다. 구약시대에 제사장이 제사를 지내던 성막 안 성소 내부에는 두꺼운 휘장을 통해 분리된 지성소라는 공간이 있었다. 성소 안 깊숙한 곳에 위치한 지성소는 일 년에 한 번 속죄제를 드리기 위해 제사장만이 출입하던 신성한 공간이었다. 이를 자기 반성을 키워드로 하는 윤동주 시의 특성과 결부시켜 보면, "단혼자" 찾아가는 "외딴우물"이라는 시적 공간이 속죄제를 드리는 공간인 지성소의 고립적 성격과 유사한 의미로 해석될 수 있다.

성경에는 예수의 재림 이후 성소와 지성소를 가르는 휘장이 찢어지며 두 공간의 구분이 사라진 장면이 나타난다. 이는 속죄의 행위가 더 이상 제사장만의 특권적인 역할이 아니게 되었음을 의미한다. '이신칭의(以信稱義)', 즉 여호와와 예수 그리스도를 믿는 이는 누구나 의롭다 여김을 받을 수 있다는 기독교 교리와 유사하게 윤동주 시에 나타난 속죄적 반성의식은 일제 치하 민족 개개인의 의식으로 확장될 가능성을 지닌다.

이러한 관점으로 바라보면 선행연구들에서 구체적으로 규명되지 않았던 「自画像」의 "산모퉁이" 공간 설정이 내포하는 의미가 파악된다. 습작노트의 표기를 보면 "산모퉁이"는 "산굽"의 변형으로 볼 수 있다. "산굽"은 "산기슭"의 평안도 방언으로 산의 비탈이 끝나는 아랫부분이라는 의미를 지닌다. 그런데 "산굽"이 "산모퉁이"로 변형되면서 "를 돌아"에 나타난 ㅇ, ㄹ 등 비음, 유음과의 결합이 자연스러워졌을 뿐 아니라, "산굽"이라는 광범한 지역에서 "산기슭의 쑥 내민 귀퉁이"라는 특수한 공간으로 의미가 구체화되었다. 그렇다면 "외딴우물"이 놓인 논가는 왜 산모퉁이를 돌아야 찾을 수 있는 산 속에 자리한 것일까? 논가는 일반적으로 평야에 위치하고 있지 않은가? 나아가 시인은 왜 「自画像」이라는 시를 창작하는 데 있어서 산이라는 지리적 공간을 특정한 것일까? 이러한 의문들에 대한 답을 구하는 데 앞서 살펴본 "외딴우물"의 종교적 의미가 해석의 단초를 제공할 수 있다.

성경에서 '산'은 하나님의 역사가 시작되고 마치는 상징적인 장소이다. 에덴동산 이래 아브라함과 이삭, 모세 등 많은 성경 속 인물들이 산에서 하나님과 교통하는 경험을 하였다. 즉 '산'이란 구약시대에 하나님이 말씀으로 현현한 공간이요, 세상을 향한 신의 역사가 시작되는 상징적 지점이다. 그중에서도 '여호와의 성산'은 사랑하는 백성들을 위한 예루살렘과 동일한 의미의 공간으로 축복의 장소로 일컬어진다. 시편 15편은 여호와의 장막에 머무를 자와 성산에 사는 자를 동가의 의미로 취급한다. 여호와의 장막은 앞서 언급한 여호와께 제사를 드리는 성막과 동일한 예배의 장소이다. 그곳에 머무르는 자는 여호와의 성산에 사는 자라고 칭해질 수 있는데, 이때 산은 물리적 공간으로서의 의미를 넘어선다. 성경은 성산에 들어갈 자의 첫째 덕목으로 정직을 꼽는다. 시편 15편 2절은 정직과 공의를 행하는 자, 그의 마음에 진실을 말하는 자를 성산에 들어갈 자의 조건으로 제시한다. 이는 윤동주 시의 화자가 "잎새에 이는 바람에도" 괴로워했던 이유와 상통한다. 부끄러움과 정직 추구의 바탕에 유년시절부터 형성되어온 기독교 정신과 피식민지인의 역사적 인식에 기반을 둔 공의에의 민감함이 놓여 있는 것이다.

3. "외딴우물" 속 한 사나이

많은 윤동주 시 연구들이 「自画像」의 의미를 주체의 윤리의식과 결부시켜 왔다. 앞 장에서 논한 바와 같이 「自画像」의 "우물속" "한 사나이"는 도덕적 정결함, 또는 기독교 윤리의식의 표상으로 해석되었다. 후자의 관점에서 "외딴우물"의 공간적 특성은 "우물"을 들여다보는 행위에 신성성을 부여한다. 신과 대면하는 산 속 공간은 자신의 죄를 직면하고 속죄를 위해 신과 마주하는 곳이다. 즉 그곳에서 우물을 들여다보는 행위는 자신을 마주하고 신과 교통하려는 신성한 의지를 포함한다. 이러한 해석에는 기존 연구들이 우물의 의미를 '거울'의 기능으로 설명한 것과는 다른 관점의 접근이 요구된다.

"외딴우물"이 지닌 비일상성의 특성으로 인해, 화자가 들여다본 "우물속에"는 "달", "구름", "하늘"이 비춰지 않고 존재한다.("~이 있습니다.") 이 경우 「자화상」의 우물은 자기 모습을 비추는 거울의 역할을 하기보다는 독자적 존재를 포함한 독립된 세계를 의미하게 된다. 우물을 매개로 현실과 다른 새로운 공간이 형성되는 것이다. 이는 시어 각각이 명사로 나열되지 않고 서술어와 결합하는 시상 전개에 의해 부연된다. 즉 서술어와 결합됨으로써 "달이 밝고/구름이 흐르고/하늘이 펼치고/가을이 있습니다."는 "우물속"이라는 장소의 성격을 벗어나게 된다. 그 결과 2연은 우물에 비췬 사물의 재현을 넘어 그 자체로 존재하는 세상을 표현하게 된다.

> 산모퉁이를 돌아 논가 외딴우물을 홀로
> 찾어가선 가만히 드려다 봅니다.
>
> 우물속에는 달이 밝고 구름이 흐르고
> 하늘이 펼치고 파아란 바람이 불고 가
> 을이 있습니다.
>
> 그리고 한 사나이가 있습니다.

어쩐지 그 사나이가 미워저 돌아갑니다.

돌아가다 생각하니 그사나이가 가엽서집
니다. 도로가 드려다 보니 사나이는 그
대로 있습니다.

다시 그사나이가 미워저 돌아갑니다.
돌아가다 생각하니 그사나이가 그리워집
니다.

우물속에는 달이 밝고 구름이 흐르고 하늘이펼치고 파
아란 바람이 불고 가을이 있고 追憶처
럼 사나이가 있습니다.

「自画像」 전문

습작노트와 비교해 퇴고과정을 살펴보면 그 성격이 더욱 잘 드러난다. 자선시집인 『하늘과 바람과 별과 시』에 실린 「自画像」의 2연에는 「自像画」에 등장하지 않는 "파아란 바람이 불고"라는 시구가 등장해 "우물속" 공간의 비현실성을 부각시킨다. 밝은 "달", 흐르는 "구름", 펼쳐진 "하늘"과 달리 "바람"은 청각과 촉각으로 인지되는 대상이다. 물의 표면에 시각적으로 비춰질 수 없는 "가을"이 "우물속에" "있습니다"로 묘사되었던 것과 마찬가지로, "바람"은 형용사 "파아란"을 동반해 공감각적으로 "우물속" 대상의 지위를 얻게 된다.

이때 우물을 들여다보는 화자의 행위는 앞서 언급한 제의적 특성, 즉 산에서 인간에게 존재를 드러낸 신의 현현, 비일상적 자연현상으로 나타나 인간에게 신의 언어로 이야기하는 성경 속 상황과 결부될 수 있다. 여기에 촉각과 청각으로 감각되는 "바람"의 존재가 시각적으로 묘사되면서 비일상적 공간인 "우물속"을 들여다보는 행위의 제의적 특성이 더욱 부각되게 된다.

이 경우 '우물'이 식수 공급원이라는 일상의 미메시스를 벗어나는 것은 우물이 들여다보기라는 행위와 결합되어 있는 것, 그리고 시상의 전개가 우물 속에 비추어진 사물들의 묘사로 이어진다는 사실에 기인한다.[2]

하지만 「自画像」의 우물은 이처럼 사물을 비추는 도구적 기능에 한정되지 않는다. 3연의 "한 사나이"를 마주하면서 시작된 화자의 감정추이가 다의성을 만들어낸다. 습작노트 〈窓〉의 「自像画」에서 한 사나이의 존재를 인지하고, 그에 대한 미움이 행위로 이어지는 과정이 각각의 연에서 다뤄졌다면, 「自画像」에서는 이 두 연이 한 연으로 묶여 나타났다. 이어지는 연들에서도 감정과 행위 사이의 연계가 두 연을 한 연으로 통합하는 기준이 된다. '미워지다', '가여워지다', '다시 미워지다', '그리워지다'로 이어지는 감정표시 형용사들의 변이가 '돌아가다', '도로 가 들여다보다', '다시 돌아

2 윤동주의 「自画像」과 기본 모티프를 같이하는 발레리의 나르시스 시편들은 그러한 추론을 뒷받침한다. "부정한 달은 믿을 수 없는 샘 깊숙이까지 그의 거울을 들어올린다"와 "부정한 달은 제 거울을 치켜든다. 꺼진 샘물의 비밀 속까지…"(「나르시스 단장」) 등의 표현에서 발레리는 샘물에 비친 달을 '거울'에 빗대고 있다. 보들레르와 발레리 등의 프랑스 상징주의 시편들에서 바다를 거울에 비유한 시구들을 심심치 않게 발견할 수 있다는 사실 또한 그러한 추정을 뒷받침해준다.

가다', '도로 가 들여다보다'와 결합되며 대응양상을 나타내는 것이다. 이 같은 결합양상은 '우물속' 자연의 묘사가 정적(靜的) 분위기를 조성한 것과 대비되는 동적 변환의 행위를 나타낸다. 그런데 3~5연의 동적 상태가 6연에 이르러 또다시 정적 상태로 회귀하는 변화를 고려하면, 1연을 시 전체의 균형을 깨뜨리는 구조적 변수로, 2~6연은 1연을 배경으로 벌어지는 사건으로 분류할 수 있다.

「自画像」의 화자가 우물을 들여다보며 느끼는 그 같은 감정의 변이는 3년 뒤 창작된 「懺悔錄」(1942)의 '거울'을 들여다보는 이가 느끼는 '욕됨', '슬픔'의 감정과 상통하는 것으로 간주된다. "밤이면 밤마다 나의 거울을/ 손바닥 발바닥으로 닦아 보자."(「懺悔錄」)에서 청유형은 자기의 객관화, 대상화와 연관지어 해석될 수 있다. "파란 녹이 낀 구리 거울"을 닦는 이 같은 행위는 구도자의 고행 같은 맥락과 연결되지 않는다. 시인이 「懺悔錄」의 첫 연에서 이를 '욕됨'의 감정과 결부시켰기 때문이다. 거울에 낀 파란 녹을 제거하고 싶은 욕구는 그 거울에 "남아 있는" "내 얼굴"을 지우고자 하는 열망과 연결된다. 시의 제목인 「懺悔錄」과 결부되면서, 이러한 자기 부정은 참회로서의 자기 성찰과 반성이라는 윤동주 시의 주제를 형성하게 된다.

「自画像」이라는 제목의 간섭으로 인해 3연의 "사나이"는 보통 물에 비친 나의 모습으로 해석되곤 한다. 그러나 "우물속" "한 사나이"를 거울에 비추인 자신의 모습으로 한정시키는 것은 상징을 시적 특성으로 삼는 윤동주 시의 의미를 제한하고, 복잡한 구조를 지닌 「自画像」의 의미를 단순화하는 결과를 낳는다.

거울에 비친 자신의 모습을 독자적 존재로 바라보는 상상력은 1934년에 발표된 이상의 「거울」에서 이미 드러난 바 있다.[3] "나는 至今거울을안가젓소만은거울속에는늘거울속의내가잇소/잘은모르지만외로된事業에골몰할께요."(이상, 「거울」)라는 구절에서 "거울"은 사물을 비추는 미메시스적 의미를 벗어난다. 여기서 "나"는 현실의 나와 "거울속"의 나로 분화된다. 이 둘은 하나이면서 둘인 존재이다. 각각이 개별자이기에 나는 그의 일을 "잘은 모"르지만, 그는 나의 속성을 공유하는 또 하나의 나이므로 나는 그가 "외로된事業에골몰할" 것이라고 추정할 수 있다. 즉자적 '나'와 대자적 '나' 간에 발생하는 이러한 분화양상이 「自画像」에서는 "나"와 "한 사나이"처럼 더욱 뚜렷한 객관화의 특성으로 드러났다. 3연의 "한 사나이"가 우물 속을 들여다보는 외부세계의 주체와 분리되면서 독자적 존재로 나타난 것이다.

이처럼 3연에서 처음 대면한 "한 사나이"는 지시관형사가 덧붙은 "그 사나이"로 변주되고, 마지막 연에 이르러 다시금 "追憶처럼" 있는 "사나이"로 변모하게 된다. 그리고 3~5연에서 '미움', '가엾음', '그리움'의 감정을 유발시키던 '현재적 사나이'의 존재는 6연에 들어 2연의 자연 사물들과 동궤에 놓이게 된다. 「自画像」이라는 제목의 간섭 하에 이들 자연사물과 사나이는 화자의 내면 감정

3 이상은 이 시를 『가톨릭청년』에 발표를 했다. 윤동주가 『가톨릭청년』에 시를 발표했던 사실, 그리고 그가 경도되었던 정지용이 창간호부터 이 잡지의 편찬위원으로 활동했다는 사실 등을 미루어볼 때, 윤동주가 「자화상」을 창작하기 전 『가톨릭청년』 지에서 이상의 「거울」을 접했을 가능성을 배제할 수 없다.

과 연관된 대상으로서의 위치를 획득하게 된다.

그런데 「自画像」에서는 이 같은 감정의 혼란, 그리고 그에 수반된 행위 변화의 이유가 명확히 드러나지 않았다. 시인은 "어쩐지"라는 표현을 통해 '사나이'에 대한 미움이 어떤 특별한 계기로 인한 것도 아니고 그의 잘못으로 초래된 것도 아님을 밝히고 있다. 이는 합리적 이성의 활동범위를 벗어난 직관의 영역에 속한 문제로, 「참회록」의 화자가 '거울'을 바라본 직후 느낀 '욕됨'의 감정과 유사하다.

그렇다면 이제 「自画像」의 감정 변이가 "우물속"을 들여다보는 시선과 어떻게 연계되는지 주의 깊게 살펴보자. 이는 대상화를 통해 자기의 본질을 인식하고 바라보는 존재의 시선, 객관화의 극점을 통과해 절대적 주관으로 선회하는 시선과 동일하다. 여기서 말하는 절대적 주관은 감정이나 이성의 활동이 개입되지 않은 순수한 직관적 파악능력을 의미한다. 또한 이는 부사 "어쩐지"가 드러내는 이유 없음이 단순한 억지나 '그냥'의 의미가 아니라, '합리적 세계의 질서로 설명할 수 없는 이유' 혹은 '현실 속 주체의 이성으로 파악할 수 없는'과 같은 의미로 해석될 수 있음을 보여준다.

이 지점에서 다시금 그러한 감정의 변이가 제의적 공간인 "외딴 우물"에 찾아간 행위와 그에 수반된 감정 양태였음을 다시 떠올려 볼 필요가 있다. 이 경우 거울을 바라보는 시적 주체의 참회와 "우물속" "사나이"를 응시하는 시선을 자기 반성으로 규정한 기존 해석은 다른 관점에서 새로운 지평으로 그 외연을 넓힐 수 있게 된다. 「自画像」에서 "사나이"를 바라보는 화자는 지속적인 반성과 참회를 행하지 않고 감정의 혼란 양상을 보인다. 이는 사나이의 과오가 그의 행위로 말미암은 잘못이 아니고, —세상에 던져진 존재가 근원적으로 껴안게 마련인— 죄의 속성으로 얼룩진 것일 수 있음을 암시한다. 그리고 이 지점에서 「自画像」의 "사나이"는 제목의 한계를 벗어나 예수 그리스도와 연결되는 새로운 의미로 확장된다.

4. 행복한 사나이의 자화상

윤동주의 여러 시편들은 그의 시에 부여된 윤리적 주체의 자기반성이라는 키워드를 종교적 측면에서 해석할 여지를 제공해준다. 이는 윤동주 시에 나타난 자기 반성을 절대적이고 완전한 신 앞에서 이루어지는 주체의 자기 이해 과정으로, 자기 안의 악한 본성을 확인한 자가 괴로움을 극복하기 위해 선택한 종교적 실천행위로 바라보는 시각이다. 윤리적 차원에서 종교적 차원으로의 이러한 전이는 윤동주의 시에 나타난 주체의 반성행위가 단지 한 개인의 내면작용에 그치는 것이 아니라는 사실을 보여준다.

> 쫓아오든 햇빛인데
> 지금 教會堂 꼭대기
> 十字架에 걸리였습니다.
>
> 尖塔이 저렇게도 높은데
> 어떻게 올라갈수 있을가요.

鐘소리도 들려오지 않는데
휫파람이나 불며 서성거리다가,

괴로왓든 사나이,
행복한 예수 · 그리스도에게
처럼
十字架가 許諾된다면

모가지를 드리우고
꽃처럼 피여나는 피를
어두어가는 하늘밑에
조용히 흘리겠읍니다.

「十字架」 전문

종교적 배경의 영향으로 윤동주의 시에는 성경적 요소들이 자주 등장한다. 많은 경우 이는 청각적 지각의 양상을 띠는 바, 「十字架」에서는 "鐘소리", "휫파람" 등의 청각적 요소를 동반하고, 「또太初의아츰」에서는 "하얗게 눈이 덮이엿고/電信柱가 잉잉 울어/하나님말슴이 들려온다.// 무슨 啓示일가."로, 「힌그림자」에서는 "땅검의 옮겨지는 발자취소리// 발자취소리를 들을수있도록/나는총명했든가요"와 같이 형상화되었다.

윤동주의 시에서 이러한 '소리'들은 신과 대면하나 그 소리를 자각하지 못하는 자의 번민으로 형상화된다. "電信柱"를 매개로 "하나님말슴"(「또太初의아츰」)이 들려오지만, 정작 주체는 그 소리의 의미를 깨닫지 못한다. 그것이 "啓示"의 일종일 수 있다는 것을 감지하지만 절대자 "하나님"의 목소리가 무엇인지는 깨닫지 못하는 것이다. 「十字架」에서 이러한 소리는 들려오지 않는 "鐘소리"로 변주되어 "사나이"가 겪는 괴로움을 유발시키는 원인이 된다. 만약 "총명"(「힌그림자」)하다면 자연현상을 통해 계시하는 신의 소리를 들을 수 있겠으나 그렇지 못한 현실이 화자의 번민을 만들어낸다.

귀가 있으나 듣지 못하는 자에게 예수가 전하는 경종의 말씀은 "귀"의 의미를 단순한 신체기관으로 제한하지 않는다. 귀의 존재 의미는 '듣는' 행위와 밀접하게 관련되기 때문이다. 바흐친은 체험이 "의미를 포착하는 데 실패할 때, 그것은 전혀 존재할 수 없"[4]다고 강조한다. 이러한 관점에 따르면 '들을 수 없는 귀'는 그 존재를 인정받을 수 없다. 신체의 일부로 존재하지만, 동시에 존재하지 않는 아이러니가 발생하는 것이다. 그의 종교적 시편에 등장하는 번민과 고뇌는 이처럼 들려오지만 듣지 못하는 상황이 유발한 심적 갈등을 내포한다.

앞서 「自像画」를 「自画像」으로 퇴고하는 과정을 살펴보며 "파아란 바람이 불고"의 삽입을 제의적 공간으로서의 "외딴우물"과 관련된 종교적 의미로 바라본 바 있다. 이러한 해석의 타당성은 일련의 기독교 시편들이 차용한 청각적 요소가 화자의 갈등을 초래하고, 자기 인식과 관계를 맺는다는 사실에 의해 제고된다.

이처럼 「自画像」의 의미는 윤리적 주체의 자기 반성으로 제한될

4 미하일 바흐친, 『말의 미학』, 김희숙 · 박종소 옮김, 길, 2006, p.165.

수 없다. 그의 시가 담담한 자기 고백의 양상을 띠는 것은 인간 존재의 보편적, 근원적 죄에 대한 자각을 내포한다. 즉 윤동주의 시는 내면적 정결성을 지닌 자의 윤리적 고뇌, 현실의 불합리한 모순에 항거하지 못하는 자의 번민인 동시에 직접적 의식이 거짓이고 환상임을 깨달은 주체의 절대자를 향한 속죄의 고백이기도 하다. 그리고 이 지점에서 「自画像」의 "사나이"는 화자가 들여다보는 "우물 속" 내 모습일 뿐만 아니라, 인간의 근원적 죄를 대속한 예수 그리스도의 현현을 상징한다.

"十字架"는 인류를 구원하기 위해 이 땅에 내려와 그들의 죄를 대신하여 죽은 구세주의 상징으로, '이신칭의'라는 기독교 복음의 정수와 결부된다. 이때 인류를 구원하고자 아무런 흠도 죄도 없이 죽음을 당한 순전한 예수 그리스도의 존재는 종종 대속의 제물로 바쳐지는 속죄양에 비유되어 왔다. 앞에서 언급한 종교 시편들이 "예수 · 그리스도"(「十字架」)를 직접적으로 언급하거나, "罪"와 "부끄런데를 가리"는 행위를 조명(「또太初의아츰」)하고, "羊"(「힌그림자」)을 비유로 삼아 시상을 전개하는 것을 그러한 맥락에서 계통적으로 읽어낼 수 있다.

선행연구들에서 주목한 바 있듯이 「十字架」의 형식적 특성은 4연 3행의 "처럼"을 독립적인 행으로 분리함으로써 드러난다. 기실, "처럼"은 체언 뒤에 붙어 쓰일 때에만 문법적 의미를 지니는 조사이다. 이를 굳이 한 행으로 독립시킴으로써 「十字架」는 화자와 "예수 · 그리스도" 간의 유사성과 비동일성을 동시에 부각시킬 수 있게 된다. 예수는 구약시대의 속죄제물로 쓰인 양에 비유되며 종종

'어린양 예수'로 칭해지곤 했다. 이처럼 실제 제사에 쓰인 희생물과 아브라함의 아들 이삭과 같이 희생물이 될 뻔한 자 사이에는 유사하지만 합치될 수 없는 비동일성이라는 거리가 존재한다. 「십자가」의 "처럼" 또한 "예수 · 그리스도"와 같은 무결함을 지향하지만 그와 동일한 존재가 될 수 없는 자의 번민을 내포한다.

미움과 그리움을 넘나드는 "한 사나이"(「自画像」)에 대한 감정의 변이는 심리적 거리로 인해 유발된 화자의 갈등을 반영한다. 「十字架」에서는 "처럼"을 독립시켜 '만일 ~한다면'이라는 가정법과 결부시킴으로써, '예수'와 동화를 꿈꾸는 화자의 욕망과 동일시 불가능한 현실 사이에 가로놓인 심리적 갈등을 드러내었다. 이 지점에서 윤동주 시의 윤리의식은 종교적 지평이라는 새로운 의미의 층위로 그 영역을 확장하게 된다.

윤동주의 시에서 절대자에 대한 신앙은 현실의 모순으로 인한 불안의 상태를 희망의 상황으로 전이시키는 동력을 제공한다. 그의 시에 나타난 자기 반성이 좌절로 귀결되지 않는 것은 그것이 개인의 윤리적 의무로 자각되는 부끄러움에 그치지 않고, 종교적 관점에서의 화해와 같이 실천행위로 드러난 주체의 능동적 의지를 내포하기 때문이다. 「自画像」에서 감정의 혼란이 행위를 동반하고 나타난다는 점, 그러한 갈등과 번민이 6연에 이르러 다시금 정적인 자연환경의 묘사로 귀결된다는 점은 상기한 희망, 현실의 갈등을 극복하고자 하는 의지를 보여준다.

「自画像」 2연의 "우물속" 상황은 3~5연의 감정과 행위의 변화를 거쳐 "追憶처럼" 존재하는 "사나이"의 모습이 더해진 6연의 "우물속" 정경으로 변모한다. 이때 "追憶"은 과거적 시간의 묘사로만 해석되지 않는다. 3~5연의 변화를 과거 시제로 집약한 6연의 "追憶"이 현재 시점("있습니다")에서 바라본 과거사 응축으로서의 의미를 지닐 수 있기 때문이다. 그런데 그와 같은 과거성과 현재성의 혼재는 시간의 무화라는 측면에서 영원성과 동일한 성격을 갖는다. 상기한 발레리의 나르시스 시편들에서 이러한 상상력은 "추억이여, 오 장작더미여, 나는 네 금빛 바람과 마주하고 있다. 옛날의 나였던 사람을 스스로 불태우는 게 싫어"(「젊은 운명의 여신」), "끊임없이 사라지는 얼굴과 닮아 가는, 미래를 운명이 추억으로 바꾸자마자 곧 네 잠 속의 하늘은 빼앗기게 된다!"(「나르시스 단장」)와 같이 묘사된 바 있다. 이는 그러한 감정의 변이가 시간성의 혼재양상과 무관하지 않음을 보여준다.

윤동주 시의 "十字架"는 '이신칭의'의 상징성만을 지니지 않는다. 이는 "휫파람이나 불며 서성거리다가", "모가지를 드리우고/꽃처럼 피여나는 피를/어두어가는 하늘밑에/조용히 흘리겠읍니다."와 같이 현실 속 주체의 행위와 결부되어 나타난다. 이를 통해 "十字架"는 그리스도의 부활 자체가 아니라 그러한 부활의 미래에 깨닫게 되는 주체의 실존의미, 즉 현실에 작용하는 신의 섭리를 실천하는 주체의 행위문제를 내포하게 된다. 기독교 신앙이 투철했던 윤동주에게 있어서 '신'은 실체로서의 절대자 하나님이었다. 그러나 신성을 내포한 "十字架"에 화자의 모습을 대응시키면서 그의 시는 신의 섭리와 은총을 드러내는 대신 자기 모순 및 시대상황이 초래한 고통을 해결할 '나'의 행위를 형상화한다. 그리고 이를 통해 윤동주는 희망과 기다림의 자세를 내포하는 독자적인 구원의 방식을 시 속에 구현한다.

이처럼 "괴로왓든 사나이,/행복한 예수 · 그리스도"(「十字架」)가 함의한 병렬을 통한 양가적 가치의 결합은, "사나이"(「自画像」)를 미워하다가 가엾게 여기고, 다시 미워하고 또다시 그리워하는 극단적 감정의 변이와 행위의 결합에 내포된 능동적 구원의지를 함축한다. 이는 예수의 죽음이라는 비극을 통해 인류의 구원을 성취한 신의 섭리와, 인간에 대한 사랑을 성취하기 위해 가장 사랑하는 독생자를 죽기까지 내어준 신의 사랑과 결부된다. 결국 「自画像」의 "사나이"는 시적 화자의 자화상인 동시에 독립된 제의적 공간에서 대면하게 된 신의 섭리, 즉 인간의 죄로 인해 대신 죽음을 겪게 된 예수 그리스도를 나타낸다. 물에 비친 "사나이"의 얼굴에 대속 죄물이 된 예수가 투영됨으로써 인간의 죄에 대한 거부의 감정과 죽음을 당한 예수에 대한 연민, 대속의 은혜에 대한 감사라는 복합적 감정이 행위의 변화를 동반하여 혼란스러운 감정을 드러낸 것이다. 또한 속죄의 제의적 공간인 "외딴우물"을 매개로 과거의 시간을 현재에 고정시키는 응시의 시선은 미래를 선취해가는 반성하는 자의 시간의식을 보여준다. 이는 「自画像」의 "어쩐지"라는 부사가 자기부정에 수반되는 '슬픔'과 자신에 대한 '사랑'이 엇물린 역설적 상태의 기표인 것과 유사하다.

5. 마치며

지금까지 윤동주의 「自画像」을 그가 습작노트에 기록한 「自像画」와 비교하며 시작상의 퇴고과정을 검토해보았다. 그 과정에서 선행연구들이 주목하지 않았던 「自画像」의 새로운 측면을 다각도로 규명해 보았다.

우선 1연의 "외딴우물", "산모퉁이", "홀로" 등의 시어가 2연의 "우물속"에 비친 사물을 미메시스적 의미에서 벗어난 제의적 공간의 맥락으로 옮겨 놓음으로써 의미의 확장이 발생하는 경우를 논하였다. 또한 3~5연의 "사나이"에 대한 감정과 화자의 행동 변화를 관련시켜 '들여다보기'라는 행위와 결합한 "우물"이 "우물속" 자연물들과 마찬가지로 미메시스적 의미의 틀을 벗어남을 살펴보았다. 그리고 "파아란 바람이 불고", "어쩐지", "追憶처럼"과 같은 시구들의 의미를 새로운 관점으로 조명함으로써 청각과 시각을 연계해 기존 연구들에서 주목하지 않은「自畵像」의 새로운 의미적 차원을 규명해 보았다.

상기한 작업을 통해 이 글에서는 윤동주 시의 '자기 반성'이라는 키워드가 윤리적 의미의 자아성찰이나 도덕적 정결의식에 기반을 둔 자아의 갈등상황에 국한되지 않음을 보여주었다. 이는 그의 기독교 시편들이 —예수 그리스도의 죽음과 결부된— 이신칭의라는 기독교 교리의 정수를 담아내고 있음을 분석하고, 이를 「自画像」 해석의 애매성을 해결할 열쇠로 삼는 방식의 연구였다.

이처럼 이 글은 윤동주의 시를 대표해온 '자기 반성'이란 키워드가 윤리적 차원에 제한되는 것이 아니라, 양가적 감정을 실천행위와 결부시킨 종교적 맥락의 희망의지와 연결되는 것이었음을 역설하였다. 이 지점에서 「自画像」의 "사나이"는 "우물속"에 비친 내 모습이라는 일차적 의미를 넘어서게 된다. 그를 바라보는 시선에 담긴 감정의 혼란이 행위동사와 결합하고 있다는 사실로 말미암아, 「自画像」에 형상화된 "외딴우물"은 "모든 죽어가는 것을 사랑"하기 위해 "주어진 길을" 걸어가는(「序詩」) 이가 자발적으로 선택한 능동적 슬픔으로 간주될 수 있다. 이는 윤동주의 다른 시들에서 운명적 조건을 공유하는 '죽어가는 사람들'과 현실적 고통을 공유하는 '슬픈 족속' 등 비극적 운명공동체를 마주한 주체의 소명의식으로 변주된다. 이처럼 자발적 슬픔이 복의 전제가 된 성경 속의 역설적 진리와 결부되면서, "사나이"를 들여다보는 「自画像」의 화자는 현세에서의 구원을 희구하는 주체의 형상화로 해석될 수 있다.

‘아동’의 시적 형상화 방식

1. 들어가며

이 글은 윤동주의 시에 나타난 ‘아동’의 시적 형상화 원리를 논구하기 위해 기획되었다. 이는 윤동주가 시작 활동을 하던 당시의 ‘아동’ 개념과 윤동주 시의 ‘아동’이 맺는 관계를 살펴보고, 실제로 윤동주의 시에서 ‘아동’이 형상화되는 방식을 규명하는 과정으로 나뉜다.

1960년대부터 본격적으로 진행되어 온 윤동주 연구에서 ‘아동’을 다룬 작업을 찾아보는 것은 쉽지 않다. 이제까지 윤동주 시의 ‘아동’에 대한 언급은 대체로 동시 연구에 포괄되어 제한적으로 이루어져 왔다. 하지만 방대한 규모를 자랑하는 윤동주 연구사 가운데 동시 연구가 본격적으로 진행된 역사가 그리 길지 않으며,[5] 더

5 이 글의 주제인 ‘아동’의 시적 형상화 방식과 직, 간접적으로 영향을 갖는 윤동주의 동시 연구는 크게 소재적 고찰, 표현기법의 유형화, 화자 청자의 고찰, 문학사적 위치 규명, 비교문학적 고찰 등으로 구분된다. 그런데 많은 경우 이들 연구는 윤동주의 동시를 서정적, 낭만적 성격으로 규정함으로써 ‘아동’을 일괄적으로 유형화하고, 다양한 층위의 의미를 살피는 경우에 있어서도 소재, 기법과 같은 외형적 측면에 한정하여 시를 고찰하는 한계를 노정한다.

구나 '아동' 자체에 집중한 연구는 거의 찾아보기 힘든 형편이다.

그런 선행연구의 실태 속에서 이 글은 시의 형상화 원리를 규명하는 데 목적을 두고 윤동주 시의 '아동'을 고찰해 볼 것이다. 이는 첫째, 전근대적 아동 개념과 차별화되는 근대적 아동 개념의 탄생 과정을 추적함으로써 윤동주가 시를 창작하던 시대의 동시 경향과 '아동' 인식이 윤동주 시의 '아동' 형상화 과정에 미친 영향을 살펴보고, 둘째, 퍼소나와 언술대상의 두 측면에서 윤동주 시의 '아동'을 살펴봄으로써 '아동'의 시적 형상화 방식에 나타난 특성을 도출하는 작업으로 나뉜다.

2. 근대적 아동의 탄생과 윤동주 시의 아동

서양의 근대적 '아동' 개념은 17세기 말의 학교화와 함께 형성되기 시작되었다. 18세기 들어 정감 있고 따뜻한 가정에 대한 이미지가 확산되면서 아동의 의미는 경제적 활동주체로서의 독립된 존재에서 사랑스러움과 귀여움이라는 정서적 가치를 지닌 존재로 변화하였다. 이후 일본에서는 메이지 말기부터 다이쇼기에 이르러 『아카이토리(赤い鳥)』의 '동심' 문학을 중심으로 서양 낭만주의의 영향을 받은 '아동' 개념이 유행하게 되었다. 아동을 관념적 찬미 대상으로 인식하는 『아카이토리』의 '아동' 인식은 일본이라는 국가를 짊어지고 나갈 자원으로 아동을 바라보던 메이지 중기까지의 관점과 차별화된 것이었다.[6]

6 박훈, 「근대 일본의 '어린이'관의 형성」, 『동아연구』 49, 서강대학교 동아연구소, 2005,

한편 1920년대 이후 등장한 우리 나라의 근대적 '아동' 개념은 서양에서와 달리 아동교육이 제도화된 이후에 생겨났다. 이는 계몽적 의도와 맞물려 있으며 민족주의, 독립운동 사상과 밀접한 관련을 맺는다는 평가를 받는다.

> 敵治下의 兒童文學은 端的으로 어린이들에게 民族意識을 覺醒시키고 反日思想을 鼓吹시키려는 文化運動 내지는 社會運動이었다. 그리고 그것은 時代的 與件에 의하여 우리의 近代文化가 開化 啓蒙主義 思想과 밀접한 관계를 맺었듯이 처음부터 民族運動으로 출발했다. 곧 胎動期의 六堂과 春園의 新文化運動이 그러했고, 小波의 兒童文學運動이 역시 그러했던 것처럼 그것은 항상 日帝時代 獨立運動의 움직일 수 없는 底流요 基盤으로 형성된 것이다.[7] (밑줄 필자)

이와 같이 한국 현대 아동문학이 그 초기부터 교육성이나 교훈주의 또는 계몽주의적 성격이 강했던 것은 유교적 교육관뿐만 아니라 이와야 사자나미 등 겐유샤 계열의 일본 아동문학이 보여준 목적주의 경향에 영향을 받은 바 크다.[8]

---

p.141, 143, pp.153~154.; 소래섭, 「『少年』誌에 나타난 '소년'의 의미와 '아동'의 발견」, 『한국학보』 28.4, 일지사, 2002, pp.105~106.

7 이남수, 「근대한국아동문학에 나타난 감상주의 연구-'어린이' 지에 게재된 동요를 중심으로」, 『한국아동문학연구』 1, 한국아동문학학회, 1990, p.114.

8 '소년문학'에서 '아동문학'으로 넘어가는 용어의 변천과정, 그리고 우리 아동문학과 영향관계에 놓인 일본 아동문학사에서 '소년문학'과 '동심주의'가 갖는 차이 또한 이 같은 '소년'과 '어린이(아동)'의 개념 차이를 뒷받침한다.

그러나 정작 위의 인용문에서 계몽주의와 결부되어 언급된 바 있듯이, 소파 방정환이 식민지 조선에 유입한 "영원한 아동성"[9]의 개념은 '천진', '순수' 등을 강조한다는 점에서 『아카이토리』의 아동 개념과 닮아있다. 이는 당시 우리 나라의 아동문학이 하나의 통일된 사조로 통합될 수 없는 복합적 성격을 지녔음을 시사한다.

이와 같이 1920, 30년대 우리 아동문학의 성격을 일본의 아동문학과 직접적으로 대응시키거나 민족주의, 계몽주의로 단순화하거나 획일화시킬 수 없는 또 다른 이유를 생각해 보자. 이는 최남선의 계몽성이 방정환에게서 나타나느냐의 문제가 아니라, 당시 식민근대 상황의 아동문학이 지배세력에 저항하는 가능성이 될 수도 있지만 식민세력에 지배되어 식민담론을 이행하는 보루로 남을 수도 있었다는 사실과 연관된다. '계몽'이라는 단어가 민족의식, 독립의식과 결부될 수도 있지만, '대동아 공영권', '오족협화' 등 일제 식민담론의 도구로 쓰일 수 있는 중의성을 내포하고 있었기 때문이다.

당시 만주지역에 있던 윤동주는 1935~1938년이라는 특정 시기에 집중적으로 아동을 소재로 한 시를 창작한다. 이는 당시 활발하게 진행되던 국내 시단의 동시창작경향과 무관하지 않다. 일제 강점기의 아동문학이 성장하고 발전하는 도정에 일간지 신문이 차지했던 비중과 역할이 매우 컸음을 상기해 보면, 윤동주가 1937년

9 방정환, 「새로 開拓되는 童話에 關하여」, 『(소파) 방정환 문집 상』, 하한출판사, 2000, pp.272~273.

부터 1939년까지 『동아일보』와 『조선일보』의 평론, 시, 소설, 그리고 동시[10]를 다수 스크랩한 사실은 윤동주의 동시 창작 경향을 연구하는 데 있어서 간과할 수 없는 요소가 된다. 나아가 그 자신이 소학교 시절부터 동시 창작을 해온 점, 정지용, 백석 등의 시를 탐독하며 그들의 동시 경향에 영향 받았던 사실 또한 만주지역에 있던 윤동주의 동시 창작과 관련하여 관심을 가질 수 있는 대목이다.

하지만 무엇보다 당시 윤동주의 동시 창작에 주목해야 하는 이유는 윤동주가 다시금 동시 창작을 재개한 시점이 자신의 성장과정에 많은 영향을 미친 『어린이』(1934), 『신소년』(1934), 『별나라』(1935) 등 주요 아동문학잡지가 강제 폐간된 사건과 시기적으로 맞물려 있기 때문이다. 『아이생활』이라는 친일아동잡지만이 그 명맥을 유지하던 시기에 윤동주는 그의 시에 집중적으로 '아동'을 등장시킨다. 근대적 '아동' 개념에 영향 받은 동시 창작의 시대적 흐름 속에서 윤동주 시의 '아동'은 동시의 경우 퍼소나의 형태로, 동시를 제외한 시들에서는 언술대상의 형태로 형상화되었다. 이 글에서는 이와 같은 윤동주 시의 아동 형상화 방식을 고찰함으로써 당시 윤동주가 집중적으로 형상화한 '아동'의 함의를 논의해 보도록 하겠다.

---

10 1937~1938년 『동아일보』에 발표된 전체 시문학 142편 중 45편인 31.69%, 『조선일보』의 경우 총 282편 중 무려 50%에 달하는 141편이 동시로 집계된다. 이를 통해 당대에 불던 동시 창작의 열풍을 충분히 짐작할 수 있다.

3. 아동의 퍼소나와 성인의 시선

윤동주는 생전에 모두 35편의 동시, 동요를 남겼다. 1935년 12월에 "바다물소리듯고십어"라는 부제를 달고 씌어진 「조개껍질」을 시작으로 1936년에서 1938년 사이에 모든 동시 작품을 창작하였는데, 특히 그 중 초반기라 할 수 있는 1936년에는 21편을 쓸 정도로 동시 창작에 매진하였다. 자필 원고가 실려 있는 두 번째 습작노트 〈窓〉에는 「햇빛·바람」, 「해바라기 얼굴」, 「애기의 새벽」, 「귀뚜라미와 나와」, 「산울림」(1938) 등의 새로 창작된 동시 5편과 첫 번째 습작노트인 "나의 習作期의 詩 아닌 詩"에 수록된 「겨울」, 「밤」(1936), 「할아버지」(1937) 등 총 3편의 재수록 동시들이 실려 있다. 또한 동시 외에도 동일한 시기에 창작된 여러 시에 '아동'이 등장하는데, 이 같은 흔적은 당시 윤동주가 동시 습작에 상당한 비중을 두고 창작활동을 하였음을 짐작케 해준다.

그러한 '아동'의 퍼소나를 잘 살린 윤동주의 동시로는 「병아리」, 「해ㅅ비」, 「굴뚝」, 「봄」, 「참새」, 「닭」, 「둘 다」, 「반딧불」, 「개」, 「할아버지」, 「만돌이」, 「나무」, 「귀뜨라미와 나와」, 「밤」과 같은 작품이 있다. 상기한 시편들은 앞 장에서 언급한 잡지 『어린이』의 동시와 유사한 성격을 보이는 작품들로, 가상의 청자인 아동을 염두에 둔 화자가 어린 아이의 목소리를 취해 유년의 사고와 감정을 드러내는 방식으로 동시의 순수성을 보여준다.

이재철의 정의를 빌자면 '동시'란 아동이라는 가상의 청자를 염두에 둔 화자가 어린아이의 목소리로 유년의 사고와 감정을 드러내 보여주는 시의 형태이다.[11] 성인이 동시를 창작할 경우에 어른의 시각이 개입될 수도 있지만, 그것이 '어린아이의 목소리로' 변용되어 "어린이가 이해할 수 있는", 즉 어린이의 정서를 대변하는 사상과 감정으로 표출되어야 한다는 것이다. 동시에 대한 이 같은 규정은 동시의 장르적 특성이 '퍼소나' 차원의 논의를 통해 규명될 수 있음을 보여준다. 다음의 시를 통해 이에 대해 자세히 살펴보도록 하겠다.

앗씨처럼 나린다
보슬보슬 해ㅅ비
맞아주자. 다가치
　옷수수대 처럼 크게
　닷자엿자 자라게
　해ㅅ님이 웃는다.
　나보고 웃는다.

하날다리 놓엿다.
알롱달롱 무지개
노래 하자. 즐겁게
　동모들아 이리 오나.
　다같이 춤을추자.
　해ㅅ님이 웃는다.
　즐거워 웃는다.

「해ㅅ비」 전문

---

11 이재철, 『아동문학개론』, 서문당, 1983, p.124.

「해ㅅ비」는 때묻지 않은 아동 화자의 천진한 목소리를 빌어 평화, 즐거움, 희망 등의 긍정적인 가치를 제시한 동시이다. 햇살이 내리쬐는 광경을 보슬비에 빗대고 "무지개"를 "하날다리"로 묘사하는 어린이의 순진한 시각이 나타나며, 아름다움에 대한 동경의 마음을 "옥수수대 처럼 크게" 자라고 싶다는 희망으로 표출하는 장면과 "동무들"과 함께 조화롭게 춤을 추며 "해ㅅ님"을 동참시키는 장면에서 자연사물을 의인화하는 상상력이 발견된다.

「해ㅅ비」에 형상화된 순수한 어린이의 퍼소나는 앞 장에서 살펴보았던 방정환의 '어린이' 개념에 맞닿아 있다. "보슬보슬", "알롱달롱"과 같은 의태어의 활용, "닷자엿자", "크게/자라게"와 1, 2연에 나타난 "웃는다"의 반복 같은 리듬감의 형성, "맞아주자", "이리오나", "춤을추자"와 같이 친근감을 전해주는 청유형의 활용 등에 의해 그러한 특성이 더욱 부각된다.

「봄」(1936), 「참새」, 「눈」, 「겨울」과 같은 동시에서도 그러한 '아동' 퍼소나의 순진성은 "쨍쨍", "코올코올", "가릉가릉", "소올소올", "째앵째앵", "째액째액", "새물새물", "바삭바삭", "달랑달랑"과 같은 의성어, 의태어의 적극적 활용을 통해 보다 강조된다.

이들 시에 나타난 어린이상은 방정환이 언급한 "곱고 맑은 고향", 우리가 돌아가야 할 "천진 난만하던 옛 古園"[12]으로서 윤동주가 형상화한 "또다른故鄕"의 변주라 할 수 있다. 동시에 그의 동시가 표상화한 아동 퍼소나의 순진성은 창작 당시의 역사 · 사회적

---

12 방정환, 앞의 책, pp.272~273.

상황과 대조되면서 시대에 대한 비애감, 비판적 현실인식을 전경화시킨다. 이는 불합리하고 왜곡된 현실에 대해 비판적 의식을 내포한 지향적 공간의 의미를 갖게 된다. 다음에 인용할 시는 아동퍼소나의 순진성에 내포된 그 같은 시대인식을 보다 적극적으로 드러내 보여준다.

빨래、줄에 걸어논
요에다 그린디도
지난밤에 내동생
오줌싸 그린디도.

꿈에가본 어머님게신
별나라 디도ㄴ가、
돈벌러간 아바지게신
만주땅 지도ㄴ가、

「오줌쏘개디도」 전문[13]

「오줌쏘개디도」를 비롯해 「창구멍」("우리 아빠 오시나 기다리다가/혜끝으로 뚫려 논 적은 창구멍"), 「햇빛. 바람、」("장에 가신 엄마 돌아오나/문풍지를/쏘-ㄱ, 쏙, 쏙"), 「해바라기 얼골」("누나의 얼골은/해바라기 얼골/해가 금방 뜨자/일터에 간다//해바라기 얼골은/누나의 얼골/얼골이 숙어 들어/집으로 온다"), 「편지」("누나

13 이 글에 인용한 시들은 윤동주의 자선시집에 수록된 것을 기본으로 하고 그 외의 경우 퇴고과정을 고려하여 가장 나중의 형태를 원본으로 확정하여 사용한다.

가신 나라엔/눈이 아니 온다기에") 등의 시에 나타난 '아동' 퍼소나는 상기한 경우와 달리 아동의 천진함 이면에 직접적으로 '기다림'과 '외로움'의 감정을 내포시킨다. 이는 아침에 일 나가 저녁에 돌아오는 '아버지', '어머니', '누나'의 부재를 체험한 아동이 느끼는 일종의 '고아의식'이다.

「오줌쏘개디도」의 관찰자 겸 발화자는 돌아가신 어머님과 "만주땅"에 "돈벌러간" 아버지의 부재를 경험한 '아동'이다. 이 같은 '아동' 퍼소나의 목소리를 시의 전면에 부각시켜 1연에서는 오줌을 가리지 못하는 어린 동생의 이야기를, 2연에서는 아이의 정서를 드러내는 질문을 자문형식을 빌어 제시한다.

앞에서 언급했듯이 이 시에 표면적으로 드러난 정서는 멀리 떨어져 있는 양친을 그리는 어린아이의 마음이다. 그런데 2연의 시구 "돈벌러간 아바지게신/만주땅"에 드리운 역사의 그림자를 고려해 보면, '아동' 퍼소나의 천진함으로 파악했던 일차적 의미 이면에서 일제의 만주지역 강제동원이라는 시대, 사회적 상황을 발견하게 된다. 또한 동일한 맥락에서 가족의 부재상황을 초래한 '가난'의 원인 역시 시대적 상황과 관련된 의미 층위에서 찾아볼 수 있다. 「오줌쏘개디도」와 마찬가지로 동시의 어법을 잘 지키고 있는 두 편의 시 「빗자루」, 「비행기」에 소재로 쓰인 "큰총", "비행기", "프로펠러"에서도 아이들의 상상력 이면에 암시적으로 제시된 전쟁의 그림자가 감지된다. 이들 시에 표면적으로 부각된 '아동' 퍼소나의 순진성은 당대의 사회, 역사에 대한 비판적 시선을 간접화시킨다. 천진무구한 시선 뒤에 가난, 전쟁 등의 시대, 사회적 상황을 배치시킴으로써 시인의 시선을 간접적으로 드러내는 이 같은 형상화 방식은 윤동주의 동시에서 '아동'의 퍼소나를 활용하는 또 하나의 방법이다.

한편 「무얼 먹구 사나」("무얼 먹구 사나"), 「호주머니」("옝을것 없서 걱정이든"), 「애기의 새벽」("우리집에는 닭도 없단다", "우리 집에는 시게도 없단다"), 「사과」("붉은 사과 한 개를/아버지 어머니/누나, 나, 넷이서/껍질채로 송치까지/다아 노나 먹었소.") 등에 드러난 빈곤과 궁핍의 상황 역시 '아동' 퍼소나의 순진함 이면에 간접화된 부정성, 비참함 등을 보여준다. 시의 전반을 지배하는 이 같은 양상은 단란한 가족애를 보여주거나 평화로운 정경, 순수한 동심의 세계를 나타내는 방식으로 형상화되었다. 하지만 천진난만한 '아동' 퍼소나의 목소리로 전달되는 뉘앙스를 배제시켜 보면 한 가족의 궁핍한 생활난이 고스란히 전경화된다. 이는 순진한 '아동' 퍼소나 이면에 감추인 시대적, 사회적 상황을 간접화시키는 시적 장치의 측면에서도 의미화될 수 있다. 앞에서 「오줌쏘개디도」, 「빗자루」, 「비행기」의 경우를 통해 살펴보았듯이, 이들 시에 제시된 가난의 문제 역시 시대적, 역사적 층위로 그 범주가 확장되어 시대, 사회에 대한 인식을 간접화한다.

마지막으로 아동 퍼소나를 활용한 윤동주 동시의 세 번째 유형은 아동 퍼소나 뒤에 감추어진 어른의 정서, 어법이 '아동' 퍼소나의 목소리를 넘어서는 특성을 지닌다. 다음의 시들을 통해 이를 자세히 살펴보도록 하겠다.

비오는날 저녁에 긔와장내외
잃어버린 외아들 생각나선지
꼬부라진 잔등을 어루만지며
쭈룩쭈룩 구슬피 울음웁니다.

대궐집웅 우에서 긔와장내외
아름답든 녯날이 그리워선지
주름잡힌 얼골을 어루만지며
물끄럼이 하늘만 쳐다봄니다.

「긔와장내외」 전문

대구와 반복 구조가 형성한 리듬이 발랄한 느낌을 전달하는 이 시는 전반적으로 동시의 어법을 갖추고 있다고 평가될 수 있다. 그런데 자세히 살펴보면 주변 풍경을 바라보는 아동 퍼소나의 시선 이면에 죽은 자식을 그리워하는 노년기 부부의 애달픈 마음이 자리잡고 있음을 알게 된다. 과거를 회상하는 장면에서 느껴지는 애상감이 '구슬픈 울음', '허망한 시선' 등의 표현에 압축되면서 "잃어버린 외아들"을 생각하고 "꼬부라진 잔등을 어루만지며" "아름답든 녯날이 그리워" "주름잡힌 얼골을 어루만지"는 행위, 구슬픈 "울음", "녯날"에 대한 그리움 등에 드러난 노년의 정서, 고달픈 세월을 함께 걸어온 동반자가 삶의 욕망을 벗어나 서로를 보듬는 이미지 등에 담겨 동시의 어법과 형식적 특성을 넘어서고 있는 것이다.

다음에 인용할 「고향집-만주에서 불은」은 '아동' 퍼소나의 순진한 목소리를 통해 간접화된 쓸쓸함, 그리움 같은 성인의 정서가 아동 퍼소나와 성인 어법의 보다 직접적인 결합을 통해 시 전면에 부각되고 강조된 경우를 보여준다.

헌집신짝 끟을고
나여긔 웨왓노
두만강을 건너서
쓸쓸한 이땅에

남쪽하늘 저밑엔
따뜻한 내고향
내어머니 게신곧
그리운 고향집

「(童詩)고향집-만주에서 불은」 전문

윤동주는 「고향집-만주에서 불은」의 제목 앞에 이례적으로 "童詩"라고 장르를 표기하였다. 그런데 이로 인해 발생하는 선입견을 배제하고 보면, 반복, 대구, 의성어, 의태어 사용 등의 동시 작법이 적극적으로 활용되지 않았고, 시의 어법이나 정서에서도 '아동'의 퍼소나가 직접적으로 감지되지 않음을 알 수 있다. "童詩"라는 표기가 시의 감상에 개입하여 아동의 목소리를 추정하게 하지만, "헌짚신짝", "나 여기 웨왔노", "쓸쓸한 이 땅에", "내 어머니 게신곧/그리운 고향집" 등의 시구에 드러나는 빈곤, 사친(思親)의 감정, 외로움, 쓸쓸함, 자탄(自嘆)과 향수 같은 정서가 다른 동시들과 달리 시의 전면에 부각되어 있는 것이다.

전기적 사실을 간과하지 않는다면 「(童詩)고향집-만주에서 불은」은 평양 숭실중학에 다니던 시인의 자신의 향수를 선조들의 간도 체험으로 확장시킨 시로 해석할 수 있다. "쓸쓸한 땅"인 "두만강" 이북에서 남쪽 고향땅을 그리워하는 화자의 애절한 시선과 "나 여긔 웨왔노"라는 자탄에 담긴 실존적 절규가 "고향집"을 그리는 '아동' 퍼소나의 범주를 넘어 타향으로 쫓겨 간 간도 이주민들의 애환까지 아우르고 있는 것이다. 동시적 어법이 최소화된 이 시에서는 앞의 경우들에서 간접적으로 제시된 사회, 역사적 인식이 과잉된 성인의 어조와 정서를 통해 '아동' 화자의 목소리를 넘어서게 된다. 이때 순수성을 이와 괴리된 시대의 아픔과 결부시키는 윤동주 시의 '아동' 퍼소나는 현재의 고통에서 벗어나려는 비판적 응전의 의지를 보다 직접적으로 노출시키기 위해 시인이 의식적으로 선택한 일종의 제스처라 할 수 있다.

물론 윤동주가 초기 습작품에서 보여주던 사색의 깊이는 직후에 창작된 동시의 사상과 감정으로 자연스레 연계되지 않았고, 그러한 배열이 자아내는 부조화 역시 습작노트의 통일성을 깨뜨리는 요소로 작용한다. 또한 스탠자(stanza)를 활용한 동요적 형태의 시들에서 시인 윤동주의 명성에 걸맞지 않는 유치한 표현들이 간혹 발견되기도 한다. 이를 심리적 퇴행의 반영으로 규정하는 시각으로는 1935~1938년에 집중된 윤동주의 동시 창작 경향을 충분히 설명할 수 없다.

윤동주의 동시 창작 행위를 "퇴행"으로 볼 수 없는 또 다른 이유는 시인이 필명을 통해 동시 장르에 대한 인식을 명확히 드러냈다는 점에서 찾아진다. 『카톨릭 소년』, 『소년』 등의 잡지에 동시를 발표할 때, 시인은 尹童柱, 尹童舟 등의 필명을 사용하였다. 이름의 한자를 '동녘 동(東)'에서 '아이 동(童)'으로 바꾼 데서 동시 장르를 의식적으로 차용한 시인의 의도를 엿볼 수 있다. 이는 어린아이의 사고와 정서를 유년기의 발화로 표현할 수 없던 시인이 택한 창작 방식의 하나이다.

그러나 윤동주의 동시들 중에는 어른의 정서 혹은 어법이 '아동' 퍼소나를 넘어서며 동시의 자연스러움을 방해하는 경우가 있다. 이런 어긋남은 창작의 미숙이 아니라, '아동' 퍼소나 이면에 자리 잡은 성인의 시선이 중첩되어 시대와 사회에 대한 시인의 시각을 반영한 것으로 봐야 한다. 다음 장에서는 동시를 제외한 시편들에서 언술의 대상으로 형상화된 '아동'의 특성에 대해 고찰할 것이다. 이를 통해 윤동주 시에 형상화된 '아동'의 특성이 동시 장르의 성격에 의해 자연스럽게 도출되지 않고, 1920~1930년대 우리 근대 아동문학의 흐름 속에서 시인의 고민과 습작의 결과로 나타났음을 살펴볼 것이다.

4. 언술 대상으로서의 아동과 역설적 비애

앞에서 윤동주 동시의 '아동'을 퍼소나의 측면에서 살펴보았다. 여기에서는 동시를 제외한 시편들에서 '아동'이 형상화된 방식을 살펴 윤동주 시의 '아동' 형상화 원리를 종합적으로 논의해 보도록 하겠다.

사이좋은正門의 두돌긔둥끝에서
五色旗와、太陽旗가 춤을추는날、
금(線)을끟은地域의 아이들이즐거워하다、

「이런날」 부분

위에 인용한 「이런날」은 동시로 분류되지 않지만 시적 전개의 지배적 사건이 되는 "아이들"의 금 긋기 놀이를 전면에 부각시킴으로써 '아동'을 주요한 시적 소재로 삼은 시이다. '아동'의 퍼소나를 화자로 삼았던 동시들과 달리 이 시의 화자는 관찰자의 입장에서 객관적 시선으로 어린아이들의 유희상황을 지켜봄으로써, 동시에서 화자의 역할을 담당하던 '아동'을 시적 대상으로 형상화한다. 이렇듯 대상화된 '아동'을 바라보는 성인 화자의 시선 속에서 무생물인 "正門의 두돌긔둥"은 "사이좋"은 관계로 의인화되고, 바람에 휘날리는 깃발의 모습 역시 "춤을추는" 형상으로 묘사된다. 이 같은 주변상황은 얼핏 3행에 나타난 "아이들"의 즐거움과 조화롭게 어우러져 자연스러운 시적질서를 형성하는 듯 보인다.

그러나 시의 제목인 "이런날"이 특정한 성격을 부여하는 지표의 기능을 담당하게 되면서 이 시는 아이들의 즐거운 유희상황을 나타내던 의미의 단순성을 벗어난다. 더하여 퇴고과정에서 확인할 수 있는 "矛盾"이라는 원제목을 고려해 보면, "이런날"이 만주국, 일본국의 국기를 상징하는 "五色旗"와 "太陽旗" 이면에 배치된 "矛盾"(「이런날」 2연)된 역사적 맥락과 결부된다는 또 다른 해석의 가능성이 제시될 수 있다. "금(線)을끟은地域"에 '외세에 의해 침략당한 지역'이란 의미가 더해지면서 금 긋기 놀이[14]를 하는 어린이들의 유희 장소가 "춤을추는" 2행의 깃발과 연계되어 타국에 점령당한 상황을 상징하게 되는 것이다.

이렇게 3행의 "금(線)을끊은地域의 아이들이즐거워하다"라는 시행에 역사적 맥락이 더해지자, 침략당한 조국의 현실을 인식하지 못한 채 눈앞의 유희에 즐거워하는 '아동'의 순진무구한 모습은 오히려 역설적인 비애감을 자아낸다. 성인 화자와 분리되어 근대적 아동 개념과 결부된 천진한 모습으로 대상화되었던 '아동'이 전쟁이라는 시대적 맥락과 결부되면서 '아동'의 순수성을 역설적 비애감으로 연결시키는 것이다. 이러한 특성은 다음의 시에서도 동일하게 나타난다.

> 저쪽으로 黃土실은 이땅 봄바람이
> 胡人의물래밖퀴 처럼 돌아 지나고,
> 아롱진 四月太陽의 손길이
> 壁을등진 섫은 가슴마다 올올이 만진다.
>
> 地圖 째기노름에 늬땅인줄몰으는 애 둘이
> 하뼘손가락이 젊음을 限함이여.
>
> 아서라! 갓득이나 열븐 平和가,
> 깨여질가 근심스럽다.

「陽地쪽」 전문

---

14 조재수가 펴낸『尹東柱 시어 사전』은 '긁다'를 '긋다'의 방언으로 보고 있다. 조재수,『尹東柱 시어 사전』, 연세대학교 출판부, 2005, p.267.

위에 인용한 「이런날」과 함께 1936년에 창작된 「陽地쪽」에는 "금(線)을끊은地域의 아이들"(「이런날」)에서 볼 수 있던 '아동'들의 유희상황이 "地圖 째기노름"(「陽地쪽」)으로 변용되어 나타난다. 이 같은 연관성은 만주라는 지역적 특성을 암시해주는 "胡人", "太陽"이라는 시어가 「이런날」에 나타난 "五色旗", "太陽旗"로 상징된 전쟁상황과 결부될 가능성을 보여준다. 이는 유희에 몰두한 아이들의 모습이 그려진 "地圖 째기노름에 늬땅인줄몰으는 애 둘"에 침략국의 깃발 아래 즐거워하는 천진한 '아동'의 모습이 애조를 자아내는 「이런날」의 시적 특성과 상통한다. "地圖 째기노름"을 즐기는 "애 둘"이 침략의 상황임에도 "늬땅인줄몰으는" 순진한 모습으로 드러나면서, 결과적으로 시의 제목인 "陽地쪽"의 "깨여질가 근심스"러운 "갓득이나 엷븐 平和"를 내포하며 시 전반의 의미를 유기적으로 연결하는 것이다.

이와 같은 해석은 윤동주의 습작노트 〈나의 習作期의 詩 아닌 詩〉의 퇴고과정에서 "地圖 째기노름에 늬땅인줄몰으는 애 둘"에 "異域인줄 모르는小學生애둘"이라는 직접적인 표현이 표기되어 있다는 사실에 의해 뒷받침된다. 개작된 형태가 순진한 '아동'의 천진함에서 비롯된 무지를 강조해 역설적으로 비극적 느낌을 배가시켰다면, 퇴고기록에서 확인되는 "異域"이라는 표현은 이 시를 통해 전달하고자 했던 시인의 의도를 보다 직접적으로 보여주며 앞 장에서 살펴본 식민지기 문학의 계몽적 특성에 가닿는다.

그런데 2연을 살펴보면 "地圖 째기노름"을 하는 아이들의 모습이 "하뽐손가락이 젊음을 限함이여"라고 묘사된다. 여기에 나타난

"젊음"과 "限함"은 보통 '젊음(짧음)'과 '恨함'의 오기로 인식된다. 그 경우 2연은 "地圖 째기노름"을 하며 손가락의 짧음을 한탄하는 아동의 모습으로 해석되는 바, 어른의 시선에 의해 대상화되어 침략의 현실로 무력해진 우리 민족의 자화상을 바라보는 시선을 담아낸다. 성인의 시선과 대상화된 아동 사이에 형성된 객관적 거리가 시적 대상으로 형상화된 '아동'의 천진함 이면에 한계적 상황이 빚어낸 절망과 비애를 배치시킴으로써 윤동주의 동시는 침탈의 위기에 대처하지 못한 우리 민족의 무능력을 역사적 시선 아래 조명한다.

이제까지 시인의 사상과 감정이 어른의 시선이라는 형태로 개입되면서 언술의 대상으로 형상화된 '아동'과 분리되는 양상을 살펴보았다. 「陽地쪽」에서는 「고향집-만주에서 불은」에서 볼 수 있던 의식의 과잉이나 '아동' 퍼소나를 넘어서는 성인의 정서(「기와장 내외」)를 찾아볼 수 없다. 이 시에서 발견되는 성인의 사고는 화자의 목소리를 통해 전달될 뿐 대상화된 '아동'에게는 개입하지 않는다. 1연의 "壁을등진 설은 가슴마다"에 표현된 애상의 정조나 "아서라! 갓득이나 엷븐 平和가, 깨여질가 근심스럽다."에서 발견되는 성인의 어조가 대상화된 '아동'의 모습과 분리된 채로 자연스럽게 조화를 이루는 것이다. 앞에서 언급한 2연의 "젊음을 限함이여." 역시 "限"을 "恨"의 오기로 인식하거나 한계상황과 한스러움의 이중적 의미를 의도한 언어유희로 보는 두 가지 해석의 가능성을 가질 수 있다.[15] 두 경우 모두 표면적으로 드러나는 성인의 정서

15 윤동주의 두 번째 습작노트 〈窓〉에는 첫 번째 습작노트의 시를 개작의 형태로 전재한 경

와 어조가 "地圖 째기노름"의 주체인 아동과 무리 없이 어우러진다. '아동'이 언술주체가 아닌 대상으로 형상화되는 경우에는 독자가 화자의 목소리를 따라 한 발자국 떨어진 객관적 입지에서 대상화된 아동을 관찰하기 때문이다.

한편 다음에 인용할 시들에서 성인의 시선은 보다 직접적으로 시의 전개에 개입함으로써 대상화한 '아동'과 분리된 언술주체의 관계를 보다 명확히 보여준다.

> 텁수룩한 머리털 식컴언 얼골에 눈물고인 充血된 눈
> 色잃어 푸르스럼한 입술、너들너들한 襤褸 찢겨진 맨발、
> 아 — 얼마나 무서운 가난이 이어린少年들을 삼키엿느냐!
> 나는 惻隱한마음이 움즉이였다.
>
> 「츠르게네프의 언덕」 부분

우가 종종 발견된다. 윤동주가 평소 시작일자까지 꼼꼼히 기록하는 습관을 지녔고, 실제 시집을 발표하지 않은 대신 습작노트를 시집의 형태로 목차까지 구성했던 점을 미루어볼 때, 두 권의 노트에 모두 기록된 시가 자선시집에 최종본으로 묶이지 않는 경우에는 나중의 것을 시의 원본으로 확정하는 것이 타당해 보인다. 그런 의미에서 이어지는 2행에 제시된 "하뼘손가락이 젋음을 限함이여."의 표기에 조금 더 주의를 기울일 필요가 있다. 2행의 "젋음"이 퇴고된 과정을 좀 더 자세히 살펴보면(왕신영 외 엮음, 『(증보판) 사진판 윤동주 자필시고 전집』, 민음사, 2002, p.33, 60), 첫 번째 습작노트에서는 '쩌르다'를 '쩗음'으로 퇴고하고, 두 번째 습작노트인 〈窓〉에서는 '쩗음'이라고 표기한 것을 '젋음'으로 수정한 흔적을 찾아볼 수 있다. 앞, 뒤 문맥으로 보아 이를 '짧은'의 의미로 해석하는 것이 일반적이겠으나, 시인이 굳이 이를 "젋음"으로 재수정한 점에서 '짧음'과 '젊음'의 의미를 함께 표현하고자 한 의도의 가능성도 완전히 배제할 수만은 없다. '한 뼘 손가락의 짧음'이라는 의미의 층위에 '젊은 청년들의 무력함'이 우회적으로 내포되었다는 해석은 '恨함'의 오기로 인식되어버린 "限함"의 원래 의미에 내포된 '한계상황'에 대한 인식을 포함하는 것이기 때문이다.

앞에 인용한 시들과 마찬가지로 「츠르게네프의 언덕」에서도 "어린 소년들"로 형상화된 '아동'은 "나"로 제시된 1인칭 화자의 시선 앞에서 대상화된다. 그런데 앞에서 살펴본 「이런날」, 「陽地쪽」과 달리 이 시에서는 화자가 관찰자의 입장을 견지하지 않고 시적 상황에 대해 자신의 주관적 인식을 적극적으로 개입시킨다.

예를 들어 인용한 3행에서 "아 — 얼마나 무서운 가난이 이어린 少年들을 삼키엿느냐!"라는 시구는 1, 2행에 묘사된 어린아이들에 대해 화자의 생각을 직접적으로 표현하고 있다. 투르게네프의 시 「거지」에서 영감을 얻은 이 시는 화자와 거지의 소통과 교감을 보여준 원작의 경우와 달리 화자가 품은 측은한 마음을 직접적인 대상관계로 발전시키지 않는다. 하지만 제목에서부터 원작인 투르게네프의 시를 염두에 두고 있음을 표방한 이 시는 "아 — 얼마나 무서운 가난이 이어린少年들을 삼키엿느냐!"와 같은 논평 구절을 통해 사회현실을 비판적으로 바라본 투르게네프의 시적 의식을 투영한다.

앞의 시들에서와 달리 「츠르게네프의 언덕」에 나타난 '아동'의 모습은 순진무구한 이상적 세계로 형상화되지 않았다. 농노제를 비판하는 등 사회에 대한 인식의 끈을 놓치지 않았던 투르게네프의 작품을 원작으로 선택한 윤동주는 원작의 '노쇠한 거지'를 "텁수룩한 머리털, 시커먼 얼굴에 눈물 고인 충혈된 눈, 색/잃어 푸르스름한 입술, 너들너들한 남루, 찢겨진 맨발"을 지닌 "어린少年들"로 치환하였다. 이 시는 연약하고 천진한 아동들에게서 순수성을 앗아간, 즉 "어린少年들을삼"킨 "가난"이라는 외부적 상황에 주목한다. 또한 이들을 바라보는 시선에 "惻隱한마음"이라는 주관적 감정을 개입시킨다. 이로써 객관적 거리에서 바라본 아동의 순수성을 통해 역설적 비애를 이끌어냈던 앞의 시들에서와 달리 "어린少年들"이 겪는 가난이 개인적 고통의 범주를 벗어난, 외부적인 불합리로 인한 시대적 비극으로 인식될 수 있도록 한다. 이와 같이 대상화된 '아동'을 바라보는 화자의 시선에 주관적 감정을 개입시킴으로써 시대, 사회적 상황에 대한 인식을 보다 직접적으로 나타내는 시적 형상화의 방식에서 근대 아동문학이 보여준 계몽적 특성의 영향을 발견할 수 있다.

> 붉은니마에 싸늘한 달이 서리여
> 아우의 얼골은 슬픈 그림이다.
>
> 발거름을 멈추어
> 살그먼히 애딘 손을 잡으며
> 『늬는 자라 무엇이 되려니』
> 「사람이 되지」
> 아우의 설흔 전정코 설흔 對答이다.
>
> 슬며—시 잡엇든 손을 놓고
> 아우의 얼골을 다시 드려다본다.
>
> 싸늘한 달이 붉은니마에 저저
> 아우의 얼골은 슬픈 그림이다.

「아우의 印像畵」 전문

앞에서 살펴본 「이런날」, 「陽地쪽」, 「츠르게네프의 언덕」에서 관찰자로 제시되어 성인 시각의 판단을 시적 전개에 개입시키던 화자가 「아우의 印像畵」에서는 보다 직접적으로 시의 등장인물과 대상관계를 맺는다. 이때 화자와 대화를 나누는 대상인 "아우"는 앞으로 자라 어른이 될 어린 '아동'으로 형상화된다. 화자와 대상간의 단절을 보여주었던 「츠르게네프의 언덕」과 달리 이 시에서는 언술주체와 대화를 나누는 "아우"의 목소리가 전면에 부각된다.

2연에서 장래희망을 묻는 형에게 "아우"는 "사람이 되지"라는 대답을 돌려준다. 이 문답이 전달하는 일차적 의미는 '아동'의 천진난만한 속성과 결부된다. 그런데 이어지는 대화를 살펴보면 화자가 그러한 "아우"의 대답을 "설은, 진정코 설은 대답"으로 규정하고 있음을 발견할 수 있다. 화자의 언급에 의해 표출된 이 같은 서러움의 정조는 "붉은니마"에 서린 "싸늘한 달", "아우의 얼골은 슬픈 그림"과 같이 1, 4연에서 수미상관적으로 반복된다. 이들 시구가 전달하는 애상성이 시 전반의 지배적 정조를 형성한 결과, "사람"이 되겠다는 아우의 대답은 역설적으로 '사람'이 될 수 없는, 즉 한 개인이 주체로 자기를 인식하는 것을 방해받는 현실에 대한 비유가 되고, 이 경우 대상화된 '아동'인 "아우"의 천진함은 역설적으로 비극적 현실을 강조하는 역할을 담당하게 된다.

이 시에서 활용한 직접인용의 방식은 '아동' 퍼소나의 목소리가 성인화자에게서 벗어나 독립적으로 '아동'의 사고만을 전달하도록 한다. 성인화자의 목소리와 대상화된 '아동'의 목소리가 완전히 구분되는 것이다. 이렇듯 전경화된 '아동'의 천진한 대답인 "사람이

되지"로 '아동'의 순진성을 직접 경험한 독자가 "설흔 對答", "싸늘한", "슬픈"과 같은 성인 화자의 시각에 연이어 노출되면서 시의 기저에 내포된 시대인식이 보다 효과적으로 전달된다. 이 같은 '아동' 형상화의 원리는 시적 대상으로서의 '아동'이 표현하는 천진함의 아이러니와 화자의 발화를 통해 나타나는 성인의 사고를 분리시킴으로써 '아동'의 천진함을 통해 역설적 비애를 이끌어낸 「이런날」, 「陽地쪽」, 「츠르게네프의 언덕」 등의 '아동' 형상화 방식과 연계된다.

지금까지 동시를 제외한 윤동주의 시를 중심으로 시적 언술의 대상으로 제시된 '아동'에 대해 살펴보았다. 이는 아동의 순수함을 시대상황을 인지한 성인 화자의 시선으로부터 분리시켜 제시하는 '아동' 형상화의 방식이었다. 앞 장에서 '퍼소나'로 형상화된 순수한 '아동' 화자의 목소리에 어른의 시각, 어법이 겹쳐지면서 시대에 대한 인식을 간접적으로 노출한 동시의 경우를 살펴보았다면, 여기에서 논의한 '아동'은 시대인식을 표출하는 성인 화자의 목소리와 분리되어 외부적 상황과 무관한 천진한 모습으로 대상화된다. 「이런날」, 「陽地쪽」에서는 성인 화자의 시선에 내재된 객관적 거리가 대상화된 '아동'의 순수성과 역사적 비극을 대조시켜 역설적으로 비애감을 자아내었다. 한편 「츠르게네프의 언덕」, 「아우의 印像畵」에서 성인 화자의 시선은 보다 직접적으로 대상과 관계한다. 대상화된 아동에 대한 주관적 감상을 개입시킴으로써 작가의 인식을 명확히 드러낸 것이다. 이들 시에 나타난 언술대상으로서의 '아동'은 동시에 나타난 화자로서의 '아동'과 달리 언술주체인

성인화자와 분리됨으로써 민족현실에 대한 시인의 인식을 보다 직접적으로 표출한다. 이는 아동의 순수성과 계몽성이라는 당대 동시의 두 가지 큰 흐름이 1930년대 중 · 후반에 동시를 집중적으로 창작한 윤동주의 시에 복합적 형태로 나타난 것으로, 시대에 대한 고민이 시적 형상화방식에 대한 고려에 영향을 미친 결과라 할 수 있다.

5. 마치는 말

지금까지 한국 아동문학에 있어서 근대적 아동 개념의 탄생과정을 살펴보고, 이와 연계하여 당시 윤동주의 시에서 '아동'이 형상화되는 방식의 특성을 고찰하였다. 이를 통해 이 글에서는 퍼소나와 언술의 대상으로 분류되는 형상화의 원리에 주목해 윤동주 시의 '아동'이 갖게 되는 함의를 근대아동문학과의 관계 속에서 밝혀낼 수 있었다.

윤동주의 시에서 '아동'은 동시의 경우 퍼소나의 형태로, 동시를 제외한 시편들에서는 언술대상으로 형상화되어 나타난다. 유종호가 "세계의 어둠과 그늘을 지각하고 있는 성숙하고 깨어있는 청순성"[16]으로 정의한 윤동주 시의 특성은 이 글에서 논구한 '아동'이 등장하는 시에서 특히 두드러지게 나타났다. 때로 그 같은 '아동'의 순진무구함은 역설적으로 시대, 사회에 대한 비판적 인식을

16 유종호, 『시란 무엇인가』, 민음사, 1995, p.296.

드러낸다. 윤동주의 시에서 이는 동시의 경우 순수한 '아동' 퍼소나를 취한 화자의 목소리를 통해, 동시를 제외한 다른 시들에서는 대상화된 아동의 순수성과 분리된 성인화자의 시선에 의해 표출된다. 이 경우 윤동주의 시에 나타난 '아동'의 순수성은 그 이면에 1930년대 식민지 상황에 대한 인식과 응전방식을 내포한다. 이는 원리면에서 상징이 갖는 의미의 이중성과 상통하며 『어린이』 지를 포함한 식민지기 아동문학의 계몽적 특성과 연계된다. 개별 민족의 특수한 경험이 보편과 연결되는 지점에 '아동'을 등장시킴으로써 상실의 상황을 표출하는 한편 고통의 극복에 대한 희망을 내포하기도 하는 것이다.

이러한 특성은 아직까지도 많은 연구자들에 의해 계속 논의되어야 할 문제로 다루어지는 윤동주 시의 저항성 여부에 대한 이 글의 입장과 그 맥락을 같이한다. '부끄러움'으로 일컬어지는 윤동주 시의 자기 인식과 반성은 종국에 인식의 확장을 통해 타자 관계에서의 실천으로 연결되어 그의 저항성을 드러낸다. 그와 마찬가지로 윤동주 동시의 '아동' 퍼소나는 그것이 적극적이거나 직접적 방식으로 드러나지 않을지라도 다양한 형태로 사회, 역사에 대한 시인의 인식을 간접화하며 시대에 대한 인식을 드러내준다.[17] 나아가

17 이는 앞에서 언급한 예들 외에도 '아동' 퍼소나를 취한 윤동주의 동시 가운데 간접적으로 계절적 배경이 제시된 10편 중 「개」, 「거짓부리」, 「호주머니」, 「겨울」, 「눈」, 「눈」(1936), 「편지」, 「창구멍」의 8편이(가을 1편(「참새」), 봄 1편(「봄」)을 제외) 겨울을 배경으로 삼고 있다. 죽음, 고통 등의 일반적 상징의미와 연관된 '겨울'을 주된 배경으로 삼은 이들 동시가 많은 경우 "추운" 느낌과 결부되고(「눈」, 「겨울」, 「거짓부리」, 「창구멍」), '그리움'(「편지」, 「창구멍」), '걱정'(「호주머니」), 냉소와 풍자(「거짓부리」, 「개」) 등의 성숙된 정서를 간

이는 당시 우리 아동문학의 주된 흐름을 형성한 민족주의, 계몽주의적 특성과 결부되어 윤동주 시의 '아동'이 1920~30년대 동시 창작 경향의 연장선상에서 논의될 수 있는 대상임을 시사해준다.[18]

1930년대 아동문학은 성인과 구분된 근대적 '아동' 개념을 반영했으며, 민족운동, 계몽운동의 성격을 띠고 있었다. 신문 스크랩을 통해 주류 문단의 흐름에 관심을 기울이던 윤동주는 당시 활성화되던 아동문학의 경향에도 영향을 받았다. 독립운동과 계몽운동의 영향을 받은 본토의 주류 아동문학과 무관하게, 만주지역에서 씌어진 윤동주의 동시가 식민 상황에 대한 저항의 가능성을 내포한다고 평가받는 것은 그에 따른 결과로 볼 수 있다.

앞서 윤동주의 시에서 '아동'이 형상화되는 방식의 다양성을 언급한 바 있다. 이는 윤동주 시의 '아동'이 지닌 성격을 시대인식을 표현하는 시적 장치만으로 국한하려는 시도는 아니다. 하지만 퍼소나와 시적 대상으로 분리된 윤동주 시의 '아동' 형상화 방식을 논의하는 과정에서 '아동'의 순수성과 시대인식의 결합이라는 특

접적으로 표출한다는 사실이 이를 뒷받침한다.

18 이처럼 다양한 윤동주 동시의 특성을 파악하는 과정에서 식민치하 동요를 여러 유형으로 갈래화한 이남수의 언급에 주목할 필요가 있다. 이남수는 1931년까지 13년간 식민지 시대에 발간된 『어린이』 지를 대상으로 그곳에 게재된 동요를 분석해 "현실원망과 망국한", "애상", "사친(思親)과 향수", "염원" 등으로 주제를 특성화하였고, 이것이 '나라 잃은 민족의 현실원망', '민족 전래의 한의 심정 토로', '부모와 떠난 애처로움과 고향에의 그리움', '미래에의 희구와 자유에의 갈망', '순진무구한 동심을 기저로 한 순수동요'로 나뉜다고 설명하고 있다.(이남수, 앞의 글, p.114, pp.119~122 참조.) 윤동주의 동시에 나타난 '애상'의 정서, '나라 잃은 민족의 현실', '가족과 고향에의 그리움'에서 파생된 외로움, '순진무구한 동심' 등이 당대 시작의 경향과 무관한 것이 아니었음을 확인시켜준다는 점에서 그의 언급은 중요한 시사점을 제공한다.

성을 도출해낼 수 있었고, 이를 통해 민족운동, 독립운동과 연관성을 갖는 식민지기 아동문학의 영향 아래 시대에 대한 인식을 특성화한 윤동주 시의 '아동'이 갖는 함의를 밝혀낼 수 있었다. 결국 이 글에서 밝힌 윤동주 시의 '아동' 형상화 원리는 일제 시대 우리 민족의 특수한 상황에 대한 인식을 형상화하고 폭력의 시대가 양산한 불합리한 상황에 대해 보편적 응전의 자세를 표현하는 시적 방식으로서, 당시 우리 '동시'가 지녔던 특수성의 한 측면을 보여준다.

디아스포라와 저항의 공간

1. 들어가며

이 글은 시인 윤동주가 경험한 디아스포라Diaspora[19] 체험과 그의 시에 나타난 공간적 특성의 상관관계를 살펴보려는 목적을 갖는다. 이는 '간도'-'서울'-'동경'-'교토'-'후쿠오카'의 이주경로로 집약되는 윤동주의 생애가 간도체험, 유학생활, 식민지화 등 시인의 실제 경험과 결부된 디아스포라 상황 속에서 동아시아의 근대화와 맺는 정치, 문화적 영향관계를 살펴보는 작업으로, 역사적, 정치적 맥락과 연관된 공간개념으로서의 디아스포라를 분석함으로써 저항의식을 드러내는 창작방식의 특성을 규명하는 과정을 포함

19 디아스포라diaspora의 어원은 '이산'離散을 의미하는 그리스어 *diasperien*으로서 집단적 망명에 의한 인구의 분산을 의미한다. 본래 B.C. 3세경 바벨로니아 제국의 포로가 된 이후 고향 "팔레스타인 땅을 떠나 세계 각지에 거주하는 이산 유대인과 그 공동체"를 지칭하였으나, 현재는 다양한 이유로 '이산'을 경험하는 경우까지 포괄적으로 지칭하는 용어로 쓰인다.

한다.

디아스포라의 다양한 이주경로를 포함한 윤동주의 생애는 격변의 시대 및 당대의 사회적 상황과 직, 간접적 영향관계에 놓인다. 북간도 이민자의 후예로 태어난 윤동주는 이산(離散)의 경험을 지닌 조상에게서 나고 배웠으며, 이후 조국의 서울에서 수학하면서 만주지역에 고향을 둔 이민자로서의 이중성을 체험하였다. 이 같은 디아스포라의 경험은 서울과 일본 유학시기에 겪은 식민지 체험과 연관되는 것으로, 국권을 상실한 조국에서 자신을 신민(臣民)이라 칭하는 타국의 지배를 받는 모순된 경험으로 이어진다.

기존의 연구에서 윤동주 시의 디아스포라 체험은 개인사와 민족사가 충돌하는 지점에서 나타난 자의식이며 고향의식과 결부된 "유랑의식"으로 규정되었고,[20] 이광수, 나혜석, 주요한, 김동인, 이상화, 김소월, 임화, 정지용, 김기림, 이상 등과 함께 묶여 새로운 것에 대한 지적 호기심에서 출발한 "근대를 향한 유민의식"[21]으로 설명되는가 하면, 간도 조선인의 정서와 식민지 조선인의 서정을 노래함으로써 저항의식을 드러낸 "영원한 이방인"의 노래[22]로 특징지어졌다. 이들 선행연구는 대체적으로 디아스포라를 윤동주 시의 한 경향으로 축소시켜 부분적으로 언급하였으며, 직관을 통해 개인적 체험과 시의식을 결부시켰다.

---

20 오양호, 「북간도, 그 별빛 속에 묻힌 고향」, 권영민 엮음, 『윤동주 연구』, 1995a, 문학사상사.

21 김승희, 「한국 현대시에 나타난 이산(離散, diaspora) 두만강, 현해탄, 38선을 넘어선 유민(遺民, 流民, 牖民)의식」, 『비교한국학』 11.1, 국제비교한국학회, 2003, p.4.

22 임헌영, 「순수한 고뇌의 절규-작품에 나타난 저항성」, 권영민 엮음, 앞의 책.

공간개념을 기본 전제로 삼는 '디아스포라'는 현상이고, 사람들이며, 지역성을 내포하는 개념이다. 따라서 윤동주 시의 디아스포라를 명확히 규명하기 위해서는 직관이 아닌 구체적인 시의 '공간' 구조에 주목하여 시의식을 검증할 필요가 있다. 이러한 작업은 윤동주의 생애에 수반된 이주경로를 좇아 그의 디아스포라 체험을 확인하고, 각각의 체험이 반영된 시의 공간적 요소를 분석하여 시의식으로서의 디아스포라를 귀납적으로 규명하는 과정을 통해 수행되어야 한다.

이 글에서는 그의 시에 나타난 디아스포라의 경로를 추적해가는 과정을 크게 두 가지로 나누어 살펴보려 한다. 첫 번째는 동시대 여타 시인들의 시와 차별화된 윤동주 시의 '고향' 의식이 갖는 특성을 밝혀내는 작업이고, 두 번째는 그의 '근대화' 인식에 미친 이문화 요소의 영향을 천착하는 작업이다. 이를 위해 전자는 간도 체험과, 후자는 서울 및 일본의 유학 체험과 시의 공간적 요소를 결부시켜 고찰할 것이다. 이 과정은 식민지 특수 상황에서 발생한 간도 이주와 근대화, 윤동주의 디아스포라 체험이 구체적인 '공간'으로 형상화되면서, 주체의 자기 인식과 저항의식을 바탕으로 시의식이 형성되는 양상을 보여준다.

2. 실향의 공간과 고향 찾기

윤동주가 체험한 디아스포라의 첫 번째 유형은 그가 태어나기 이전부터 형성되어 온 생래적 환경으로서의 간도체험과 밀접한 관련을 맺고 있다. 윤동주의 시에서 이 같은 간도체험은 '고향'에 대한 인식을 동반하고 표출되는 바, 그의 시에 나타난 디아스포라 공간으로서의 '고향'에 대한 고찰은 시인의 자전적 체험과 결부시켜 논의되어야 한다.

> 헌집신짝 끟을고
> 나여긔 웨왓노
> 두만강을 건너서
> 쓸쓸한 이땅에
>
> 남쪽하늘 저밑엔
> 따뜻한 내고향
> 내어머니 게신곧
> 그리운 고향집
>
> 「(童詩)고향집-만주에서 불은」 전문

「(童詩)고향집-만주에서 불은」이 씌어진 1936년 1월 윤동주는 평양의 숭실중학교에 적을 두고 있었다. 이러한 전기적 사실과 결부시켜 이 시의 의미를 타향살이를 하는 어린 소년이 "고향집"과 "어머니"를 그리는 심정을 표현한 것으로 이해할 경우, 시의 주체가 처한 지정학적 위치로 인해 "고향"의 해석이 애매해진다. 북간도의 남쪽에 위치한 평양에서 바라본다면 실제 시인의 "고향"인 "내어머니 게신" "따뜻"하고 "그리운 고향집"은 북쪽에 위치한 것으로 그려져야 한다. 그런데 정작 시에서 "고향"은 "남쪽하늘 저밑"에 위치해 있는 것으로 묘사되고, "두만강을 건너서/쓸쓸한 이 땅"이라고 표현된 1연의 공간이 시인의 실제 고향과 인접한 "만주"를 가리킨다. 이 같은 사실은 이 시가 시인의 간도 체험에서 연원하였으나, 평양에 유학하던 어린 윤동주 자신을 1인칭 퍼소나로 취한 것은 아니었음을 알게 해준다. 「(童詩)고향집-만주에서 불은」(이하 「고향집」으로 통일)이라는 제목이 보여주듯이 이 시에는 간도 이주민들이 느끼는 애환과 향수가 잘 드러난다. 평양 유학 시기에 느낀 "고향집"과 "어머니"에 대한 그리움이 확장된 주체인 선조들의 간도 체험으로 연결된 것이다.

경제적 동기가 주를 이루던 초기의 간도 이주와는 달리 1910년 강제합병 이후의 이주는 정치적 반감을 지닌 자들이 일제의 통제를 피해 비교적 자유로운 간도로 거처를 옮기는 양상을 띠었다. 윤동주가 자란 명동촌 또한 교육, 종교, 독립운동 등의 신문화 운동이 매우 활발하게 진행된 곳으로 알려져 있다. 지리적 여건으로 인해 그 지역 주민들은 중국의 영향을 직접적으로 받았고, 근대문물에 대해서도 개방적인 태도를 지니고 있었다. 하지만 아무리 간도에서 발전을 이루어도, 경제적, 정치적 이유로 어쩔 수 없이 고향을 등진 조선인들에게 "두만강" 이북은 여전히 "쓸쓸한 땅"일 수밖에 없었다. 이처럼 실향의 공간에 거한 이들이 남쪽 지역을 향해 던지는 애절한 시선, "나 여긔 웨왓노"라는 자탄에 담긴 실존적 절규를 담은 이 시는 일개인의 범주를 넘어 타향으로 쫓겨 가게 된 간도 이주민들의 애환까지를 아우르게 된다.

故鄕에 돌아온날밤에
내 白骨이 따라와 한방에 누엇다.

……〈중　　략〉……

가자 가자
쫒기우는 사람처럼 가자
白骨몰래
아름다운 또다른 故鄕에가자.

「또다른故鄕」 부분

'고향'이라고 생각했던 "남쪽하늘 저밑"의 공간인 '서울'에 와서도 윤동주의 '고향 찾기'는 계속된다. 시인이 연희전문에서 수학하던 1941년 당시, 간도 이주민들이 오매불망 그리워하던 '남쪽의 고향'은 일본에 의해 점령되어 있었다. 북간도 지역 이주민들의 향수를 자극하던 "남쪽하늘 저밑" 서울에 유학 온 윤동주의 눈에는 "따뜻한 내고향"이 아닌 국권을 상실한 식민지의 모습이 비쳤다. 식민화된 조국에서 벌어지는 온갖 모순을 목도하게 된 시인에게 '서울'은 결코 "따뜻한 내고향"이 될 수 없었다.

「또다른故鄕」은 「고향집」의 경우와 차별화된 '고향'의 새로운 분할방식을 보여준다. 이 시를 창작할 당시 윤동주는 용정의 친가에서 여름방학을 보내고 있었다. 「고향집」에서와 달리 이 시의 "故鄕"을 그 같은 전기적 사실과 결부시켜 실제 시인의 친가가 있는 북간도 지방을 지칭하는 것으로 해석해도 무리가 없다. 조국에서 참된 고향의 모습을 찾지 못하고, 그렇다고 해서 북간도 지역을 고향으로 수용할 수도 없는 아이러니한 상황 속에서 이 시의 주체는 "故鄕에 돌아온날밤" "또다른 故鄕"을 꿈꾼다. 여기서 "또다른 故鄕"은 상실한 "故鄕"을 회복시키기 위해 지향하는 새로운 공간이다.

이렇듯 윤동주의 시에서 '고향'은 물리적 공간과 심리적 지향공간이라는 두 개의 층위로 나뉘며, 실향의식과 지향의식의 이중적 측면을 포괄하는 상징적 공간이 된다. 그의 시에 형상화된 '고향' 모티프는 크게 고향을 잃어버린 자의 '실향의식'과 또 다른 고향을 찾는 자의 '지향의식'으로 나뉘며, 실향의식에서 초래된 고뇌와 방황에 그치지 않고 새로운 지향의식을 내포하는 윤동주 시의 고유한 고향의식을 형성한다.

> 이제나는 곧 終始를 박궈야 한다. 하나 내車에도 新京行, 北京行, 南京行을 달고 싶다. 世界一周行이라도 달고싶다. 아니 그보다 眞正한 내故鄕이 있다면 故鄕行을 달겟다. 다음 到着하여야할 時代의 停車場이 있다면 더좋다.
>
> 「終始」 부분

인용한 산문에서 "新京行", "北京行", "南京行", "世界一周行" 등은 "故鄕行"과 동일한 가치를 지닌 지향점으로 묘사된다.[23] 이때

---

23 실제로 디아스포라를 경험한 많은 탈식민지 작가들에게 있어 '고향'이란 현실 속에 존재하는 '조국'이 아니라, 어디까지나 '상상속의 고향(imaginary homeland)'이다. 이연숙, 「디아스포라와 국문학」, 『민족문학사연구』 제19호, 민족문학사연구소, 2001, p.63.

"고향집"은 "眞正한 내故鄕"이라는 전제를 깔고 있는 것으로 "다음 到着하여야할 時代의 停車場"에서 볼 수 있는 현실인식, 시대인식과 밀접한 연관을 맺는다. 여기에서 근대문물의 상징인 철도를 타고 찾아가는 "故鄕"은 근대 이전으로 회귀하려는 복고적 사고나 자연에로의 귀환을 의미하는 공간이 아니다. "新京行", "北京行", "南京行", "世界一周行", "다음 到着하여야할 時代의 停車場", "眞正한 내故鄕"과 같은 가능태로서의 "또다른 故鄕"은 윤동주의 다른 시들에서 '바다', '하늘', '숲', '산골' 등의 현실 공간으로 변주된다.

결국 윤동주 시의 '고향 찾기'는 일반적 의미에서 '실향의식'의 대칭개념으로 쓰이는 '귀향의식'이 아닌 '(지향적) 고향 찾기'를 의미하게 된다. 간도 이주민들이 체험한 강제적 디아스포라(「고향집」)와 달리, 「또다른故鄕」의 주체는 '간도'라는 물리적 공간에서 '고향'의 아우라를 제거함으로써 "故鄕에 돌아온날밤에" 참다운 심리적 고향인 "또다른 故鄕"을 지향하는 자발적 디아스포라의 상황을 선택한다. 이 같은 '고향 찾기'는 고국을 벗어나 간도에 거주하고 있는 자신의 처지, 나라가 주권을 잃어버린 상황에서 초래된 정체성의 위기, 실향의 슬픔에 대한 극복의지를 나타낸다. 현실 속에서 현실의 모순을 극복하려는 의지가 이상주의나 도피적 회귀가 아닌 현실 속에서의 참된 '고향 찾기'로 나타난 것이다.

기실 '고향'은 식민지 시기 시인들과 강제 이주를 경험한 만주 지역 시인들의 주요 모티프였다. 하지만 윤동주의 고향의식은 실향의 원인 제공자인 이민족과 압제자에 대한 적개심을 형상화한 만주지역 시인들의 '고향'[24]과는 차별화된다. 또한 '귀향'의 모티프를 전근대적 공간으로 회귀시킴으로써 식민근대에서 도피하거나 그에 대항하는 방식으로 활용한 1930년대 후반의 시들과도 다른 점이 있다. 윤동주 시의 '고향 찾기'는 단순한 귀향의지, 근원 혹은 전근대로의 회귀를 나타내거나 적대적 대항의식을 표출하는 것이 아니라, 지향적 공간을 형상화함으로써 현실 상황을 극복하려는 시인의 의지를 담고 있는 것이다.

이렇게 물리적, 존재적 층위의 고향을 상실하고 디아스포라를 경험한 윤동주 시의 주체가 유이민의 실향의식을 극복하기 위해 모색하는 진정한 '고향 찾기'는 여타의 도피적 이상주의와 차별화된다. 이는 식민화된 조국의 현실에 저항하며 주체적인 방식을 찾아가는 시인의 의지를 함축적으로 내포한다. 앞으로 살펴보게 될 윤동주의 민족의식, 문화에 대한 관심, 유학의 결심 등도 자신의 의지로 '고향'을 상실한 「또다른故鄕」의 주체가 보여준 자발적 디아스포라의 맥락과 관련지어 생각해볼 수 있다.

3. 질병의 공간과 데카당스

> ① 살구나무 그늘로 얼골을 가리고, 病院뒷
> 뜰에 누어, 젊은 女子가 힌옷 아래로 하
> 얀 다리를 드려내 놓고 日光浴을 한다.

24 조규익, 『해방전 만주지역의 우리 시인들과 시문학』, 국학자료원, 1996, pp.59~66 참조.

한나절이 기울도록 가슴을 앓는다는 이
女子를 찾어 오는 이, 나비 한 마리도
없다. 슬프지도 않은 살구나무가지에는
바람조차 없다.

나도 모를 아픔을 오래 참다 처음으로
이곳에 찾어왔다. 그러나 나의 늙은 의
사는 젊은이의 病을 모른다. 나안테는
病이 없다고 한다. 이 지나친 試鍊, 이
지나친 疲勞, 나는성내서는 않된다.

女子는 자리에서 일어나 옷깃을 여미고
花壇에서 金盞花 한포기를 따 가슴에
꼽고 病室안으로 살어진다. 나는 그女子
의 健康이—— 아니 내 健康도 速히
回復되기를 바라며 그가 누엇든 자리에
누어본다.

「病院」 전문

② 거미란 놈이 흉한 심보로 병원 뒤뜰 난간과 꽃밭 사이
사람 발이 잘 닿지 않는 곳에 그물을 쳐놓았다. 옥외요양을
받는 젊은 사나이가 누워서 쳐다보기 바르게—

나비가 한 마리 꽃밭에 날아들다 그물에 걸리었다. 노—란
날개를 파득거려도 파득거려도 나비는 자꾸 감기우기만
한다. 거미가 쏜살같이 가더니 끝없는 끝없는 실을 뽑아
나비의 온몸을 감아버린다. 사나이는 긴 한숨을 쉬었다.

나이보담 무수한 고생 끝에 때를 잃고 병을 얻은 이
사나이를 위로할 말이—거미줄을 헝클어 버리는 것밖에
위로의 말이 없었다.

「위로」 전문

윤동주의 시에 나타난 디아스포라의 두 번째 유형은 식민지 조국을 환자들로 가득 찬 병원처럼 인식한 데서 출발한다. 윤동주는 졸업기념 자선시집의 표제로 "病院"을 염두에 두었다. 정병욱의 증언에 따르면 윤동주는 시집 제목을 "病院"으로 하려 했던 이유에 대해 "지금 세상이 온통 환자투성이이기 때문이"라며 "병원이란 앓는 사람을 고치는 곳이기 때문에 혹시 앓는 사람들에게 도움이 될 수 있을지도 모르지 않겠느냐"고 설명했다고 한다.[25]

그런데 윤동주의 그 같은 바람과 달리 정작 ①, ②에 형상화된 "病院"에는 질병만 있을 뿐, 치료행위를 담당하는 의사가 존재하지 않는다. 화자의 언술 속에 간접적으로 제시된 ①의 "의사"는 병을 진단하지 못한다. 그는 "아픔을 오래 참다" 찾아온 환자에게 병이 없다고 한다. ②에는 심지어 그 같은 무능력한 의사조차 등장하지 않는다. 의사의 존재성은 그 치료행위를 통해 담보 받는 것인데,[26] ①, ②의 "病院"에서는 의사에 의한 치료행위가 이루어지지 않는다.

---

25 송우혜, 『(재개정판)윤동주 평전 : 나의 청춘은 다하지 않았다』, 푸른역사, 2004, p.316 참조.

26 가라타니 고진은 〈병을 고친다〉는 표현이 주체(의사)를 실체화한다는 점을 들어 서구적 의료체계와 신학의 동질성을 설명한 바 있다. 가라타니 고진(炳谷行人), 『일본근대문학의 기원』, 박유하 옮김, 민음사, 1997, p.145 참조.

화자의 진술 속에 간접화되어(①) 병을 고치지 못하는 유명무실한 존재로 제시되거나 시의 문맥에서 누락(②)된 채로 암시될 뿐이다.

두 시에서 의사는 본연의 치료 기능을 상실한 상태로 형상화되었으며, 이는 이들이 소속된 "病院"이 윤동주가 언급한 "앓는 사람을 고치는 곳"이라는 본래의 의미에서 이탈했음을 보여준다. 이는 윤동주가 시작활동을 하던 1930~1940년대 일본 관변의료체계가 지닌 특성과 상통하는 것이기도 하다. 당시 대표적인 근대성의 공간이었던 "病院"은 의료의 사회화라는 명목하에 치료기관에서 권력기관으로 변질되었다. 치료를 담당하지 못하는 ①, ②의 "病院"은 그 같은 식민조국의 실상을 간접적으로 보여주는 동시에, 국권을 상실한 조국에서 식민주체인 일본을 자신의 나라로 강요받던, "가슴을 알른" 환자로 가득한 우리 민족의 처지를 상징적으로 나타내는 공간이기도 하다.

앞서 윤동주가 자선 제목과 관련하여 시대적 상황의 '치료'에 대한 희망을 피력한 사실을 언급하였다. 그런데 ①, ②에서 의사의 부재 또는 치료기능을 상실한 의사의 모습이 그려진 것은 언뜻 이와 상반되는 듯하다. 여기서 윤동주가 언급한 '병원'은 일제 관변치하의 병원이 아닌 병원의 본래적 기능을 염두에 둔 상징적 표현으로 이해해야 한다. "故鄕"에 돌아와 "또다른 故鄕"을 희구한 윤동주의 지향성이 ①, ②에서 본연의 치료기능을 상실한 "病院" 속에 새로운 치유의 공간을 형상화하는 형태로 제시되면서 "病院"이 갖는 본래적 치료기능 회복의 희망을 내포하게 되는 것이다. 조국의 심장부에 유학 왔으나 식민지화로 인해 발생한 또 다른 디아스포라의 상황에서 시인은 모순된 현실의 국면을 타개할 희망을 담은 시작을 통해 그 해결책을 모색한다.

①에는 바깥세상으로부터 격리된 특수한 공간이 배경으로 등장한다. "病院"이라는 공간은 외부 세계와 차단되어 있으며, 그 내부에는 또 다른 격리된 공간인 "病院 뒤뜰"이 존재한다. 그곳은 "찾어 오는 이" 하나 없는, 즉 외부 세계와 병원 내부로부터 이중적으로 소외된 공간이다. "病院"은 세상으로부터 차단되어 있고, 환자들이 요양을 하는 "病院뒷뜰"은 그 같은 "病院" 내부에서도 고립되어 있는 것이다. 이와 같은 공간의 형태가 ②에서는 "병원 뒤뜰 난간과 꽃밭 사이 사람 발이 잘/닿지 않는 곳"과 같이 격리, 소외된 공간으로 묘사되었다. 이들 ①, ②의 공간은 병폐를 안고 있는 "病院" 안에 형성된 새로운 치유의 공간이다.

한편 ①과 ②에는 공통적으로 "병원 뒤뜰"에 누워 요양을 하는 "젊은" 환자가 등장한다. "가슴을 알른다는" 「病院」(①)의 여인에 대한 묘사는 폐병을 앓는 결핵환자의 이미지를 연상시킨다. 또한 "나이보담 무수한 고생 끝에 때를 잃고 병을 얻은" 「위로」(②)의 "사나이" 역시 동일한 방법으로 요양을 하고 있는 것으로 보아 ①의 "女子"와 유사한 질병에 걸렸다고 추정해볼 수 있다. 찾아오는 이 하나 없는 ①의 "女子"와 거미의 사냥을 바라보며 "긴 한숨"을 쉬는 ②의 "사나이" 둘 다 외롭고 병으로 힘든 환자의 모습을 형상화한다.

①에서 외부와 단절된 "病院뒷뜰"의 요양은 살구나무 그늘로 얼굴을 가린 채 다리만 드러낸 "女子"의 일광욕으로 묘사된다. 여자

의 존재성이 "얼골을 가"린 "女子"가 "힌옷 아래"로 드러낸 "하얀 다리"로 제시된 것이다. 타자와 관계하는 존재성의 상징인 얼굴[27]을 가리자 "女子"의 개별성이 사라지고, "힌옷"이 표상하는 환자의 질병을 상징하게 된다.

"얼골을 가리고" 있음에도 불구하고 "힌옷", "하얀 다리"의 색채 이미지와 "가슴을 알른다는" 정보가 주어졌기에 그 질병의 이미지는 폐결핵을 앓고 있는 여인의 창백한 낯빛으로 고착된다. 그녀가 "힌옷"으로 표상된, 병으로 고통받는 환자라는 사실이나 "얼골을 가리고" 있어 용모를 확인할 길이 없다는 객관적 정황에도 불구하고, "젊은 女子"의 일광욕 장면에 배치된 살구나무나 기이한 일광욕을 지켜보는 젊은이의 은밀한 시선이 자아내는 기묘한 관능성 등에 의해 ①의 "젊은 여자"에게 —수잔 손택이 말한 낭만파적 은유로서의— 결핵 이미지가 파생시키는 아름답고 신비한 몽환적 이미지가 들씌워지는 것이다.[28] "젊은 女子"의 "하얀다리"를 몰래 지켜보다 그녀가 누웠던 자리에 누어보는 젊은이의 모습과 결부되면서 "女子"가 앓는 질병이 갖는 고통이나 추악함, 감염의 위험성 등의 본래적 의미는 퇴색된다. 이처럼 「病院」의 데카당스적 특성은 윤동주의 여타 시들이 보여주는 일반적 양상과 유리되며, "젊은 女子"가 지닌 환자로서의 실체성을 약화시킨다.

한편 환자에 대한 묘사나 시의 주체와 환자의 관계를 통해 나타

27 엠마누엘 레비나스, 『시간과 타자』, 강영안 옮김, 문예출판사, 1996, p.93 참조.

28 가라타니 고진은 수잔 손탁의 은유로서의 질병을 인용하며 결핵에 덧씌워진 낭만적 이미지에 대해 언급한 바 있다. 가라타니 고진, 앞의 책, pp.134~138 참조.

난 「病院」의 데카당스적 특성은 ②에서 2연 전반에 상세하게 묘사된 거미의 포획장면으로 제시된다. ①에서 관찰의 시선이 관능성과 신비의 이미지를 동반하였다면, ②의 시선은 나비가 거미줄에 걸린 순간부터 날개를 파득거리는 나비를 거미가 실로 동여매기까지 포획의 전 과정을 바라보는 "사나이"의 시선 뒤에 놓여 있다. 이러한 간접적 시선이 자아낸 감정적 거리로 인해 2연의 사실적 묘사는 잔혹함과 탐미적 성격을 띠게 된다. 그리고 이에 조응하듯 ②의 질병은 낭만적 의미가 덧씌운 "젊은 女子"의 질병(①)과 달리 보다 직접적 양상으로 드러났다. ①의 "女子"와 유사하게 뒤뜰에서 요양을 하고 있으나 ②에서 "사나이"가 앓는 질병은 가슴에 금잔화를 꽂고 사라진 "하얀 다리"의 "女子"가 남기고 간 아련함이나 애잔함이 아니라, "나이보담 무수한 고생 끝에 때를 잃고 병을 얻은" 현실적 고통과 마주해있는 것이다.

당대 지식인들에게 "데카단티시슴은 단순한 『逸脫』의 데카단티시슴이라기보다도 오히려 현실과 정면으로 격투할 수 없는 그들의 消極的拮抗形式"이었다.[29] 문학에 표현된 데카당스가 단지 예술적 전위의 표출만이 아니라 현실과 정면대결할 수 없는 상황에서 자신들의 저항의지를 표현하는 소극적 방법으로 쓰였다는 것이다. 이러한 창작방식은 ①, ②에서 소외된 공간인 "병원 뒤뜰"의 데카당스 상황과 소극적 저항의 연계로 나타났으며, 결말 부분의 소통 시도

29 尹圭涉, 「知性問題와휴매니즘=三十年代인테리겐차의行程」(1), 『朝鮮日報』, 朝鮮日報社, 1938.10.11. 당시 윤동주는 데카당스와 저항의 관계를 역설한 윤규섭의 글을 수차례에 걸쳐 스크랩한 바 있다.

를 통한 저항의지에 의해서도 뒷받침된다.

「위로」의 마지막 연에서 시의 주체는 거미줄을 헝크러트리는 행위를 통해 "젊은 사나이"를 시름하게 만든 원인인 거미에게 간접적인 공격을 행함으로써 "사나이"를 "위로"하려 한다. 「病院」에서 이 같은 행위는 "한나절이 기울도록" "젊은 女子"를 지켜만 보는 소극적 행동에서 "금잔화"를 매개로 "女子"와의 '소통'을 타진하는 형태로 변주된다. 3연에서 그녀가 누웠던 자리에 누워보는 "나"의 행위에는 그러한 소통의 열망이 담겨 있다. "病院" 내부에서 "의사"와 소통할 수 없던 내가 소외된 독립공간인 "病院뒷뜰"에서 일광욕을 하는 "젊은 女子", "젊은 사나이"와 소통을 시도하는 것이다. 질병을 공유한 소외된 환자들 사이에 형성된 ①, ②의 연대감은 치유 가능성에 대한 희망의 표출을 의미한다.

이렇듯 ①, ②의 등장인물들은 자신들을 소외시킨 병원 속에 또 다른 차단된 공간을 형성해 스스로를 소외시킴으로써 외부에 의한 소외를 극복한다. 두 시의 배경이 된 "病院"은 질병을 치료하기 위해 지어졌으나 병을 진단하지 못하고, 본연의 치료기능을 담당하는 의사가 없는데 그 안에서 치유의 과정이 파생되는 이중적 모순성을 상징하는 공간이다. 그 속에서 자발적 소외를 통해 타자가 초래한 소외를 상쇄시키는 「病院」과 「위로」의 치유방식은 제 역할을 수행하지 못하는 근대 권력기관으로서의 당대 '병원'에 맞서, '병원'이 갖는 본래적이고 참된 치유기능을 회복시키려는 윤동주 시 특유의 응전 방식을 내포한다. 이는 —조국에 유학 와서도 '고향'을 체험할 수 없었던— 윤동주의 사상적 디아스포라에서 초래된 현실인식과 관련을 맺는다.

4. 부정의 공간과 자발적 소외

윤동주가 체험한 마지막 디아스포라 유형은 일본으로의 유학이다. 그는 일본 유학을 통해 조국의 모순적 식민근대를 초래한 일본근대의 실상을 직접 목도하게 된다. "病院"이라는 공간이 내포하던 식민근대의 모순이 유학생의 시선에 비친 일본 근대의 모습으로 변주된 것이다. 윤동주는 민족의 독립과 문화의 중요성에 대한 깊은 인식을 바탕으로 서울과 일본 유학을 결심하였다.[30] 이 사실은 간도 체험을 제외한 윤동주의 디아스포라가 타자에 의해 강요된 것이 아니라, 시대 인식을 바탕으로 한 자발적 선택임을 보여준다. 타자에 의한 강제적 식민 상황 속에서 도일(渡日)이라는 '자발적 디아스포라'를 선택함으로써 국권상실로 인한 디아스포라 상황의 극복을 시도한 것이다.

---

30 윤동주의 서울, 일본 유학이 민족 독립과 문학의 밀접한 관계에 대한 인식에서 출발한다는 사실은 장덕순의 회고(송우혜, 앞의 책, pp.227~228)나 일경에게 유학동기를 진술한 부분(위의 책, p.326), 그리고 일본 고등 경찰 엄비 기록 중 "교토로 온 이후의 책동" 부분에 제시된 윤동주, 송몽규, 고희욱의 협의 내용(권영민 엮음, 앞의 책, pp.559~562)을 통해 확인할 수 있다. (가)~(파) 항까지 기록된 이 문서의 기록 중 (가), (나), (라), (마), (차), (카), (타)에서 이들은 민족 문화를 독립의 선결과제로 인식하고 문화의 유지와 확립을 강조하고 있다. 이는 당시 윤동주 등이 문화의 가치에 대해 매우 중요하게 인식하고 있었음을 알려주는 동시에 그들의 일본 유학 결심이 민족 문화에 대한 연구역량을 기르기 위해서였다는 진술을 다시 한번 확인시켜 주는 대목이다.

으스럼이 안개가 흐른다. 거리가 흘러간다.
저 電車, 自動車, 모든 바퀴가 어디로 흘리워 가는 것일가? 定泊할 아무港口도없이, 가련한 많은 사람들을 실고서, 안개속에 잠긴 거리는,

「흐르는거리」 부분

이 시를 창작한 1942년에 윤동주는 릿교대학에 재학 중이었다. 당시 윤동주가 처한 재일유학생으로서의 디아스포라 상황은 「흐르는거리」의 주체가 지닌 방외자로서의 관찰자적 시선을 형성하는 데 영향을 미친다. 이 시는 흘러가는 시간과 개체의 고독을 보편적 상징의 형태로 형상화하고 있지만, 한편으로는 속국의 유학생인 방외자의 눈에 "유동적이고 불안정"[31]하게 비친 일본 근대의 모습을 형상화한다.

한국 근대화를 주도한 일본의 "거리"에서 "電車", "自動車"와 같은 근대문물은 제 기능을 수행하지 못한 채 "어디로 흘리워간다". 근대적 문명으로 가득 찬 일본 "거리"의 실상이 "안개속에 잠긴" 표류하고 방황하는 공간의 형태로 제시된 것이다.

그런데 그러한 '흐르는 거리' 속에서 해체되고 방황하는 것은 비단 사물들만이 아니다. "안개속에 잠긴 거리"에 소속된 사람들 역시 "定泊할 아무港口도없이" "거리"에 실려 "흘러간다". 여기에서 시적 주체는 '거리'에 소속되어 있으면서도 다른 사람들과 함

31 서경식, 『디아스포라 기행』, 돌베개, 2006, pp.14~15.

께 흘러가지 않고 그들을 지켜보는 관찰자의 시선을 견지한다. 이 디아스포라의 시선에 포착된 일본 거리의 "많은 사람들"은 근대문명의 수혜자인 모던 걸, 모던 보이가 아니라 자신들의 조국이 초래한 제국주의 전쟁과 사회적 혼란으로 인해 평화와 안정을 상실한 채 정처 없이 부유하는 "가련한 사람들"일 뿐이다. 이렇게 현장에서 일본 근대의 모순을 목도하게 된 「흐르는거리」의 주체는 경이와 감탄이 아닌 관찰하는 시선을 견지한다. 사람들을 미혹시키는 안개 속에 감춰진 "거리", 즉 일본 근대의 혼란을 지켜보는 것이다. 일본에게 있어서 서양의 근대는 닮고 싶으면서도 극복되어야 할 대상이었다.[32] 모순된 근대의 표상인 "거리"의 혼돈과 와해를 바라보는 객관적 시선은 그 관찰의 주체가 피식민지인이라는 점에서 중요한 의미를 갖는다. 식민국과 피식민국이라는 두 공간의 근대적 문명, 문화를 체험함으로써 식민본국의 주체들이 감지할 수 없는 측면을 바라보는 새로운 시선이 디아스포라로서의 정체성을 내포하고 있기 때문이다.

중심으로부터 거리를 두는 '자발적 소외'의 방식을 통해 윤동주 시의 주체는 당시 일본이 겪던 근대화의 혼돈과 모순을 한 발자국

32 이 시가 창작된 1942년의 9, 10월 『문학계』에 실린 「근대의 초극」 좌담은 당시 일본이 겪은 근대화 과정의 그 같은 혼란을 단적으로 보여준다. 이시다 이치로(石田一良), 『일본사상사의 이해』, 성해준 · 감영희 옮김, J&C, 2004, p.299.;다케우치 요시미, 『일본과 아시아』, 서광덕 · 백지운 옮김, 소명출판, 2004, pp.64~139.; 봉건적 천황제와 서양적 근대가 충돌한 일본의 근대화는 한국의 기독교에 대한 회유와 탄압으로 대변되는 일본 총독부의 종교정책과 일본 기독교의 포교방식에서도 엿볼 수 있다. 韓晳曦, 『日本の朝鮮支配と宗教政策』, 未來社, 1988, pp.84~92 참조.

떨어져 바라보는 디아스포라의 시선을 확보한다. 현실공간에서 스스로를 소외시켜 경이로운 근대문명 이면의 모순과 병폐를 꿰뚫어 보는 이 시선은 앞서 언급한 "病院 뒤뜰"이라는 소외된 공간을 형상화하여 근대성의 허위를 고발한 창작방식과 연결된다. 이는 근대문명의 순기능을 부정하고 자발적으로 근대성의 공간에서 자신을 소외시켜, 디아스포라의 입장에서 근대화의 실상을 고발하는 저항의 태도를 내포한다.[33]

지금까지 「흐르는거리」의 공간 묘사를 살펴봄으로써, 거대한 도시문명에 압도되어 소외를 경험한 당대 모더니스트들의 근대성 비판과 차별화되는 윤동주 시의 특성을 파악해 보았다. 급격한 도시화 과정을 겪으며 성장한 세대인 1930년대 모더니스트들은 근대문명의 징후를 도시 속에서 발견하고 이를 작품 속에 적극 수용하였다.[34] 그러나 이들 모더니즘 시인들의 시에 문명체험 자체가 부각되어 있고, 이에 대한 문명비판 역시 그러한 경험의 한가운데서 간접적으로 나타난 것에 비해 윤동주의 시 「흐르는거리」는 디아스포라의 정체성에서 비롯된 관찰자적 시선을 통해 "거리"의 근대문물을 비판적으로 형상화한다. 조국을 상실한 도일(渡日) 유학생의 디아스포라로부터 초래된 이 같은 인식은 식민근대가 발아된 온상

33 이는 바바가 '반동성의 형태'를 통한 재등장이라고 규정한 방식과 유사하다. 바트 무어-길버트(1997), 『탈식민주의! 저항에서 유희로』, 이경원 옮김, 한길사, 2001, p.316.

34 이는 예리한 감각적 수용을 통한 문학의 신비화(정지용), 이미지즘(김광균), 문학 물신주의(이상), 퇴폐적 경향(오장환) 등으로 분화된다. 이들이 표현한 도시체험의 충격은 이를 매개로 한 일본 자본주의의 역사적 충격이라는 부정성도 포함한다. 서준섭, 『한국 모더니즘 문학 연구』, 일지사, 1988 참조.

인 일본의 근대문명과 근대적 공간의 부정성(不正性)을 인식하게 된 자의 부정의식(否定意識)을 내포한다. 다음의 시를 통해 자발적 소외의 방식으로 형상화된 이 같은 저항의식의 또 다른 변주형태를 살펴보도록 하겠다.

窓밖에 밤비가 속살거려
六疊房은남의나라,

…… 〈중 략〉 ……

나는 무얼 바라
나는 다만, 홀로 沈澱하는 것일가?

…… 〈중 략〉 ……

六疊房은남의나라.
窓밖에 밤비가속살거리는데,

「쉽게씨워진詩」 부분

시에서 일본식 다다미 6장이 깔려 있는 "六疊房"은 반복, 강조되고 있는 "남의나라"라는 공간적 배경을 나타내준다. 앞에서 인용한 「흐르는거리」가 일본을 잠식한 서양 근대문물을 형상화하였다면, 「쉽게씨워진詩」의 "六疊房"은 "남의 나라"임을 환기시켜주는 공간인 동시에 "거리"를 장악한 근대화의 물결에 휩쓸리지 않는 고유한 일본의 전통문명을 나타내어 전통과 서양 문물이 혼재하던 당시 일본 근대의 모습을 표상한다. 서양적 근대를 지향하면서도 한편으로는 전통과 봉건제를 유지할 수밖에 없던 근대 일본의 "六疊房"은 "씨줄과 날줄"로 표현되는 일본의 모순적 속성[35]과 일치한다.

결국 자기를 잃어버린 일본은 더 이상 동양일 수 없었으나 그렇다고 유럽이 될 수도 없는 이중의 부정을 겪게 된다.[36] 문명, 문화면에서 목도된 일본 근대의 그 같은 모순은 정치적 측면에서도 마찬가지로 재현되었다. 대동아공영권을 표방한 일본의 식민권력이 표면적으로는 동화를 부르짖으면서도 이질성을 관계의 본질로 삼았던 것이다.[37] 그리고 그러한 의미에서 일본이 정치적으로 내세운 '동아(東亞)'의 개념은 중국을 중심으로 하던 문화적 범주의 '동아'를 새롭게 재편할 수 있는 것이 아니었다. 자신의 디아스포라를 초래한 일본의 심장부에서 식민주체가 겪고 있는 근대의 특수성과 그들이 내세우는 '동아'의 실상을 목격한 윤동주는 일본이 내세운 '동아'의 개념을 민족 독립의 논리적 기틀 마련에 활용한다. 일본의 주장대로라면 '대동아 공영권'의 일원인 조선이 독립하는 것은 역사적 필연이라는 것이 그 골자를 이룬다.

---

35 루스 베네딕트,『국화와 칼』, 김윤식 · 오인석 옮김, 을유문화사, 1992, pp.10~11 참조.

36 "동양의 근대"는 저항을 통해 자기 혹은 주체를 확립해가는 것이라고 규정한 고야스 노부쿠니의 언급은 일본 내부에서 일어난 '저항을 잃어버린' 일본 근대화에 대한 비판을 보여준다. 子安宣邦,『日本近代思想批判』, 岩波書店, 2003, pp.201~210 참조.

37 김진균 · 정근식 편저,『근대주체와 식민지 규율권력』, 문화과학사, 1997, pp.24~25 참조.; 가라타니 고진(炳谷行人) 외(1997),『현대 일본의 비평2』, 송태욱 옮김, 소명출판사, 2002, p.177 참조.

식민의 논리 속에서 탈식민의 논리적 근거를 찾아내는 이 같은 저항성은 윤동주의 시에서 공간적 요소를 활용한 창작방식으로 변형된다. 「쉽게씨워진詩」에서 이는 "六疊房"이라는 일본의 공간 속에 또 다른 단절된 공간을 형성하는 방식으로 나타난다. 「病院」에서 보았던 공간을 통한 이중적 소외가 여기에서는 폐쇄된 공간인 "六疊房" 속에 "沈澱"을 통해 고립된 공간을 확보하는 양상으로 변주된다. 조국을 식민지화한 "남의 나라"에서 바라보는 "窓밖의" "밤비"가 "窓"을 경계로 한 내부공간에서 주체를 잠식하는 "沈澱"으로 변이되면서 "六疊房" 속에 비현실적인 또 하나의 공간을 만들어낸 것이다. 그 "沈澱"의 과정 속에 행해진 철저한 자기대면은 어두운 현실과 실존적 위기 등 부정적 상황에 맞선 응전의 방식을 보여준다. 존재론적 고찰을 통해 독립의 신념을 표출하는 윤동주 시의 이 같은 소극적 저항방식은 "떠날 때 다시 만날 것을" 믿은 만해의 신념에 연결되고, "백마 타고 오는 초인"으로서 역사의 새벽을 예감한 육사의 예언자적 지성에 맞닿음으로써[38] 한국 저항시의 계보를 잇는다.

모순을 내포한 일본의 근대화 논리를 수용하는 것은 자율적인 주체-타자 관계의 상호작용이 형성한 공동체로서의 '우리'를 단순한 식민지적 '군중'으로 파편화시키는 결과를 초래한다. 일본의 심장부에서 모순적 근대를 목도한 유학생 윤동주가 느낀 이질감, 그리고 그 같은 디아스포라 인식에 비례하여 상대적으로 투철해진

38 김재홍, 「운명애와 부활정신」, 권영민 엮음, 앞의 책, p.248.

민족의식은 시의 공간적 요소를 통한 '자발적 소외'의 형상화를 통해 일본 근대에 대한 부정을 드러낸다.

5. 나가며

윤동주에게 있어 디아스포라는 전 생애에 걸친 생존의 조건이자 창작의 기반인 동시에 삶의 경로이면서 저항의 조건이었다. 공간 개념을 내포하는 이 디아스포라는 그의 시에서도 공간적 요소를 통해 형상화된다. 이 글은 윤동주의 이주경로에 따라 공간적 형상화가 '고향', '근대'에 대한 인식으로 표출되는 양상을 살펴보았다. 이는 디아스포라에 기반을 둔 윤동주의 자아 인식, 현실 인식이 시의 창작방식을 통해 저항의 의지로 표출되는 과정에 대한 추적이었다. 또한 이는 윤동주의 시와 생애를 특징짓는 소극적 저항성이 식민화, 근대화 과정 가운데 '고향 찾기'와 '데카당스', '자발적 소외' 같은 응전의 방식으로 형상화되는 지점에 대한 분석적 고찰이기도 했다.

이상의 작업을 통해 이 글은 윤동주의 디아스포라 체험과 그에 수반된 이문화 요소와의 영향관계가 '고향', '병원', '일본'의 공간과 결부되어 '고향 찾기', '데카당스', '자발적 소외'로 형상화되는 창작 방식을 고찰함으로써, 전기적, 사상적 측면에서 논의되어 온 윤동주의 저항성을 시의 구조 분석을 통해 규명하였다. 또한 동시대 시인들과 차별화되는 윤동주의 시의 특질을 밝혀 한국 문학사에서 그가 차지하는 위상을 재정립하는 데 기여했다.

논의의 범위를 벗어나 함께 다루지 못했지만, 「肝」, 그리고 「懺悔錄」, 「十字架」, 「태초의아츰」, 「또태초의아츰」, 「새벽이 올 때까지」 등 일련의 기독교 시에 나타난 이문화 요소의 융합은 불합리한 근대의 모순에 동화되지 않고 새로운 주체상을 모색하는 윤동주 시의 또 다른 창작방식을 보여준다. 이들 시가 안고 있는 난해함은 앞서 언급한 데카당스를 통한 소극적 저항성의 표출과 연계되어 설명될 수 있다. 이에 대한 종합적 논의는 앞으로의 작업으로 남겨두기로 한다.

재만조선인 학생 윤동주의 교육적 경험과 시의식의 상관성

1. 들어가며

윤동주의 시가 지닌 힘은 무엇일까? 탄생 100주년을 맞아 시인을 추모하는 다방면의 목소리들을 접하며 다시금 고개를 들었던 의문이다. 해방 이후 줄곧 한국인이 가장 사랑하는 시인 중 하나로 손꼽히며 베스트셀러 목록에 "부끄러운 이름"(「별헤는 밤」)이라던 '윤동주' 석자를 자랑스럽게 올리고 있는 사실을 그가 알게 된다면 어떻게 반응할지 궁금하다. 『동아일보』 신춘문예에 콩트가 당선된 송몽규 앞에서 "대기(大器)는 만성(晩成)이지"라 하던 윤동주의 호언,[39] 혹은 어쩌면 자존심 강한 문학청년의 열등감 드리운 자위적 언사였을지 모를 예언보다 더 거대한 그릇이 되어 작금의 윤동주 시는 21세기 독자들의 울림까지도 담아내고 있다. 그의 시가 지

39 문익환, 「내가 아는 시인 윤동주 형」, 권영민 엮음, 『하늘과 바람과 별과 시』, 문학사상사, 1995b, p.28.

닌 힘은 그에게 덧씌운 민족시인 · 저항시인의 순수와 자아성찰이라는 특성만으로는 설명될 수 없다. 그간 수많은 연구자들은 윤동주 시의 다양한 면모들을 탐색하며 윤동주 시의 특성을 보았다. 그중 그의 시를 바라보는 시각이 일정한 프레임에 갇혀 있었다는 문제제기에서 출발한 연구들이 —그의 생애의 중요한 부분으로 줄곧 언급되어 왔지만, 시 분석과 관련해서는 크게 주목받지 못했던— 만주체험과 결부된 논의를 시도하였다. 이들은 만주지역을 중심으로 한 다문화적 주체성,[40] 그리고 현재까지 이어지는 기억을 재구성하며[41] '경계' 지역으로서의 만주에 대한 새로운 시각을 제시해 왔다.

윤동주에게 있어 만주시절은 유년기를 보내고 시 세계를 형성할 정신적 토양이 일구어진 시기였다. 1917년 만주 명동촌에서 출생해 명동학교를 다니다가 용정으로 이주해 은진중학교에 입학하였고, 1935년 가을 상급학교 진학을 위해 평양 숭실중학에 편입하였다. 이후 1936년 봄 다시 만주로 돌아와 광명중학에서 수학했으며, 1938년 3월 연희전문으로 다시 유학을 떠나기 전까지 계속 만주지역에 머물며 시대적 흐름과 연관된 여러 역사적 사실들을 목도하였는데 이는 이후 그의 시에 다각도로 영향을 미쳤다. 이 글에서는 선행연구들의 연장선상에서 윤동주가 재만조선인으로서 경험한 교육의 특수성이 해당 시기의 습작품들에 미친 영향을 희생양

40 오문석, 「윤동주와 다문화적 주체성의 문학」, 『한국근대문학연구』 25, 한국근대문학회, 2012.

41 김신정, 「만주 이야기와 윤동주의 기억」, 『돈암어문학』 30, 돈암어문학회, 2016.

과 아동이라는 두 가지 모티프와의 관계를 중심으로 고찰해 보기로 한다.[42]

2. 민족주의 기독교 교육의 수혜와 '위대한 희생'

윤동주가 태어난 북간도(동만주)는 민족 운동가들이 일제의 탄압을 피해 이주한 지역으로 조선의 기독교인 민족 운동가들이 교회를 세워 전도하며 민족운동의 기지로 삼으려던 곳이었다. 만주 교회사를 보면 윤동주의 외조부인 김약연, 명동학교에 기독교 교육을 도입한 정재면, 윤동주의 절친이었던 문익환의 아버지 문재린 등 시인 윤동주와 연관을 지닌 사람들이 장로교회의 주요 인물들로 거론됨을 확인할 수 있다. 당시 만주지역의 조선인 교회는 민중의 삶에 실제적으로 개입해 그들의 생존권을 확보하기 위해 힘썼고, 많은 경우 학교 설립을 병행하며 사회, 문화 활동을 적극적으로 추진해 한국인들의 삶을 향상시키고 미래의 희망을 갖게 하는데 적극적으로 앞장섰다. 당시 그곳에 설립된 한국인 학교 중 종교기관과 민족운동측이 세운 것은 각각 83개, 34개로 전체 학교 수의 19%를 차지했다. 일본이 건립한 학교 수 88개와 비교해 보면 그 비중을 짐작해볼 수 있으며, 특히 전체 종교기관의 학교 설립 비율 중 50%가량을 차지할 정도로 윤동주 일가가 소속된 장로교

42 재만조선인으로서의 교육적 경험이 습작기의 작품들에 형상화된 특성을 논하는 작업이므로 『사진판 윤동주 자필 시고전집』에 실린 습작노트 「나의 習作期의 詩 아닌 詩」의 표기를 그대로 살려 시를 인용하도록 하겠다.

의 활동이 두드러졌음이 특기할 사항이다.[43]

윤동주가 다닌 명동학교는 이러한 역사적 사실들을 배경으로 설립되어 기독교교육과 민족교육을 병행하던 곳이다. 명동학교의 기독교 교육을 시작한 사람은 1909년 신학문 선생으로 초빙된 정재면이었다. 그는 "정규과목의 하나로 성경을 가르치고 예배를 드릴 수 있어야" 한다고 부임조건을 내걸었으며, 이후 어른들도 같이 예배를 드려야 한다고 선언함으로써 명동마을의 기독교화를 이끌었다.[44]

하지만 종교란 강요로 받아들일 수 있는 것이 아니다. 명동마을의 기독교화 이면에는 당대 사회의 복잡한 메커니즘이 도사리고 있었다. 당시 북간도지역의 조선인들은 중국지방정부 및 일제의 탄압을 이중으로 겪어야만 했다. 강한 민족의식을 지닌 이들은 중국과 완전히 동화될 수 없었고 그렇다고 조선민족의 자치를 완전히 실현시킬 수도 없었다. 이 같은 상황에서 캐나다 장로교와 함께 들어온 기독교는 새로운 개척지에서의 사회적 이상을 실현시킬 현실석인 대안으로 비춰지며 재만조선인 사회에 종교 이상의 의미로 다가왔다. 북간도의 특수사정상 기독교학교로 전환하는 편이 중국 · 일제의 간섭과 통제를 덜 받으면서 민족교육을 실시하는 데 유리했던 것이다. 그러나 그 과정이 순탄했던 것만은 아니다. 1920년대에 접어들면서 북간도에 밀어닥친 공산주의 사상이 명동학교

---

43 채현석, 「만주지역의 한국인 교회사」, 『한국기독교와 역사』 3, 한국기독교역사연구소, 1994, pp.77~78, 85~86.

44 송우혜, 앞의 책, pp.60~63 참조.

학생들에게 지대한 영향을 미쳤기 때문이다. 당시 교장이던 김약연은 민족운동, 독립운동에 도움이 되리라는 기대 아래 기독교 이념에 기초한 교육을 강화하려고 노력하였고, 이에 반발한 학생들이 종교와 교육의 분리를 주장하면서 교장의 퇴진을 요구하는 동맹휴학에 들어갔다. 그 결과 1925년 명동학교 중학부가 폐교되고 소학교만 남게 되었는데,[45] 윤동주가 송몽규, 문익환 등과 명동학교에 입학한 것이 바로 그 해였다.

윤동주가 명동학교에서 받았던 기독교 교육이란 이처럼 민족교육이 전제가 된 것이었으며, 실용적 사고가 버무려진 특수성을 지닌다. 그러한 사상이 명동마을에서의 유년시절, 즉 명동마을에 유입된 기독교를 받아들인 부모 및 조부모의 영향과 명동학교에서 받은 교육에서 배태되었기에 명동학교의 기독교 사상이 지닌 특수성을 살펴본 후 그의 시에 나타난 기독교 의식을 검토하는 것이 필요하다.

윤동주의 습작기록이 최초로 확인되는 1934년 12월 24일에는 「초 한 대」, 「삶과 죽음」, 「내일은 없다」의 시 세 편이 창작된 것으로 확인된다. 하지만 송우혜의 지적과 같이 이들 세 편의 시가 같은 날 창작되었다기보다는, 그가 습작노트에 날짜를 기록하기 시작하며 그간의 습작 중 몇 편을 선택해 기록을 남겨둔 것으로 보는

45 韓哲昊, 「明東學校의 변천과 그 성격」, 『한국근현대사연구』 51, 한국근현대사학회, 2009, p.278; 김동춘, 「북간도 조선민족사회의 형성과 기독교 수용과정」, 『한국기독교역사연구소소식』 81, 한국기독교역사연구소, 2008, pp.32~33.

것이 더 타당할 수 있다.[46] 이 같은 창작일자의 기록습관이 시작된 시점은 송몽규의 콩트가 동아일보 신춘문예에 당선된 1935년 1월 1일과 일치한다. 송몽규가 미리 당선사실을 고지 받았는지 —영화 〈동주〉에서처럼— 신문을 보고 당선결과를 알게 된 것인지는 확인할 수 없지만,[47] 윤동주와 송몽규의 관계성으로 미루어 보았을 때 신춘문예 응모사실을 미리 알았을 가능성이 높으며 그가 몽규의 도전에 고무되어 자신을 다잡았을 거라고 추정해 볼 수 있다. 그중 가장 먼저 기록된 「초한대」에는 기독교 가정에서 자라 기독교 교육을 받은 윤동주의 사상적 배경이 여실히 드러난다.

초한대—
내방에 품긴 향내를 맛는다.

光明의祭壇이 문허지기젼.
나는 깨끗한 祭物을보앗다.

염소의 갈비뼈같은 그의몸.
그의生命인 心志까지
白玉같은 눈물과피를 흘려.
불살려 버린다.

46 송우혜, 앞의 책, pp.125~126.

47 1935년 동아일보의 신춘문예 지면에는 「숟가락」이라는 제목의 콩트가 송한범의 이름으로 실려 있을 뿐 당선소감을 확인하기 어려우므로 당선사실을 미리 고지 받았는지를 확인할 수는 없다.

그리고도 책머리에 아롱거리며
선녀처럼 초ㅅ불은 춤을춘다.

매를 본꿩이 도망가드시
暗黑이 창구멍으로 도망간
나의 방에품긴
祭物의 偉大한香내를 맛보노라.

「초한대」 전문

이 시는 전체적으로 초가 타다 꺼진 방 안의 모습을 묘사한다. 그러한 물리적 상황은 2연의 "光明의祭壇", "祭物", 3연의 "염소", "갈비뼈", "그의몸", 5연의 "祭物"과 같은 시어와 결부되면서 종교적 색채를 띠게 된다. 「십자가」를 비롯해 윤동주의 이후 시작에 나타날 정결성에 대한 희구, 희생의식 등의 특성이 이 시에서 발아되고 있다는 점은 주목할 만하다.

제목인 "초한대"의 의미를 생각해보자. 일반적으로 제단에 켜는 촛불은 여러 개일 가능성이 높다. 그런데 이 시에서 초는 단 "한대"로 설정되어 있다. 이는 제목으로, 그리고 1연의 첫 행에서 시상을 여는 역할로 반복, 강조된다. 거기에 2연부터 등장하는 기독교적 시어들, 그리고 —자기를 불살라 빛을 비추는— 초의 역할에 대한 상식이 함께 작동되면서, "초한대"는 자기를 희생해 인류를 구원한 예수와 같은 희생제물의 의미를 갖게 된다.

이 지점에서 윤동주가 「십자가」 3연의 "처럼"을 독립된 행으로 부각시켰던 사실을 떠올려볼 수 있다. 기독교 사상의 정수는 예수의 십자가 희생을 통해 증명된 유일신의 사랑으로 집약되며, 예수가 달려 돌아간 십자가는 인류의 죄에 대한 대속을 상징한다. 죄를 범한 자를 대신하는 희생양으로서 예수가 지닌 흠 없음과 정결함의 특성은 구약시대의 대속제에서 희생된 어린 동물에게서도 발견되는 것이었다. "처럼"이 독립적으로 부각됨으로써 윤동주의 시에서도 예수와 그 희생을 대신하려는 자 간의 유사성은 강조된다. 혼자의 몸으로 인류의 죄를 짊어진 예수 그리스도와 동화되기 원하는 욕망, 정결한 예수를 닮기 원하지만 결코 그와 같아질 수 없는 동일시의 불가능에 대한 깨달음이 십자가를 보며 뼈아프게 깨우치는 죄의 인식을 기반으로 동시에 표출되고 있는 것이다.

「초한대」에서는 「십자가」에서 발견되는 그 같은 희생의지의 맹아가 발견된다. 「십자가」에서와 달리 1인칭 화자로서의 내가 예수의 십자가 희생을 대신하려는 의지가 강하게 표명되지는 않지만, 흰색의 초를 등장시킴으로써 예수의 희생과 같이 대속의 역할을 할 '새로운 제물'이 필요하다는 인식을 표출한 것이다. 죄악에 빠신 인간들을 구원하기 위한 예수의 희생은 일본의 압제를 경험한 신앙심 깊은 청년 윤동주에게 동시대의 죄악과 수난에 처한 민족을 구원할 유일한 대안으로 비쳤을 것이다. 그의 선조들이 정치적 고려와 이상의 실현이라는 두 가지 희망을 지니고 기독교를 받아들였던 것을 떠올려볼 때, 민족주의와 기독교 기반의 교육을 받아온 윤동주가 위기에 처한 민족을 '구원'할 방도를 예수의 십자가 희생을 통한 이신칭의(以信稱義)에서 발견한 것은 어찌 보면 당연한 수순이었다.

습작기의 첫 작품들은 윤동주가 당시에 아직 자신의 시어를 찾지 못하고 있었음을 보여준다. 정결한 심상을 간명한 언어로 담아내는 윤동주 시의 특징이 이 시기에 잘 드러나지 않는 것이다. 그러나 이들 시편에서는 18세 윤동주의 관심과 고민이 오롯이 엿보인다. 이는 유년시절부터 그의 세계를 형성해오던 기독교 사상을 기반으로 두고 있다.

많은 종교는 폭력에 있어서 병과 치유책이 근원적으로 동일하다는 사실을 보여준다. 누군가에게 피해를 주는 폭력이 때로는 다른 누군가에게 희생이라는 선행을 베풀어온 것이다. 이 같은 희생대체에는 다수의 죄를 사하기 위해 희생양에게 가해진 폭력이 내재되어 있다.[48] "白玉"과 같이 정결하고 "깨끗한" "초한대"를 "祭物"로 삼는 것이 "光明"을 되돌리기 위한 희생대체의 목적을 지닌다는 해석이 가능하다. 이는 희생물에게 가해지는 폭력을 "祭物"로 바쳐지기 위해 "문허지"고, "생명"까지 "불살려"지고, "눈물과피를 흘"리는 것으로 묘사한 윤동주의 시어들로 뒷받침될 수 있다.

이 지점에서 그러한 "초한대"의 희생이 "偉大"한 희생으로 강조되고 있음을 주목해봐야 한다. 고대 종교의 희생양 선택 과정에 나타난 폭력성은 일제의 폭력에 의해 도구적으로 희생당하던 우리 민족에게 이등민족이라는 '열등함'의 표식이 들씌웠던 과거사를 떠올리게 한다. 그와 달리 희생양 예수의 수난은 부활을 통해 신성성을 부여받고 위대함의 차원으로 승화되면서 여타의 희생제물들

48 르네 지라르, 『폭력과 성스러움』, 김진식 · 박무호 옮김, 민음사, 2000, pp.11~28, p.59.

과 변별된다. 「초한대」의 희생이 예수 십자가 희생의 비유를 넘어서는 지점은 이처럼 희생대체에 내재된 폭력을 고발하는 동시에 그러한 희생이 "偉大"한 것이라는 시인의 의지를 이중적으로 반영하는 측면에 있다. 그리고 이러한 사고는 이후 「십자가」에 나타난 괴로움과 행복함, 피의 부정성과 꽃의 긍정성이라는 양가적 가치의 모순적 결합을 이해하는 데 열쇠가 될 수 있다.

윤동주가 노트에 기록하기로 '선택한' 습작기의 시 세 편을 살펴보면, 종교가 지닌 이 같은 양면성에서 윤동주 시의식의 출발지점이 모색되었음을 알 수 있다. 부끄러움과 자기 정결성으로 이야기되었던 윤동주의 시의식은 자기 부정의 양상을 띠던 근대의 자화상 시편들과 맥을 같이한다. 윤동주의 시의식이 이들 자화상 시편의 부정의식과 변별되는 지점은 그것이 기독교 사상에 기반을 둔 죄성 인식으로 드러난다는 점에 있다. 윤동주 시의 부끄러움은 보통 자기 정결성으로서의 도덕적 감성으로 인식되곤 한다. 그러나 습작기의 시들은 만주시절 윤동주의 내면에 완전하지 못한 자기로 인한 열등감이 도사리고 있었음을 보여준다. 이는 예민한 도덕의식으로 설명되기 힘든 죄의식의 특성을 띤다. 다음의 시를 통해 이를 보다 자세히 살펴보기로 하자.

삶은 오날도 죽음의 序曲을 노래하엿다.
이노래가 언제나 끝나랴

세상사람은—
뼈를 녹여내는듯한 삶이노래에

춤을 추ㄴ다.
사람들은 해가넘어가기前
이노래 끝의 恐怖를
생각할 사이가 없엇다.

(나는 이것만은 알엇다.
이노래의 끝을 맛본 니들은,
自己만알고,
다음노래의 맛을 아르켜주지악하엿다)

하늘 복판에 알색이드시
이노래를 불은者가 누구냐.
그리고 소낙비 끝인뒤같이도
이노래를 끝인者가 누구뇨.

죽고 뼈만남은,
죽음의 勝利者 偉人들!

「삶과죽음」 전문

「초한대」에서 죽음이 "祭物"의 희생양상으로 간접화되어 나타난 반면, 「삶과죽음」에서는 죽음이 중점적으로 부각된다. 전자가 "초한대"의 희생을 "偉大함"으로 묘사했다면, 후자는 직접적으로 "죽음"을 "勝利者 偉人들"로 지칭한다. 죽음에 들씌운 부정성을 걷어내고 "뼈"를 중심으로 삶과 죽음에 부정과 긍정의 가치를 새롭게 부여한 것이다. "뼈를 녹여내는듯한" 고통으로 점철된 "세상사람"의 삶은 지속성을 지니고 끝나지 않는다. 줄표를 부가해 독립적인 행으로 부각시킴으로써 의미를 강조하고 다음 행들로 이를 설명한 「초한대」의 창작적 특성이 이 시의 "세상사람은—"에서도 발견된다. 다음 행들의 설명으로 뒷받침되면서 "恐怖"로 인식해온 희생양의 "죽음"이 오히려 "勝利者 偉人"의 위상을 획득하게 됨을 묘사한 것이다. 삶이 "죽음의 序曲"을 노래한다, "다음 노래"와 같은 시어로 인해, 이 시는 "죽음이 단절이 아닌 새로운 시작이라는 인식"을 드러낸다고 파악되었다. 그런데 희생대체에 내재된 폭력성의 관점에서 보면, 이 시의 삶과 죽음은 단선적으로 연결되는 것으로 볼 수 없다. 죽음을 경계로 "세상사람"의 삶은 지속되지만, 그들의 삶을 지속시키기 위해 희생된 자들은 죽음을 맛보게 되기 때문이다.

「초한대」와 「삶과죽음」은 공통적으로 죽음을 '뼈'와 연관시킨다. 잘 알려진 성경 속 "갈비뼈"는 아담의 갈비뼈를 취해 새로운 생명을 창조한 신의 섭리와 연관되어 있다. 「초한대」의 "갈비뼈"는 희생제물의 그것으로 '마지막 아담'(고전 15:45) 예수를 연상시킨다. 첫 사람인 아담으로 인해 들어온 죄가 예수의 십자가 죽음을 통해 구원 받은 사건에서 예수는 창으로 옆구리를 찔려 사망에 이른다.[49] 성경은 성도들을 (그리스도의) 뼈의 지체로 묘사하며(엡

49 당시 군인들이 적의 오른쪽 다섯 번째 갈비뼈를 향하여 창이나 칼로 찌르는 훈련에 집중했다는 기록은 예수의 옆구리가 갈비뼈와 연관이 있음을 보여준다. 송삼용, 『십자가 영성을 회복하라』, 넥서스CROSS, 2010, p.110.

5:30), '마른 뼈'[50]에 영이 들어가 군대를 이룬 이야기를 전하기도 한다.(겔 37:1~11) 이 경우에도 뼈는 죽음인 동시에 죽음을 통해 살아나는 삶을 의미하게 된다.

1941년에 창작된 「새벽이 올 때까지」는 「삶과죽음」과 같은 초기 기독교 시에 나타난 '복수'의 이미지가 기독교적 의미와 민족적 의미의 두 가지 층위에서 해석될 수 있는 것임을 보다 직접적으로 드러낸다. 희생되는 자와 그로 인해 치유(구원)를 얻는 자의 관계가 '복수'로 형상화되면서, 그가 형상화한 기독교적 이미지와 일제에 의해 수단화되고 희생을 강요받은 우리 민족의 모습이 중첩되는 것이다. 저항시인으로 알려진 윤동주의 시가 결코 저항적이지 않다는 사실에 기인한 해석의 불명료함은 이처럼 그가 받은 기독교 교육이 민족주의적 경향과 결부되어 있었다는 사실에 기반을 둔 기독교 시 해석을 통해 보완될 수 있다. 「새벽이 올 때까지」에서 이는 "죽어가는 사람들"과 "살어가는 사람들"을 "검은 옷"과 "흰 옷"으로 분리한 것, 또한 이들을 "한 寢台에 가즈런히 잠을 재우"라고 요청함으로써 구별된 자들의 죽음과 삶이 연결되는 양상으로 변주된다. 1, 2연의 삶과 죽음, 마지막 연의 "새벽"과 "나팔소리"로 인해 함께 잠드는 것의 의미가 기독교의 종말론적 사고로 연결되는 것이다. 밤에서 아침으로의 전환을 알려주는 새벽의 나팔소리

50 여기서 '마른 뼈'는 바벨론 포로 공동체가 영적으로 죽어있는 상태를 가리킨다. 그리고 하나님의 영으로 인도함 받아 그의 형상으로 변형된 백성들이 인도되는 땅은 에덴동산임이 드러난다. 김창대, 「에스겔서에 나타난 하나님의 형상과 개혁주의생명신학」, 『생명과 말씀』 4권. 개혁주의생명신학회, 2011, p.26.

는 잠드는 것에서 깨어나는 것으로의 전환, (죄악된 세상에서) 죽을 처지로부터 (제사로 바쳐진 희생양으로 인한) 삶으로의 전환을 함의한다. 성경에서 흰 옷은 순수나 무결점의 상태만을 뜻하지 않는다. 이는 옷을 빨아 희게 만드는 행위(계 7:13~14), 예수 그리스도의 피로써 더러움을 씻어내는 구원의 은사와 결부된다. 이때 검은 옷은 희생양에게 들씌운 죄를 상징한다. 따라서 이들이 "한 寢台에" 놓이는 것은 죽어가는 자의 운명이 최종적으로 결정되는 심판의 장소에서 "잠"이라는 형태의 죽음을 함께 경험하는 것을 의미한다. 이는 누군가의 육체적 죽음으로 다른 이들의 영적 죽음이 생으로 전환되는 구원의 역사를 상징하며,[51] 다른 한편 일제에 의해 희생된 피식민지 민족의 수난이 하나님의 구원 역사 과정이라는 자긍심을 내포하기도 한다.

앞에서 북간도 기독교 유입의 특수성을 논한 바 있다. 윤동주는 그러한 특수성을 지닌 공동체로서의 명동마을과 용정에서 유년기를 보냈다. 부모와 조부모, 그리고 가까운 인근의 많은 사람들이 동시에 기독교를 받아들인 특수한 만주의 공동체 집단에서 교육을 통해 접한 기독교는 그에게 단순한 교리 이상의 것이었을 것으로 추정된다. 명동학교는 민족주의와 기독교 교육을 함께 강조하였으며, 이후 이주해간 용정의 분위기 또한 이와 다르지 않았다. 재만조선인 사회에 기독교가 유입되는 과정은 치외법권의 필요성과 맞물

51 15세기 이후의 목판 도상을 대상으로 '침상에 누워 있는 자'의 모티프를 논의한 필립 아리에스, 『죽음 앞의 인간』, 고선일 옮김, 새물결, 2004, pp.71~74, p.188, pp.206~212 참조.

려 있었고, 새롭게 받아들이는 종교가 '희망'의 미래를 가능케 해 주리라는 기대를 기저에 깔고 있었다. 윤동주가 다닌 학교의 성격에 비추어보건대, 이러한 기독교 사상은 고난에 처한 민족을 구원하려는 민족주의 사상으로 연결되면서 실용적 목적을 지니게 된다. 이 같은 특징을 고려해볼 때, 윤동주의 초기시에 나타난 시의식이 구원에 초점을 맞추고 있었다는 점은 개인의 종교적 희구에 제한되지 않는다. 이는 폭력의 압제에서 자신의 민족을 벗어나게 하고픈 시인의 의식을 반영한다. 만주시절의 초기 습작품들에 나타난 이 같은 민족주의적 기독교 교육의 영향은 이후 윤동주 시관의 한 축을 형성하는 기독교 계열 시들의 사상적 토대를 형성하게 된다.

평양 숭실학교로의 진학 이전에 쓰인 이들 습작품은 현학적인 표현들과 난해한 내용으로 인해 그간의 윤동주 연구사에서 크게 주목받지 못했다. 그러나 만주가 윤동주 시의식의 맹아가 형성된 공간이라는 점에서 윤동주가 엄선하여 습작노트에 기록한 습작기의 첫 시들[52]을 이후 시편들과의 영향관계 아래 살펴보는 작업은 간과될 수 없다.

52 이 글에서는 송우혜의 관점을 따른다고 밝혔으나, 1934년 12월 24일에 윤동주가 세 편의 시 모두를 창작했을 가능성도 배제할 수는 없다. 어떤 경우이든 1936년 가을 평양숭실학교에 진학한 시기의 시풍이 이후의 윤동주 시를 연상할 수 있는 양상으로 전환되었음에도 —퇴고의 흔적에서 확인할 수 있듯이— 완벽주의 성향을 지녔던 윤동주가 노트에 이들 시편을 남겨둔 것은 그것이 자기 시의식의 중요한 부분을 담고 있기 때문이라고 추정해 볼 수 있다.

3. 재만조선인 교육의 특성과 '천진한 아동'

윤동주의 만주시절이 그의 시의식에 영향을 미친 부분을 설명하는 데 있어 빠뜨릴 수 없는 또 하나의 특징은 바로 재만 조선인의 정체성과 관련된다. 이 역시 앞 장에서 살펴본 기독교 교육의 영향과 마찬가지로 재만조선인으로서 받았던 교육의 특성과 밀접한 연관을 지닌다. 만주사변 전 재만조선인의 교육은 조선인 및 반일단체, 종교단체 등에서 설립한 사립학교를 중심으로 이루어졌으며, 대부분 강한 민족주의 성격을 띠어 일제로부터 "불령선인(不逞鮮人)의 소굴" "배일(排日)운동의 온상"으로 지목되어 왔다.[53] 윤동주가 다니던 명동학교와 은진중학교도 그러한 사립학교의 하나로, 상기한 바와 같이 기독교 교육을 병행하였다. 종교단체 중 자유주의 사상을 지닌 캐나다 선교사들이 만든 기독교계 사립학교의 비중이 71%에 달하는 점은 주목할 만하다. 이들 학교는 서구학문과 문화의 수용, 자주독립과 민족성 유지 등의 가치함양을 교육목표로 삼아 근대 지향적, 민족주의적 교육을 행하였다. 캐나다 선교사들은 중국 관헌과 친밀했지만 배일적 태도를 지녔고, 소학교 건립, 독립운동 원조, 의료사업을 병행하며 재만조선인들의 삶에 틈입하였다.[54]

---

53 박금해, 「만주사변(滿洲事變) 후 일제의 재만조선인교육정책(在滿朝鮮人教育政策) 연구」, 『동방학지』 130, 연세대학교 국학연구원, 2005, p.242.

54 홍종필, 「만주사변 이전 재만조선인의 교육에 대하여」, 『명지사론』 6, 명지사학회, 1994, p.74.

1930년대의 재만조선인 교육문제는 조선인의 만주 이민에 따른 사상, 개척, 금융, 취업 등과 더불어 이른바 '재만조선인 5대 문제' 가운데 하나로 취급되었다. 만주사변 이후 이들의 교육은 만주국과 일제의 공통 관심사로 떠올랐다. 재만조선인 교육은 내선일체(內鮮一體)에 입각해 일본제국의 신민을 양성하려는 교육과 오족협화(五族協和)의 정신 아래 만주국 국민을 만들기 위한 교육이라는 모순된 두 가지 속성을 지니고 있었다. 민족주의를 강조하던 이전의 교육방향이 외부세력의 개입과 압력으로 변질된 것이다. 그러던 중 1935년 8월 만주국에서 치외법권이 철폐되면서 "재만조선인교육행정처리요강"이 신설되었고 재만조선인의 교육이 만주국에 일괄 이관되었다.[55]

한편 재만조선인 교육이 일본제국의 신민 양성에 더 중점을 두었다는 주장도 있다. 일본 제국으로의 동화, 우민화, 군국주의화, 황민화, 식민지 노예화, 전시에 복무할 수 있는 전투적 인간의 양성이 이들 교육의 목표였다는 것이다. 각지에 '일본어강습소'가 설치되었고, 조선인 학교에서 일본어 학습이 요구되었으며, 일본어 교육시간도 급증해 정기적으로 시험이 치러졌다. 일제는 조선인 학교의 공식문서에 일어를 사용하도록 강요하였고, 1937년 중일전쟁 이후에는 '신학제'를 실시해 수업 외의 생활에서도 일본어를 전

55 이는 만주국의 치외법권 철폐에도 불구하고 재만일본인 교육을 일본측에 유보하였던 것과 구분된다. 정안기, 「1930년대 在滿朝鮮人의 教育政治史 연구」, 『만주연구』 17, 만주학회, 2014, p.124, 130, pp.134-135.; 박금해, 앞의 글, pp.247~248.

면적으로 사용하도록 강제했다.[56]

그러한 와중에 윤동주는 신사참배를 거부하고 1936년 평양 숭실중학을 자퇴해 용정의 광명중학으로 편입하게 된다. 모든 수업을 일어로 들으며 영어, 만주어 등의 언어를 배워야 했던 당시의 상황에 대해 문익환은 "솥에서 뛰어 숯불에 내려앉은 격"이라고 회고한 바 있다.[57] 어찌된 연유인지 이러한 척박한 환경에서 윤동주는 창작에 매진하며 광명중학에 재학하는 동안 시 27편, 동시 22편을 창작하였는데, 그 가운데 특히 아이 동("童") 자를 사용한 "尹童柱"라는 필명으로 『가톨릭 소년』에 5편의 동시를 발표한 사실이 주목된다. 그가 은진중학 1, 2학년 때 윤석중의 동요, 동시에 심취해 있었다는 문익환 목사의 증언,[58] 필사할 정도로 좋아하던 정지용과 백석이 동시를 창작한 시인이라는 사실 등은 동시에 대한 윤동주의 오랜 관심을 말해준다. 그러한 관심은 윤동주의 습작들에서 순수성을 드러내는 동시 계열의 아동 형상화와 성인 화자의 시선으로 대상화된 아동 퍼소나로 양분되어 나타났다. 그리고 후자의 아동이 지닌 천진성은 교육세도와 연계되는 특성을 띠면서 시대의 폭력을 비판하는 시인의 시선을 매개한다.

> 사이좋은正門의 두돌긔둥끝에서
> 五色旗와, 太陽旗가 춤을추는날,

---

56 윤휘탁, 「滿洲國의 教育 理念과 朝鮮人 教育」, 『중국사연구』 104, 중국사학회, 2016, pp.190~191, p.198, pp.200~201.

57 송우혜, 앞의 책, pp.209~212 참조.

58 위의 책, p.123.

금(線)을끟은地域의 아이들이즐거워하다.

아이들에게 하로의乾燥한學課로,
해ㅅ말간 勸怠가기뜰고,
「矛盾」두자를 理解치몯하도록
머리가 單純하엿구나.

이런날에는
잃어버린 頑固하던兄을
부르고싶다.

「이런날」 전문

이 시가 창작된 1936년은 치외법권 철폐[59]가 재만조선인들에게 적용되기 시작하며 불안감을 조성하던 시기로,[60] 그러한 변화의 중심에 교육문제가 놓인 사실은 주목을 요한다.[61]

1연에서 만주국과 일본을 나타내는 "五色旗와, 太陽旗"는 함께 "춤을추는" "사이좋은" 관계로 나타난다. 그런데 쉼표(,)를 분기점으로 3행에 형상화된 아이들의 천진한 모습은 오히려 앞의 상황에 역설적 비애감을 부여하는 역할을 한다. 그들은 "금을 끟은地域"의

59 「治外法權撤廢(치외법권철폐) 移讓案決定(이양안결정)」, 『東亞日報』, 東亞日報社, 1936.4.16.

60 「治外法權一部撤廢(치외법권일부철폐)로 滿洲移民大困境(만주이민대곤경)」, 『東亞日報』, 東亞日報社, 1936.6.13.

61 당시 논의된 것은 교육문제, 위생시설, 영농, 조선인 만주이민 등이었다고 전해진다. 「關東軍幹部入京(관동군간부입경) 總督府(총독부)와重要會議(중요회의)」, 『東亞日報』, 東亞日報社, 1936.6.17.

아이들로, 만주국의 조선 어린이들이 지닌 특수한 정체성을 표상한다.

민족주의 교육을 받아온 윤동주에게 조국은 조선이어야 했다. 그러나 일본의 상상으로 수립된 만주국 하 재만조선인 아동들이 받는 교육에서 조국은 오족협화의 만주와 내선일체의 일본이 이루는 조화라고 강요되었다. 2연에서 그 같은 교육의 허상은 "矛盾"이라는 두 글자로 집약되어 드러났다. 1, 2행에서 "아이들"과 "해ㅅ말간"이 표상하는 순진무구함은 그와 대립되는 부정적 가치와 결합해 재만 조선인 아이들에게 행해진 교육의 실체가 어떠한 것이었는지를 암시한다. 쉼표를 기준으로 1행은 교육의 내용, 2행은 교육의 과정, 3~4행은 그러한 교육이 초래한 부정적 결과를 보여준다고 해석할 수 있을 것이다. 그 결과 1연에 나타난 아동의 순수함은 2연의 의미와 결합하며 부정적 함의를 지니게 된다.

그간 많은 연구들이 3연의 "兄"이라는 시어에 송몽규를 대입해왔다. 그러나 각 연 간 해석의 유기성을 고려해본다면, "兄"을 특정 인물로 한정하기는 어렵다. 이는 만주국 교육체제 아래 위협받던 재만 조선인 아동의 천진함을 구하려는 '교육의 회복'과 관련이 있다. 따라서 "兄"은 간도를 우리 땅으로 만들어 인재를 양성하고 "청국의 국경 안에 존재하는 '조선 땅'을 실제로" 만들어낸[62] 지사들의 마을, 명동의 민족주의 교육에 그 이상향을 둔 수사로 읽히는 것이 타당하다.

---

62 송우혜, 앞의 책, p.44.

① 허무러진 城터에서
철모르는 女兒들이
저도모를 異旺말로,
재질대며 뛰음을뛰고,

「牧丹峯에서」 부분

② 한間鷄舍 그넘어는 蒼空이 깃들어
自由의鄕土를 닛은(忘) 닭들이
시들은生活을 주잘대고,
生産의 苦勞를 부르지젓다.

陰酸한 鷄舍에서 쏠려나온
外來種 레구홍,
學園에서 새무리가 밀려나오는
三月의 맑은午後도있다

「닭」 부분

'식민 통치에 순응하는 충량(忠良)한 국민을 만들기 위한' 만주국의 초등교육[63]을 바라보는 「이런 날」의 비판적 시선은 같은 해 봄에 창작된 시들에서도 유사한 양상으로 변주되었다. 우선 평양 숭실중 재학 중 창작한 「牧丹峯에서」를 살펴보자. 상상만으로 그려보던 조국 땅을 드디어 밟았으나 일제에 의해 점령당한 그곳은 이미 "허무러진 城터"와 진배없었다. 2~4행에는 일본어 학습을

63 윤휘탁, 앞의 글, p.193.

의무화하고 신사참배 등 내선일체의 사상을 강요하던 조선반도의 교육체제에 대한 비판이 드러난다.

이후 창작된 「이런날」에서는 외부적 상황의 묘사가 더해지며 그 같은 시각이 더욱 구체적으로 형상화되었다. 만주국의 재만조선인 교육의 목적이 이들을 만주국의 구성원으로 만드는 것보다 황도주의(皇道主義)에 기초한 일본 제국의 신민으로 만드는 데 더 중점을 두고 있었다는 사실은 조선과 만주국에서 행한 조선인 교육의 근본기저가 동일했다는 점을 말해준다. 그러한 환경에서 민족주의 의식이 투철하던 학생 윤동주가 모든 교과를 일본어로 강의하던 광명중학에서의 "숯불에 내려앉은 것"과 같은 상황을 더 고통스럽게 느꼈을 것임은 자명하다.

한편 ②에서도 일제가 장악한 교육현실에 대한 비판적 시선이 고스란히 드러난다. 이제까지의 연구들에서 이 시의 1연과 2연을 유기적 연관성 아래 구체적으로 언급한 경우는 찾아보기 힘들다. 1연의 "닭"은 "한間鷄舍"에 갇혀 자유와 조국, 민족과 같은 가치를 잊고 빈곤에 시달리는 이들을 가리킨다. "三月"이라는 시어를 윤동주의 전기적 사실에 직접 대입해 평양에 있던 때라고 추정해 보면, 이 "닭"은 조선민족 전체를 의미하는 것으로 해석할 수 있다. 2연에서 1연의 상황은 "陰酸한鷄舍"라는 한마디로 축약된다. 새로운 "外來種" 닭들은 재래종 닭들로 가득 찬, "허무러진 城터"와 같은 "陰酸한鷄舍"로부터 한쪽으로 쏠려나와 자신들을 구분 짓는다. 쉼표를 중심으로 2연의 "레구홍"이 1연의 재래종 닭들과 대비되면서, 일제가 장악한 "學園"에서 일본어 교육을 통해 황민화된 새로운 인간형("새무리")들을 비유한다.

1930년대 식민지 조선의 언론은 만주에 '기회의 땅'으로서의 이미지를 씌우며 정책이민을 독려해왔고 많은 문인들이 실제 한반도의 정치적, 경제적, 문학적 한계 상황 속에서 만주행을 택한 바 있다. 반면 민족주의 교육을 하던 기독교계 명동학교가 중국정부와 일본정부의 주도권 다툼 아래 인민학교로 변화한 것, 은진중학교에서 경험한 만주국 치하 '영국덕'의 치외법권, 윤동주가 동시 창작을 재개한 평양 숭실학교에서의 신사참배 강요, 전과목을 일본어로 교육하던 광명중학 시절 발생한 중일전쟁 등 재만조선인에게 영향을 미쳤던 만주의 복잡한 정치적, 사상적 역학관계를 교육제도를 통해 직, 간접적으로 경험하던 윤동주에게 조선시단은 줄곧 중심부 문학으로서 관심의 대상이 되어왔다. 윤동주가 조선의 신문과 잡지 등을 스크랩했던 기록 외에도, 명동소학교 4학년 때 윤동주와 송몽규가 『어린이』와 『아이생활』이란 잡지를 서울에서 부쳐다 읽었다는 김정우의 회상에서 이러한 관심이 어린 시절부터 발아되었음을 알 수 있다.[64]

상기한 시들에서 공통적으로 주목되는 것은 중학시절에 창작된 이들 시에서 윤동주가 아동 퍼소나를 관찰의 대상으로 상정하고 있다는 점이다. '아동'에 대한 윤동주의 이 같은 관심은 1930년대 조선일보, 동아일보에 발표된 시 작품 중 동시의 비중이 각각 40.55%와 31.69%를 차지하던 당대 시단의 상황과도 연계된다. 일간지와 잡지 등에 실린 조선문학을 스크랩하던 윤동주 역시 이러

---

64 송우혜, 앞의 책, p.86, pp.88~90, p.115, pp.122~123, 193~199, p.224.

한 상황을 인지했을 것이라는 추측이 가능하다. 1920년대 이후 방정환이 "영원한 아동성"의 개념을 유입하며 우리 나라의 근대적 아동 개념이 시작되었는데, 이는 계몽적 의도와 맞물려 민족주의, 독립운동 사상과 밀접한 관련을 맺는다는 평가를 받았으며 아동교육의 제도화와 연결된다. 그런데 1930년대 초반 식민지 조선의 아동현실을 직시하는 계급주의 논설들이 발표되면서 그 같은 방정환의 천진, 순수 등의 개념과 구분되는 아동의 개념이 등장하였다.[65] 윤동주가 광명중학에 다니던 당시는 『어린이』, 『신소년』, 『별나라』 등 주요 아동 문학 잡지가 강제 폐간되고 친일아동잡지인 『아이생활』만 명맥을 유지하던 시기로, 이 같은 배경에서 시인이 '아동'을 등장시킨 다수의 시를 집중적으로 창작하였던 사실은 특기할 만하다.

당시 만주의 일선 학교들은 교과교육을 통해 재만조선인 아동에게 일본문화 및 일본신민의 이데올로기를 주입시켰다. 또한 병참기지구축에 부응하는 실업교육 중심의 노예화, 우민화 교육을 펼쳤다. 국어, 국사 과목과 더불어 ―'황국신민화' 이데올로기를 가장 명확히 표현하는― 동화교육의 핵심교과였던 수신(修身)은 "아동의 덕성을 배양하고 아동의 도덕실천을 지도"한다며 교육목표에 '아동'을 전면화시켰다.[66] 이처럼 일제의 재만조선인 교육정책은 민족교육기관을 철저히 단속한다는 전제 아래 초등교육 중심으로 재만조선인 교육을 회유해 나가는 데 초점을 두었다. 만주사

65 원종찬, 「일제강점기의 동요 · 동시론 연구 - 한국적 특성에 관한 고찰 -」, 『한국아동문학연구』 20, 한국아동문학학회, 2011, p.87, 92.

66 박금해, 앞의 글, pp.253~254.

변 전후로 일제가 직접 운영 혹은 보조하는 조선인초등교육기관은 60여 개에서 229개로 증가해 재만조선인 초등교육기관 총수의 44.3%를 차지하게 되었다.[67] 반면 몇 안 되는 중학교마저 직업학교로 바뀌는 등 상급학교 진학을 위한 재만조선인들의 중등교육 요구는 철저히 외면당했다. 이러한 사실들은 일제가 재만조선인 황민화의 타깃을 아동의 교육에 두고 있었음을 방증한다.

따라서 그 같은 상황에서 윤동주가 천착한 '아동' 페소나는 방정환이 천명한 순수성만으로는 정의될 수 없는, 민족의 비애를 역설적으로 드러내는 시적 장치가 된다. 김화선은 1930년대 동시와 동요에 나타난 아동이 식민담론에 포섭된 대상이면서 식민담론에 저항할 가능성을 발견할 대상이 된다는 점에서 이중성을 지니고 있다고 평가하면서도, 만주로 이주한 어린이들은 일본과 만주국의 국민 사이에서 혼란스러운 정체성을 가질 수밖에 없었기에 이들을 형상화한 작품들에서는 제국주의 담론을 파열할 만한 저항의 토대를 찾아보기 어렵다고 단언했다.[68] 그러나 윤동주의 시에 나타난 '아동'은 "혼란스러운 정체성"이라는 동일한 이유로 인해, 일제의 교육정책이 지닌 모순에 대한 시인의 비판적 사고를 반영한다는 점에서 특징적이다. 또한 이는 그러한 특수성 속에 상기한 식민지 조선의 동시, 동요 속 '아동'이 지닌 양면성을 담지한 시적 장치의 역할을 하게 된다.

---

67 위의 글, p.249, pp.253~254, p.270, 274.

68 김화선, 「식민지 시대 아동문학 작품에 나타난 만주 체험의 형상화」, 『국어교육연구』 40, 국어교육학회, 2007, p.344, pp.346~347.

4. 성장기의 만주 체험과 시의식의 발아

지금까지 교육과 시의식의 상관성에 초점을 두어, 만주에서 나고 자라고 배우고 행동했던 윤동주의 성장기 만주체험이 그의 시에 미친 영향을 습작기 시편들을 통해 살펴보았다. 만주에서 창작된 시들은 이후 윤동주의 시의식을 특징짓는 합치되기 힘든 두 가지 특질, 즉 부끄러움과 자기 성찰, 그리고 저항과 응전의 태도가 발아된 시기를 짐작케 해준다. 완성도가 떨어지는 습작기의 시들이기에 연희전문 시절, 혹은 일본 유학 시절의 시들만큼 자주 언급되지는 않았지만, 이들 시가 이후 윤동주의 대표시들에 미친 영향을 고려할 때 만주 시절 습작한 시편들의 특질을 살펴보는 작업 또한 중량감 있게 검토되어야 할 것이다.

이 글에서는 윤동주가 만주에서 경험한 '교육'에서 그의 시의식이 발아되었다는 관점 아래, 민족주의 성향을 띤 명동학교의 기독교교육과 만주사변 이후 일제가 관여한 재만조선인 교육환경의 변화가 윤동주의 시에 미친 영향관계를 살펴보았다.

동시대 조선시단에서 만주는 고향의 부재가 초래한 현실의 고통을 극복하기 위해 당대 시인들이 찾아낸 이향의 공간인 동시에 "領土"로 재생되며 시화된 새로운 고향이었다. 따라서 이들 시편에는 식민지 조선의 부정적 현실에도 이향의 낯선 풍속에도 동화될 수 없는 유이민으로서의 디아스포라 상황이 드러난다. 하지만 재만조선인 윤동주에게 만주는 고향인 동시에 남의 나라라는 양면성을 지닌 공간이었다. 그는 기독교계열 명동학교에서 민족주의 교육을 받았고, 이후 일제의 재만조선인 교육정책에 따라 만주국의 일원이기를, 또한 동시에 일제의 신민이 되기를 강요받았다. 그리고 광명중학 졸업 후 그는 회귀하듯 다시금 기독교계 연희전문에 진학해 민족주의 정신을 키워갔다. 이러한 교육환경의 영향 아래, 북간도에서도 용정에서도 평양에서도— 그리고 이후 서울에서도— 그는 자신의 뿌리를 고민했고, 민족의 자긍심을 고취시키는 교육과 이등국민으로 제한시키는 교육 사이에서 정체성의 혼란을 겪어야만 했다. 차디찬 일본의 형무소에서 유학생의 신분으로 옥사하기까지 윤동주의 여정은 이처럼 온전히 '교육'의 영향 아래 놓여 있었고, 그러한 교육적 경험은 그의 시 세계에 영향을 미치게 된다. 이로 인해 윤동주 생애를 특징 짓는 학생으로서의 교육적 경험들은 단순한 이력적 배경으로 그 의미가 제한되지 않는 중요한 연구의 대상이 된다. 기독교 교육의 영향을 통해 인류의 죄를 대속하기 위한 예수의 십자가 희생을, 만주국의 재만조선인 교육정책에 대한 대응으로 일제의 억압적 교육체제 아래 놓인 순진한 아동을 시 세계 안으로 끌어들임으로써, 윤동주는 재만조선인 학생으로서 자신에게 가해진 시대적 압제를 시인의 방식으로 견뎌내었던 것이다.

앞에서 살핀 바와 같이 성격이 다른 각 교육과정의 영향 아래 창작되었지만, 공교롭게도 그가 시적 소재로 선택한 '희생양'과 '아동' 퍼소나는 순수함과 죄 없음이라는 공통의 성격을 지닌다. 희생양의 선택과정에는 누군가의 죄를 대속하기 위해 다른 누군가의 희생을 필요로 하는 폭력이 개입된다. 죄 없는 조선인들을 열등한 희생양으로 만들어 전쟁에 차출함으로써 영토 확장을 실현하려

한 일본 제국주의의 야욕에는 고대 종교에서 볼 수 있던 희생대체의 폭력성이 내포되어 있다. 윤동주는 이들 희생제물과 차별화되는 예수를 희생양 모티프의 중심에 놓음으로써 그러한 희생에 위대성을 부여한다. 그리고 이 같은 '위대한 희생'의 모습에 당시 우리 민족이 겪던 고통이 중첩되면서 그의 시는 저항성을 획득하게 된다. 한편 성인 관찰자의 시선으로 담담히 그려진 '천진한 아동'의 모습 역시 재만조선인 초등학교 증설이라는 시혜적 교육정책 이면의 우민화, 노예화의 검은 의도를 역설적으로 드러내는 시적 장치의 역할을 한 바 있다.

만주에서 윤동주가 경험한 교육의 제양상들은 이처럼 습작기 시편들에 영향을 미치며 양가적 특질을 통해 일제통치에 대한 응전의 태도를 형성하였다. 이는 시대가 지닌 양면성인 동시에 이후 그의 시에서 발견되는 다층적 상징의미가 만들어지는 기틀이 된다. 그리고 그 지점에서 부끄러움과 저항성이라는 합치되기 힘든 특질들이 그의 시로 수렴될 수 있게 된다. 이는 시대적 배경을 달리한 현재의 독자들에게도 다양한 의미로 해석될 수 있는 윤동주 시의식의 출발점이기도 하다.

2부

자연과
감각적 매개

자연 상징과 문답식 구조의 민속적 연계성

1. 들어가며

이 글은 윤동주 시에 나타난 민속의 요소를 고찰함으로써 윤동주 시의 논의범주를 확장하려는 목적을 가지고 있다. 윤동주 시인의 시 세계를 탐구하는 데에는 그의 생애 전반에 영향을 미친 기독교의 특성을 배제할 수 없다. 그러나 그가 유년시절을 보낸 북간도 지역의 기독교가 서양의 기독교 사상과 구분되는 시대적, 지역적 특성을 지니게 되었던 것과 마찬가지로, 윤동주의 시에는 서양의 전통적 기독교 사상으로 충분히 해석되지 않는 부분들이 많이 있다. 그간 윤동주의 시 해석은 전기적 사실에 기반을 둔 저항성 논의에서 가장 논쟁적이었고, 기독교적 사상의 측면에서는 일정한 성과를 보였다. 한편 윤동주의 시 연구가 제한된 범주에 갇혀 있다는 문제제기에서 출발해 여러 연구자들이 다양한 면모들을 탐색하며 윤동주 시의 특성을 살펴보기도 하였다. 이 중 많은 경우는 북간도 시절과 관련되는 바, 만주지역에서 경험한 다문화적 주체성, 시인의 생애에 기반을 둔 고향과 디아스포라 논의, 만주의 지정학적 위치, 재만조선인 교육이 시작에 미친 영향 등으로 확장되었다. 이는 윤동주의 시가 지닌 다양한 면모를 보여주며, 그의 시가 상징성을 지니고 있다는 점을 설명해준다. 여전히 윤동주의 시는 다양한 의미 층위로 새롭게 해석될 가능성을 지니고 있다. 그러한 문제의식에 기반을 두고 이 글은 윤동주의 시에 나타난 민속적 상징에 주목함으로써 윤동주 시 해석의 확장을 꾀한다.

그간 윤동주 시의 민속을 구체적으로 언급한 연구는 없었으나, 윤동주의 종교시를 유교적 가치와 기독교의 만남에서 비롯된 '유교적 기독교'로 칭하거나, 윤동주가 읽은 동양고전과 연계해 「서시」의 혼종성과 특수성을 논하고, 윤동주의 시에 나타난 방언의 영향 변화를 살펴보는 등 북간도의 삶에 대한 고찰로부터 출발해 윤동주의 시를 새롭게 바라보려는 시도들이 모색된 바 있다. 이를 기반으로 이 글은 윤동주의 시편에 나타난 민속적 특성을 살펴보기 위해 유교적 기독교의 혼종성이 탄생한 북간도의 민속적 요소를 살핀다. 이를 위해 이 글에서는 윤동주의 시편들에 나타난 민속의 상징들을 유형화하고 그 의미를 살펴보고자 한다. 또한 육진 방언의 민요적 특성을 살펴 윤동주 시에 나타난 민속적 요소를 검토해 보도록 하겠다. 우선 윤동주의 유고시집 제목을 형성한 자연물들의 의미를 민속과 연계된 시각에서 살펴보기로 한다.

2. 자연 사물과 민속: 자연 사물의 민속적 의미와 상징적 역할

시인 윤동주가 유년시절을 보낸 북간도의 명동은 애초 유학 전통을 지닌 마을이었으나, 1909년 기독교의 유입과 1929년 공산주의의 득세 등 사회적 변화의 영향을 받아 성격이 변모하게 된다. 초창기 명동은 학자 출신 이주자들이 많은 유교 전통의 마을로 출발했다. 기독교를 믿기 전까지 그의 가족을 포함한 명동 마을의 주민들은 정성껏 제사를 지내며, 유교적 전통과 교육을 중시하는 문화를 지녔다. 1909년 명동마을에 전래된 기독교가 유교 전통에 지배받던 사람들의 의식을 근본적으로 바꾸어 놓았지만, 마을에 녹아있던 유교적 분위기는 훗날 도덕성의 가치를 중시하는 태도와 전통에 대한 이해의 형태로 윤동주의 시작에 영향을 미쳤다.

유교적 전통 외에도 윤동주가 자란 명동마을의 또 다른 특성은 이주민들로 인해 함경도 육진(六鎭) 문화의 영향을 받았다는 점이다. 북간도의 문화적 요소 중 당시 명동마을 사람들이 쓰던 육진 언어의 기록을 살펴보자. 윤동주의 소학교 시절 은사인 한준명은 명동 사람들이 쓰는 언어의 발음이 지닌 특성을 "부드럽고 지극한 말씨"로 묘사했다. 윤동주의 유고시집 『하늘과 바람과 별과 詩』 초판본에 실린 연희전문 동창생 유영의 추모시 「창(窓) 밖에 있거든 두드려라」에서는 이를 "모진 바람에도 거세지 않은 네 龍井 사투리"로 표현했다. 윤동주 시의 독백에 실린 자기성찰적 어조에서는 어린 시절부터 사용해온 명동 마을 사람들의 언어적 특성이 발견된다. "제사와 집요한 신분 의식으로 대표되는 유교 전통"을 중요시한[69] 가계의 특성은 윤동주 시의 도덕성과 정체성 탐구에 영향을 미쳤으며, 윤동주가 성장하며 경험한 환경적 요소는 윤동주 시의 어조, 소재, 사상 등 다양한 측면에 스며들듯 영향을 미쳤다.

이는 윤동주의 시에 시어로 많이 채택된 자연 사물이 그의 시를 형성한 주요 소재가 된 데에서도 발견된다. 윤동주가 유년시절 경험한 북간도 지역의 자연환경은 그 같은 자연친화적 태도를 형성하는 하나의 요소로 작용했다. 어려서부터 산책을 즐겨하고 자연을 벗하던 그의 생활태도는 연희전문에서 만난 여러 친우들의 증언에서도 드러난다.

> 동주는 나를 데리고 해란강(海蘭江: 이름은 예쁘지만 꽤 살풍경한 강이었다)가를 거닐면서 문학 공부의 필요성을 강조하고, 문학을 공부하려면 자기가 다니는 학교가 가장 적당하다는 것을 역설하기도 했다.(광명중학 2년 후배 장덕순)[70]

> 그는 거의 매일같이 산길이나 들길을 걸었다.… 그의 사상의 대부분은 그의 산책길에 자연을 관조하며 마음속에서 우러나고 다듬어진 것이 아닌가 생각된다. … 방학 때는 거의 한복 차림이었고 그 모습도 맵시 있었지만, 사각모나 연희전문 학생들이 잘 쓰던 미국식 납작 맥고모에 곤색 학생복 차림도 참 잘 어울리었

69 송우혜, 앞의 책, pp.46~47, pp.51~54.

70 위의 책, p.227.

다.(동생 윤일주)[71]

그는 곧잘 달이 밝으면 내 방문을 두들기도 침대 위에 웅크리고 누워있는 나를 이끌어내었다. 연희 숲을 누비고 서강 들을 꿰뚫어 두어 시간 산책을 즐기고야 돌아오곤 했다.(연희전문 후배 정병욱)[72]

이 같은 증언들은 자연을 거닐며 산책을 하는 일과를 통해 삶과 문학에 대한 생각을 정리하던 윤동주의 일상을 보여준다. 특기할 것은 "얌전하고 말이 적고 행동이 적은"(연희전문 동기 유영) 사람으로 회고되던 윤동주 시인의 일반적 이미지와 달리 산책과 관련한 일화에 드러난 윤동주의 모습은 말없이 자연을 관조하며 홀로 들판을 거니는 내성적 사색가의 모습이 아니라는 점이다. 교실 맨 앞자리에 앉아 민족교육과 관련된 강의를 열의 있게 수강하던 "그의 지조라든지 의지는 감히 누구도 어찌 못할 굳고 강한 것"으로 알려져 저항시인의 면모와 연결되곤 한다. 그러나 유년기부터 연희전문 입학, 일본 유학길까지 윤동주 생애의 궤적을 함께한 고종사촌 송몽규의 외향성, 적극성과 대비되면서 일반적으로 시인 윤동주의 이미지는 말수가 적고 내성적인 것으로 고정되어 왔다. 따라서 적극적으로 산책길에 친우를 초대하고, 문학과 학문에 대해 강한 의견을 피력하는 의외의 '낯선' 모습이 모두 자연을 거니는

71 위의 책, p.250.

72 위의 책, p.272.

산책의 시점에 드러났다는 점은 윤동주의 시에 나타난 자연이 단지 자주 등장하는 공간적 배경이나 시적 소재의 의미에 제한되지 않을 가능성을 암시한다. 그의 시에 나타난 자연은 시인의 가치관, 세계관을 아우르고 시상을 집약하는 매개체로서의 역할을 한다.

太陽을 사모하는 아이들아
별을 사랑하는 아이들아
밤이 어두웠는데
눈 감고 가거라.

가진 바 씨앗을
뿌리면서 가거라.

발부리에 돌이 채이거든
감었든 눈을 왓작떠라.

「눈감고간다」 전문

이 시의 1연에 선언적으로 등장하는 "太陽"과 "별"은 윤동주 시 세계의 중심을 이루는 자연 사물의 시적 차용이다. 전기적 사실에 비추어볼 때 1연에 등장하는 자연 사물이 낮과 밤의 산책길에 함께한 동반자였다는 점은 분명하나, 2연 이후의 시상 전개를 고려해 보면 이들 자연 사물에 대한 "사모"와 "사랑"을 단순히 자연 친화적 특성으로만 설명할 수 없다.

1연의 "太陽"과 "별"이 나타내는 빛과 밝음의 속성은 2연의 "밤은 어두웠는데"에 나타난 어두움의 속성과 이항대립된다. 2연의 어두운 밤에 화자는 아이들에게 "눈감고" 가라는 주문을 한다. 이는 "太陽"이 밝게 빛나는 낮이 지나고 찾아온 컴컴한 밤에 "별"빛을 의지해 눈을 똑바로 뜨고 주위를 살펴 걸으라는 상식적인 주문이 아니다. 시인은 어두운 밤이라는 시공간적 배경과 눈을 감는 행위를 "-는데"라는 접속어로 연결하는데, 이에는 필연적 인과관계가 성립하지 않는다. 밤이 깊어 사방이 어두운 물리적 상황이 눈을 감는 행위의 전제로 작용할 수 없는 것이다.

「눈감고간다」의 밤과 어두움을 시대적 상황과 연계시키는 역사적 해석은 비단 윤동주의 시뿐만 아니라 식민지 근대에 창작된 많은 문학작품을 해석하는 데 있어 가장 일반적인 형태이다. 윤동주에게 세계의 어둠을 절감하게 한 요인을 "식민지 상황과 그 부정의"에서 찾은 유종호의 시각[73]이 그러하다. 「눈감고간다」에서 눈을 감는 계기는 이처럼 외부적 상황에서 비롯된 것이기도 하지만, 자신의 불완전성과 오류 가능성에 대한 주체의 인식에서 비롯된 것이기도 하다. 눈을 감는 계기가 어떠하건 윤동주의 시에서 눈을 감는 행위는 저항적 의미를 띤 자발적 불구의식을 내포한다.

그러나 그 같은 관점에서 1, 2연의 대비를 빛(밝음)과 어두움의 이항대립으로 바라보는 것만으로는 3연의 전개를 해석하는 데 무리가 생긴다. 2연에서 "씨앗"을 뿌리며 가라는 주문은 미래를 향하는 시간개념을 내포하기에 어두운 현실을 견디고 미래를 도모

73 유종호, 「청순성의 시, 윤동주의 시」, 김학동 편, 『윤동주』, 서강대학교 출판부, 1997, p.35.

하려는 의식으로 읽힐 수 있다. 그러나 그 같은 시각으로는 —"태양", "별"에 대한 "아이들"의 '사랑'을 묘사한— 1연의 동시적 분위기와 연계해 2연을 해석하는 데 어려움이 발생한다. 윤동주의 시를 저항적 시선에 치우쳐 의미화하면 그의 시가 지닌 다양성의 면모를 시대적 상황과의 연계성 측면으로 제한시키고 만다. 민족주의 교육, 기독교 교육이 윤동주의 가치관, 세계관 형성에 미친 영향이 지대하지만, 윤동주의 습작기 시에 육진방언의 영향이 지속적으로 나타났고, (비육진)함경도 방언과 변이형 또한 시어로 쓰였던[74] 언어적 측면이 고려될 수 있듯이, 윤동주 시 세계의 전모를 파악하기 위해서는 북간도 명동마을의 민속과 풍토, 연희전문 시절과 일본 유학 시절 경험한 피식민지 조선 및 제국주의의 온상 일본에서의 사회적, 문화적 경험 등 시인이 자라난 환경이 그에게 미친 영향 또한 폭넓게 고려되어야 한다.

그 같은 점에서 윤동주가 거한 북간도 및 조선과 일본의 당시 상황을 살펴보는 것은 윤동주의 시를 올바른 방향으로 해석하는 데 실마리를 던져줄 수 있다. 경제적 동기가 주를 이루던 초기의 간도 이주와 다르게 1910년 강제합병 이후의 이주는 정치적 반감을 지닌 자들이 일제의 통제를 피해 비교적 자유로운 간도로 거처를 옮기는 양상을 띠었다. 지리적 여건으로 인해 그 지역 주민들은 직접적으로 중국의 영향을 받았고, 근대문물에 대해서도 개방적인

74 김신정, 「윤동주 자필시고에 나타난 동북방언의 특성과 변천」, 『한국시학연구』 71, 한국시학회, 2022, p.162.

태도를 지니고 있었다. 그러나 지리적, 정치적, 언어적, 문화적 중간지대에 놓인 재만조선인들의 삶이 결코 녹록하지 않았음이 당대 언론을 통해 확인된다. 1920년대 이후 일간지들에는 재만 조선인들의 억압과 차별의 상황을 우려하는 기사들이 다수 게재되었다.[75] 경제적, 정치적 이유로 고향을 떠나 어쩔 수 없이 타향에 터를 마련한 재만조선인들에게 만주는 "쓸쓸한 땅"이었으나, 그렇다고 이들이 피식민지가 된 본국을 의지할 수 있었던 것도 아니다. 재만조선인 사회에 기독교가 빠르게 정착될 수 있었던 것은 종교적 교리 외에도 재만조선인들의 불안한 중간자적인 삶에 파고드는 양상, 즉 의료와 교육 등에 주력하며 치료와 회복을 돕는 자들로서 재만조선인 사회에 다가갔던 선교의 방식 때문이기도 했다.

그렇다면 기독교에 의지하기 이전에 이들은 어디에서 고충을 위로받았을까? 전지전능한 기독교 유일신을 믿기 이전의 명동마을에는 동양적 · 유교적 교리, 민속적 신앙이 삶 가까이에 있었다. 기독교 전파 이후 신앙의 대상이 바뀌면서 전통과 민속의 영향력

---

75 『東亞日報』를 기준으로 "在滿洲朝鮮人"을 기사 제목에 구체적으로 언급한 경우만 보아도 1920년대 초반의 상황이 다음과 같다. 1920년대 중후반을 거쳐 1930년대에 들어서면서는 "在滿洲朝鮮人"에 관한 기사가 매일 신문지상을 장식하는 등 만주땅에 이민 간 조선인들에 대한 당대 언론의 큰 관심은 북방으로의 영토확장을 꾀하던 일본제국주의 통치방식과 중국 사이의 대립과 무관하지 않다.(「在滿洲朝鮮人의生活을保障하라」, 1921.10.29.; 「鮮滿經濟現下概況(續)」, 1922.2.22.; 「在滿朝鮮人의 救濟」 1922.5.13.; 「在滿同胞保護」, 1923.5.8.; 「在滿朝鮮人 救護問題」, 1923.10.11.; 「領事會議와 在滿同胞의對策」, 1923.11.27.; 「在滿朝鮮人에게 自治權을」, 1923.12.3.; 「滿洲란엇던곳」, 1924.3.3.; 「在滿蒙朝鮮人」, 1925.1.28.; 「在滿同胞取締問題」, 1925.6.1.; 「在滿同胞의= 中國歸化問題」, 1925.6.13.; 「中國官憲의在滿= 朝鮮人壓迫尤甚」, 1925.8.18.; 「在滿朝鮮農民들에게 今後水田耕作을不許?」, 1925.9.5.; 「在滿同胞의 武器를沒收」, 1925.9.25.)

은 희미해졌으나 재만 조선인들의 삶 속에 그 흔적은 계속 잔존하였다. 그러므로 기독교 전파 이전 명동마을 사람들의 삶에 녹아있던 민속 및 민간 신앙들을 살펴보는 것은 윤동주의 시 해석에 새로운 관점을 제공해줄 가능성을 지닌다.

고래로 인류는 자연 사물을 신앙의 대상으로 삼아왔고 이는 토테미즘, 애니미즘 등의 유형으로 여러 국가의 민속신앙에 다양하게 등장해왔다. 일례로 만주지역의 민속신앙에 대한 한 연구는 이들의 숭배대상에 산신과 조상신 외에도 태양신, 강신, 불신 등 다양한 자연 신들이 포함되었음을 밝혀냈다.[76] 윤동주 일가가 이주한 만주땅에 민속의 일부로 전해오는 제사(祭詞)에도 “아 높은 하늘 명심하며 들어라 위대한 하늘이여”로 시작하며 하늘에 제사를 지내는 “祭天의 祝詞” 기록이 발견된다.[77] 이처럼 ‘하늘’은 자연 사물일 뿐 아니라, 인간 삶의 길흉화복을 주관하는 힘이 있는 숭배와 신앙의 대상이었다. 따라서 단순한 자연 사물이나 기독교의 ‘하나님’으로 한정되지 않는 윤동주의 ‘하늘’이 지닌 상징성은 윤동주가 자라난 명동마을에 잔존하던 민속적 요소를 탐구하는 방식에서 해석의 실마리를 찾을 수 있다.

한편 만주지역이 아닌 한국의 민속에서도 상기한 자연에 대한 경외심이 발견된다. 세시풍속을 소개하고 있는 『동국세시기(東國

76 다니엘 키스터, 「중국 북부 지방에서의 샤머니즘」, 『한국문화연구』 1, 경희대학교 민속학연구소, 1998, pp.322~323.

77 祭祀全書巫人誦念全錄의 기록 祭天의 祝詞. 이는 무당에 의해 창唱이 되어진 무가로 알려져 있다. 박상규, 「滿洲의 祭詞와 蒙古의 巫歌」, 『韓國民俗學』 17, 한국민속학회, 1984, p.151, 155.

歲時記)』에서는 자연 현상을 관찰하여 미래를 예측하는 문화를 '점풍(占豊)'으로 설명한다. 윤동주 일가가 "척박하고 비싼 조선 땅을 팔아 기름진 땅을 많이 사서 좀 잘살아"[78] 보고자 이주하기 전 머물던 조선땅의 세시풍속은 중국 하대(夏代)의 음력 정월을 설로 삼는 역법(曆法)을 기반으로 하였다. 태음력을 바탕으로 사람들은 대개 연초에 자연현상을 관찰하고 일년의 농사를 예측하기 위해 점을 치면서 자연의 흐름을 이해하려 노력했다. 달과 별의 움직임을 살펴 비나 바람의 흐름을 파악해 농작물의 풍흉을 점치는 민속적 특성의 기원은 『삼국지(三國志)』「위서 · 동이전(魏書 · 東夷傳)」에 "새벽에 별자리의 움직임을 관찰하여 그 해의 풍흉을 미리 안다"는 기록으로 남아있다.[79]

"太陽을 사모하"고 "별을 사랑하는" 아이들의 모습에 대한 묘사(「눈감고간다」)를 자연을 산책하며 사색하던 시인의 일화와 연계해 윤동주 시의 자연친화적 특성으로 읽어내는 역사 · 전기적 독해는 일차적이고도 유효하다. 나아가 윤동주가 산책을 하며 동생 윤일주에게 "북두칠성과 북극성 등" 별자리에 대해 가르쳐준 일화[80]에서는 그 같은 자연친화적 특성이 천문에 대한 관심으로 확장된 면모 또한 발견된다. 이는 시인에게 자연이 단순히 심미적 관조의

78 송우혜, 앞의 책, p.43.

79 이희창, 「자연 현상과 農占 문화의 사례 고찰 - 한국 세시풍속을 중심으로」, 『원불교사상과종교문화』 88, 원광대학교 원불교사상연구원, 2021, p.453, pp.455~456, p.459, 464, 479.

80 송우혜, 앞의 책, p.250.

대상에 그치지 않는 지적 탐구의 대상이기도 했음을 보여준다.

죽는 날까지 하늘을 우르러
한점 부끄럼이 없기를,
잎새에 이는 바람에도
나는 괴로워했다.
별을 노래하는 마음으로 모든 죽어가는것을 사랑해야지
그리고 나안테 주어진 길을
거러가야겠다.

오늘밤에도 별이 바람에 스치운다.

「서시」 전문

기록에 따르면 옛 선조들은 천문 현상에 따라 풍흉과 길흉을 예측하는 재해가 있다고 보았다. 해를 보고 예측하는 경우 주로 비와 바람에 대한 것으로 날씨를 예측하고, 달을 보고 예측하는 경우 가뭄과 수해, 풍년과 흉년을 예측하였으며, 달무리가 있으면 바람이 분다고 했다. 또한 별과 달의 거리와 위치를 보고 풍년과 흉년을 예측하고, 별빛이 불안정할 경우 대체로 바람이 분다고 보았다. 더하여 일식과 월식, 요성, 객성, 유성, 혜성 등 일상적이지 않은 자연 현상의 출몰은 보통 좋지 않은 징조로 보았다. 이를 바탕으로 달점 보기나 좀생이별 보기 등 달이나 별을 보고 점을 치는 민속이 유래하였으며, 천문 현상을 보고 미래에 대해 다양한 예측을 하는 이들 자연 대상 "점풍"의 민속이 점술을 주관하는 샤먼의 신통력에 의

존하는 형태가 아니라 천문을 예측하는 문헌의 기록을 바탕으로 유래되었다는 연구결과도 있다.[81]

물론 윤동주의 별에 대한 관심이 농사의 길흉을 예측하기 위함은 아니었으나, 단순히 자연을 관조적으로 바라보는 데 그치지 않고 별자리 등을 공부하며 별과 바람 등 자연 사물과 그 관계에 대해 알고자 했던 사실은 "잎새에 이는 바람에도" 괴로워했던 화자의 상황과 연계성을 지니기에 간과할 수 없는 요소이다. 이에 대한 검토는 윤동주 시의 특성을 내면의 도덕적 정결성으로 제한해온 해석의 범주를 확장케 해준다. 나아가 어릴 적부터 자연스럽게 시인의 삶에 스며든 '민속'의 영향을 고려하는 것은 민족, 종교 등 그의 삶을 둘러싼 거대한 가치들의 대입으로 해석되지 않던 시상 간의 세부적 연결성을 이해하는 데 도움을 준다. 왜 하늘을 우러러 부끄러움이 없기 바라는 「서시」의 화자는 "바람"에 괴로워하다가 "별을 노래"하면서 "모든 죽어가는 것"에 대한 "사랑"을 다짐하게 되는 것일까? 그것을 통해 자신을 성찰하다가 다시금 "별이 바람에 스치"우는 자연현상에 대한 관찰로 전환되는 것은 어떠한 의미를 갖는가? 별과 달의 모양을 바람의 흐름과 연결하는 풍속, 그리고 천신에 제사를 지내는 민속 관련 기록들을 고찰함으로써, 일견 연결되지 않는 듯 보이는 「서시」의 시상 전개가 지닌 구조적 특성을 새롭게 발견할 수 있다.

---

81 김태우, 「고문헌에 나타난 천문 현상에 따른 풍흉과 길흉 예측 - 해, 달, 별을 통한 예측과 민속과의 상관성을 중심으로 -」, 『민족문화연구』 84, 고려대 민족문화연구원, 2019, pp.258~259.

윤동주 시인에 관한 기록들은 시인의 짧은 생애만큼 한정적이기에 그의 시에 나타난 자연 사물을 민속과 연계짓는 본 연구의 해석을 뒷받침할 직접적인 근거를 구하기가 쉽지 않다. 따라서 이 글에서 제시한 산책을 하며 천문에 적극적인 관심을 보인 일화 등 윤동주의 기록에 기반한 논거들이 민속과의 연계성을 드러내는 데 충분치 않아 보일 수 있다. 그러나 비단 윤동주 시인에 한정짓지 않는다 하더라도 자연과 민속의 연계성은 부정할 수 없는 밀접한 관련성 아래 계속 이어져 왔다. “농업사회의 기반 위에서 민중적 공동체 생활을 통해 형성된 것이 우리 민속문화”라는 민속에 대한 정의는 자연의 변화를 주목하고 생태계를 주의 깊게 관찰해 천지조화와 우순풍조 속에 풍농의 꿈을 키워온 자연친화적 특성[82]이 일개인의 특수한 사례가 아니라, 하늘, 땅, 바람, 달, 별, 식물, 동물 등 자연 사물들을 두루 섬기는 가운데 이어져온 인류의 공통된 집단무의식에 기반을 둔 것임을 말해준다. 김소월과 백석 시의 자연 사물에서 민속적 요소를 읽어내는 독법이 자연스러운 것과 마찬가지로 윤동주의 시에 나타난 자연 사물에서 민속적 영향을 발견하는 것 또한 농경사회를 기반으로 북만주 지역에 정착한 재만조선인[83]

---

82 임재해, 「민속문화의 자연친화적 성격과 속신의 생태학적 교육 기능」, 『比較民俗學』 21, 비교민속학회, 2001, p.91.

83 19세기 후반 소규모로 시작된 조선인들의 만주 이주는 일본이 만주에 영향력을 키우려 농경지 수탈을 위한 조선인 강제이주 정책을 실시하며 규모가 확산되었다. 만주지역의 이주민들은 농경지를 개간하여 벼농사를 중심으로 생계를 꾸려갔다. 임금화, 「중국 길림성 서란 · 교하지역 조선족 주거공간에 대한 연구」, 『민속연구』 38, 안동대학교 민속학연구소, 2019, pp.245~246.

윤동주의 시를 읽어내는 지극히 당연한 방식일 수 있다.

윤동주 시의 '자연'을 살핀 많은 경우들이 그 의미 도출 과정에서 개별 연구자의 직관에 의존하는 한계를 노정한다. 하늘이라는 자연 사물의 위대성을 "우르러" 삶을 살아가는 윤동주의 시에서 하늘, 별, 달, 바람 등의 자연 사물은 개별 의미를 넘어선다. 이는 윤동주의 삶 이전에 집단무의식으로 형성되어온 민속적 의미를 주목하는 관점으로, 민속적 영향의 시적 변주 가능성을 주목한다는 점에서 이 글의 논의는 선행연구들의 제한성을 벗어난다.

「서시」 각 행의 자연 사물들은 민속적 의미로 확장되면서 비로소 연결성을 지니게 된다. 1연의 1, 2행에 나타난 부끄러움은 주로 윤리의식 혹은 신 앞에 선 화자의 자기정결성과 같은 기독교적 관점 등으로 해석되어 왔다. 그러나 자연신을 숭배하는 민속신앙에서 신앙의 대상을 '하나님'이 아닌 '하늘'로 지칭해왔던 기록들을 참고하면, 1~2행에 나타난 자연 사물로서의 '하늘'을 3~6행의 "바람", "별"의 시상까지 연계해 해석할 가능성이 열린다.

윤동주 시인의 기독교 신앙은 서구의 본래적 기독교와 다른 형태, 즉 당시 명동마을의 유교적, 전통적 관습 위에 자리잡았다는 사실이 알려져 있다. 윤동주가 다닌 명동학교의 이름이 『대학(大學)』의 첫 구절인 '대학지도 재명명덕(大學之道 在明名德)'에서 비롯되었다고 바라본 송우혜의 주장,[84] 명동학교가 민족주의와 결합한 기독교 교육을 했던 사실, 일본과 중국 열강 간 세력다툼의 틈바구니

84 송우혜, 앞의 책, p.58.

에서 연길 교육국 관할의 현립학교로 편입되면서 인민학교로 변모했던 사실, 민족주의 교육을 표방했으나 시대적 환경의 영향으로 일본어도 가르쳐야 했던 사실 등 시대적, 사회적 영향으로 경계적, 과도적, 중간자적 성격을 지녔던 재만조선인 삶의 양상이 이를 뒷받침한다.

윤동주 시인에게 큰 영향을 미친 유년기의 기독교 교육이 명동학교라는 특수성을 지닌 공간, 즉 일제 통치기 피식민지 국가를 떠나 북간도에 이주한 유교적, 민속적 사고를 지닌 사람들이 기독교를 받아들이면서 민족주의 교육을 위해 세운 교육기관에서 이루어졌다는 사실을 주목함으로써 윤동주의 시에 나타난 기독교적 특성이 성경의 교리로 온전히 해석될 수 없다는 사실에 대한 의문, 또한 이를 기독교 사상의 영향에 한정시키지 않고 다층적 의미를 지닌 상징의 형태로 바라봐야 할 필요성에 답할 가능성이 열린다.

별빛의 불안정성이 바람이 부는 현상과 연결된다고 바라본 천문현상의 기록, 전통 민속에서 '별'을 조상과의 연결, 길잡이, 신성한 존재로 여겼던 사실, "祭天의 祝詞"가 무당에 의해 창唱이 되어진 무가(巫歌)의 형태를 띠고 있다는 기록 등 상기한 민속 문헌들의 기록은 1~6행의 해석에 실마리를 제공한다. 그리고 자연에 대한 점풍이 궁극적으로는 인간의 삶에 대한 개별적, 집단적 예측을 꾀하는 것이라는 점 또한 1~6행에서 천문현상을 관찰하며 노래하는 화자의 행위가 7~8연에서 자신의 미래에 대한 다짐으로 이어지는 것, 그리고 그 같은 성찰이 2연의 "오늘 밤에도 별이 바람에 스치운다"라는 자연에 대한 묘사로 귀결되는 시상의 전개를 이해하는 데 도움을 준다. 윤동주의 시에서 "하늘"에서부터 불어온 "바람"을 "白骨"의 "風化作用"(「또 다른 고향」)과 연결시킨 시적 특성은 자연 사물을 인간의 삶과 밀접한 대상으로 바라본 민속적 시선과 윤동주의 시를 연계시키는 해석에 개연성을 더해준다.

3. 문답식 구조와 민요: 문답법의 민요적 기원과 시적 적용

이 장에서 살펴보려는 구술의 전통은 비단 윤동주의 시에서만 발견되는 것이 아니다. 1920년대 김소월의 시에 나타난 구술의 전통은 운율, 음절수 등 형식적 측면이 부각되면서 김소월에게 민요시인이라는 타이틀을 부여했다. 한국 전통시가에 드러난 정한(情恨)의 정서가 민요의 가락에 실리며 김소월 시의 특성을 이루었음은 주지의 사실이다. 북간도 시절부터 윤동주는 김소월 등 선배 시인들의 시를 읽고 문학잡지를 정독하며 문단의 최근 동향에도 관심을 보였다. 따라서 윤동주의 시에 구술적 전통의 요소가 나타나는 것은 당대 시단이 보여준 민요에 대한 관심, 그리고 民謠歌手[85]가 등장할 만큼 민요, 시조 등 전통시가가 유행하던 당대의 동향과 무관하지 않아 보인다. 이처럼 윤동주 시의 민요적 특성을 당대 시단의 동향과 연결 지으려는 이 글의 시각은 1935~1938년이라는 특정 시기에 윤동주가 동시를 집중적으로 창작했던 사실이

85 金管, 「詩와音樂과의融合問題-附、譯詞에對하야(三)」, 『東亞日報』, 東亞日報社, 1934.7.21.

당대 문단의 활발한 동시 창작 경향과 무관하지 않다는 점에 의해 부연될 수 있다.

일제 강점기 동양 제일의 테너로 호평받은 이인선은 당시 동아일보에 기고한 글에서 "街頭에 風靡되는 民謠나 流行歌"[86]라는 표현을 사용했다. 이는 1930년대 중 · 후반의 민요는 유행가처럼 사람들이 즐겨 부르던 노래였다는 사실을 보여준다. 식민지 근대의 조선땅에서 유행가처럼 불리던 민요에 대해 당대의 문인들은 다음과 같이 정의 내렸다. 박태원은 "다른民族"에게 민요가 "生活의調味料"라면 "朝鮮民族은 朝鮮民謠를 먹고살아왔다"[87]며 이를 생존에 필수적인 밥과 반찬("간장")으로 비유하였다. 한편 김사엽은 조선인들에게 민요는 단지 음악이 아니라 유일한 마음의 보금자리라고 하며 "被壓迫者인 民衆의 悲憤과怨恨의結晶"으로 이를 묘사했다.[88] 이처럼 조선인들의 삶과 밀접하게 연관된 민요의 유행현상이 지속되자, 문단에서는 이러한 현상에 주목하며 민요와 당대 시편들의 영향관계를 조명한 글들이 속속 발표되었다.

> ① 朝鮮詩歌의詩形은 다른곳에서求할것이아니고 朝鮮사람의思想과感情에또는呼吸에가장갓갑은時調와民謠에서 求하지아니할수가업는줄압니다 다시말하면時調나民謠의形式그것을 그대로採用하지아니하고 이두가지를混合折衝하야 現代의우리의

86 李寅善, 「藝苑動議」, 『東亞日報』, 東亞日報社, 1937.8.13.

87 朴泰遠, 「諺文 朝鮮口傳民謠集」, 『東亞日報』, 東亞日報社, 1933.2.28.

88 金思燁, 「朝鮮民謠의研究 ❸」, 『東亞日報』, 東亞日報社, 1937.9.5.

生活과思想과感情이 如實하게담겨질만한詩形을發見하는것이 조치아니할가함니다.[89]

② 設使그過去의作品 卽우리가只今도ㅁ歌吟誦하는詩謠의內容이 全部破棄하것이라도 詩歌그것의『폼』이라는것을 絶對否認치못한것은勿論이오 民謠그自體가업서지거나詩謠의根本的『리듬』이업서지지안흘것勿論이다[90]

③ 또 우리들은 原始的인 寫象의世界와 表現의 形式이 우리들의 藝術觀念의 發展에따라 如何히變化할지라도 그原始的인 型態에의 復歸는 늘잇지안코 돌아볼것이나 이같이 하야 創作된詩도 民謠라고할수잇으며 이것은 特히新民謠가 이러케하여 制作되는것으로 하여튼 詩의 原始型을 나는民謠라고생각한다.[91]

④ 한民族의 精神好尙의『바로메터ㅣ』인民謠는또한 一面文學과 音樂의重要한一分野가됨은勿論이다時代와 背景이달러지면 그에따라民謠도 그形態가박귀고 呼吸이달러짐은 勿論이며 이곳에 民謠의變遷이잇다. 現代는 바야흐로民謠界에잇어서는 한過渡期에 處하야外國에서보는것과 같은 藝術民謠의發達을 보려는 停迷期에 至今은處하여잇다고볼수잇다. … 이같이將來할民謠는 藝術的民謠로써 새로운것을우리는 享樂할것이나 이에도 決코在來民謠와絶緣된 것이 아니고 반다시 이에서 出發하여야하며 이에는 傳統的音樂을 尊重하여야할 것이다.[92]

---

89 金岸曙, 「밝아질朝鮮詩壇의길 (下)」, 『東亞日報』, 東亞日報社, 1927.1.3.

90 廉想涉, 「時調와民謠」, 『東亞日報』, 東亞日報社, 1927.4.30.

91 金思燁, 「朝鮮民謠의硏究 ❶」, 『東亞日報』, 東亞日報社, 1937.9.2.

92 金思燁, 「朝鮮民謠의硏究(完)」, 『東亞日報』, 東亞日報社, 1937.9.7.

①~④는 1920년대와 1930년대 문인들이 동아일보에 민요와 당대 시편의 관계성에 대해 발표한 글들이다. 1920년대에 발표된 ①과 ②는 민요의 리듬과 형식이 현대시에 미친 영향을 주목하였다. 또한 새롭게 창작되는 시의 형태는 현대의 사상과 생활을 담아내는 데 적합해야 한다고 주장하며 민요와 시조의 형식을 혼합한 새로운 형태의 시를 제안하였다. 한편 1930년대에 발표된 ③과 ④에서는 시대가 달라지면서 새롭게 등장한 시의 형식이 민요에서 연원하며, 앞으로 창작될 시와 예술민요("藝術民謠") 및 음악들은 재래민요와 절연되는 것이 아니고 전통을 존중한 가운데 새롭게 창작되는 민요로 볼 수 있다는 시각을 나타내었다.

상징주의적 자유시를 도입한 초기의 유학생 지식인들은 근대적 민족 혹은 국가 관념을 담아내면서도 문학적 자율성을 확보할 수 있는 새로운 시형을 모색해야 했다. 이와 같은 시대적 요구에 부응하듯이 1920년대 시인들은 '민요'와 '서정'을 발견하였다. 한편 1930년대에 연재된 특집기사 「建設期의民族文學」에서는 "感情이 詩的表現을 지어내는것이므로 醇正한詩인 民謠는 價値잇는 것이다"[93]라는 괴테의 스승 헤르더의 말을 인용하며 민요의 가치에 대해 설명하였다. 여기서 "醇正"이라는 단어는 감정을 있는 그대로 순수하게 드러내는 민요의 특성을 집약한다. 그 같은 민요의 특성은 근대화된 민요시인 김소월의 대표작 「엄마야 누나야」가 보여주

93 「建設期의民族文學【其三】 獨逸 (五) 獨自性의探究와並行한 外國文學의獨逸化」, 『東亞日報』, 東亞日報社, 1935.3.23.

는 동시적 특성과도 결부된다.

시대의 변화에 맞는 새로운 시형을 모색하려는 당대 시단의 움직임에 부응하듯 윤동주의 시에서도 새로운 시형이 등장하였는데 이는 그가 1935년에서 1938년 사이에 집중적으로 동시를 창작했던 특수한 상황과 결부된다. 1931년부터 1938년까지 동아일보에는 전체 시문학 작품 중 40.55%인 639편이, 조선일보에는 전체 시문학의 39.39%인 동시 557편이 발표되었다. 그 중 尹東柱가 신문 스크랩을 활발히 하며 동시 창작에 매진하던 1937~38년의 경우에 한정해 보면 동아일보의 경우 전체 시문학 142편 중 45편인 31.69%, 조선일보의 경우 총 282편 중 무려 50%에 달하는 141편이 동시로 집계되는 바, 당시 시단에 불던 동시 창작의 열풍을 충분히 짐작하게 해 준다. 같은 시기 윤동주가 창작한 동시들에서도 김소월의 시에서 발견되는 민요적 특성이 발견된다는 점은 주목을 요한다.

① 붉은니마에 싸늘한 달이 서리여
아우의 얼골은 슬픈 그림이다.

발거름을 멈추어
살그먼히 애딘 손을 잡으며
『늬는 자라 무엇이 되려니』
사람이 되지
아우의 설흔 진정코 설흔 對答이다.

「아우의 印像畫」 부분

② 헌집신짝 끌을고
나여긔 웨왓노
두만강을 건너서
쓸쓸한 이땅에

남쪽하늘 저밑엔
따뜻한 내고향
내어머니 게신곧
그리운 고향집

「(童詩) 고향집—만주에서 불은」 전문

①과 ②에 나타난 구술적 전통의 민요적 특성은 그가 즐겨 읽던 김소월, 백석 등의 시에서도 발견되는 문답식 구조로 특징지어질 수 있다. ①에 나타난 아우와의 문답은 민요에서 등장하는 다양한 형태의 대화체 중 하나인 문답의 방식이다.

窓 밖에 그 뉘 왔소 뒤절 小僧 나려왔소
밤은 깊어 夜深한데 눌 보자고 나려왔소

이 민요는 각시와의 대화 양식으로, 불가에서 엄격히 금지하는 일을 서슴지 않고 행하는 승려의 행태를 적나라하게 비판한다.[94]

---

94 임동권, 『韓國民謠集』, 집문당, 1961, p.118.(변승구, 「시조에 나타난 대화체의 장르 수용 양상과 의미 -『韓國時調大事典』을 중심으로 - 」, 『순천향 인문과학논총』 31.1, 순천향대학교 인문학연구소, 2012, p.18 재인용)

민요에서 문답법은 시집살이의 어려움이나 고부간의 갈등, 장사꾼과 고객의 대화 등 다양한 형태로 변주되었고, 이후 시조의 대화체에 직 · 간접적인 영향을 미쳤다. 시조에 나타난 대화체는 민요의 대화 형식을 수용하면서 나타난 현상이라 할 수 있다. 특히 그 중 서민문학적 성격을 띠고 있는 대화체 시조는 대부분 민요의 영향을 받아 나타났다고 할 수 있다. 이 같은 사실은 민요의 형식적 특성인 대화체가 조선후기의 문학적 패러다임과 사회적 변화에 조응하며 나타난 현상이었음을 보여준다.[95] 근대로 접어들면서 민요의 문답식 구조는 주요한의 「불놀이」, 김소월의 「엄마야 누나야」와 「초혼」 등의 시를 통해 명맥을 이어갔고, 백석의 만주 이주 이후 시들에서도 그 같은 특징이 발견되는 바, 윤동주의 시에 나타난 문답법은 윤동주 시의 독자적 특성이라기보다 당대 시단의 흐름에 영향 받은 결과로 바라보는 것이 타당하겠다.

"童詩"라고 제목에 표기하고 있지만 정작 "헌 짚신짝", "나 여기 웨왔노", "쓸쓸한 이 땅에", "내 어머니 게신곧/그리운 고향집" 등의 시구와 결합하는 시상의 전개로 인해 ②를 순진한 아동의 목소리와 결부된 동시로 읽는 것은 어색하다. 이 시의 주된 정서는 그리움, 외로움, 쓸쓸함, 탄식, 향수 등이기 때문이다. 이 경우 "나 여긔 웨왓노"라는 화자의 자문(自問)은 자기 정체성에 대한 질문이기도 하다. 여기에서는 그것이 "고향집"을 그리는 아이의 자문으로 나타나 스스로에게 답을 주는 문답법의 형태를 띤다. 이를 통해

95 위의 글, p.22.

童詩의 화자인 '나'의 정서는 "쓸쓸한 땅" "두만강" 이북에서 떠나와 고향을 그리워하는 간도 이주민들의 애환으로 확장된다. 이렇게 아이가 지닌 순수성이 현실의 고통과 대비되면서 "나 여긔 웨왓노"라는 아이의 질문은 순수성과 괴리된 시대의 아픔과 결부된다.

4. 나가며

지금까지 윤동주의 시에 나타난 민속적 요소들을 살펴보았다. 저항시, 민족시, 기독교시, 내면 성찰, 자기 반성, 서정성, 자연에 대한 경도 등 윤동주의 시를 설명하는 다양한 키워드들은 그의 시가 하나의 관점으로 온전히 해석될 수 없는 다층적 의미를 지니고 있음을 보여준다. 이 글에서는 윤동주의 시를 민속과의 연계성 관점에서 분석하였다. 이는 시인 윤동주의 생애와 성장 환경이 시에 미친 영향을 살펴보는 것으로부터 출발한다. 북만주 간도 지역에 이주한 선조들의 삶에 영향을 준 유교 사상과 민속적 요소들, 북만주에 정착한 기독교의 독자적 특성, 그리고 이주민으로서의 디아스포라 경험 등이 그것이다.

이와 같은 배경을 바탕으로, 2장에서는 윤동주 시에 나타난 하늘, 별, 바람 등 자연 사물이 지닌 의미를 민속과의 관련성 아래 살펴보았다. 여기서 중요한 점은 환경으로 주어진 '자연' 자체가 아니라 이를 대하는 사람들의 인식과 행위이다. 하늘을 신앙의 대상으로 숭배하고, 별을 죽은 자와 연계시키며, 달과 별의 모양과 바람을 통해 길흉을 예측하던 민속적 요소들은 자연 현상을 단순히 기술하는 것이 아니라, 이를 매개로 삼아—직관으로 파악할 수 없는 —본질적 사유를 이끌어내는 윤동주 시의 특성과 일치한다. 윤동주의 시와 민속과의 연계는 기독교의 신앙 고백이나 자기 정결성으로 한정된 윤동주 시의 해석을 넘어서는 데 도움을 준다. 윤동주의 시는 그 바탕에 기독교 신앙, 민족의식, 자아 탐구가 뚜렷하게 자리 잡고 있지만, 그 같은 거대한 범주만으로 해석될 수는 없는 다양한 면모를 지닌다. 이 같은 윤동주 시의 상징성과 의미의 다층성을 해석하기 위해서는 이 글의 시도와 같은 다양한 관점이 필요하다.

3장에서는 윤동주의 시에 나타난 민요적 특성으로서의 문답식 구조에 주목하였다. 이는 시조, 개화기 시, 근대 초기의 시를 거쳐 윤동주가 시를 창작하던 시기까지, 새로운 시형을 형성하는 데 지속적으로 영향을 미쳤던 민요적 특성에 대한 탐구였다. 따라서 이 글의 작업은 윤동주 시의 특질을 규명하는 데 국한되지 않는다. 이는 윤동주가 즐겨 읽었던 김소월 등 기존 문인들의 시와 당대 사회의 민요에 대한 관심, 그리고 동시 장르의 부흥과 연계되는 1930년대 시단의 흐름 가운데 윤동주 시인이 모색한 시적 탐구를 밝히는 것이기 때문이다. 이를 위해 3장에서는 윤동주 시의 문답법에 드러난 민요적 특성을 파악하고, 민요 장르가 담아내는 삶의 애환과 희로애락이 윤동주의 시에서 어떻게 확장되었는지 살펴보았다.

그간 수많은 연구자들이 윤동주 시의 특성을 밝혀내기 위해 노력해 왔음에도 불구하고, 여전히 윤동주의 시는 새로운 해석적 관점을 필요로 한다. 전범으로 여겨지는 저항성, 종교성, 내면 성찰로 포착될 수 없는 윤동주 시의 면모를 밝혀내기 위해 민속과의 관계성을 살펴본 이 글이 기독교 신앙, 지성인, 저항시인 등으로 알려진 윤동주의 삶과 상반되는 범주에 놓일 수 있음을 이해한다. 이 글은 그의 삶에 영향을 미친 전기적 요소들과 민속과의 관계성을 입증하기 위해 노력하며 윤동주 시의 자연 사물과 문답식 구조에 나타난 민속(민요)적 특성을 밝혀내는 데 집중하였다. 이 글에서 탐구한 민속적 요소의 시적 재현을 출발점으로 삼아 추가적인 주제들과 다양한 시편들에 대한 후속연구가 이어지기를 기대한다.

'물', '바람'과 주체의 자기 인식

1. 들어가며

윤동주의 시에서 '자연'은 일차적 의미 그 자체로 한정되는 것이 아니라, 인간의 존재를 드러내는 상징으로 나타난다. 「하늘과바람과별과詩」를 구성하는 '자연'은 윤동주의 시의식이 집약된 주요한 소재이다.[96] 그간 윤동주 시에 나타난 '자연'의 의미를 규명하려 한 여러 시도들이 있었고, 그로 인해 대체적으로 합의가 도출되었다고 할 수 있다.[97]

---

96 윤동주가 남긴 4편의 산문 중 하나인 「花園에 꽃이 핀다」에는 자연에 대한 시각이 구체적으로 나타난다. 그에게 있어서 "花園"으로 대표된 "풀", "꽃" 등의 자연은 참된 글에 대한 외경심보다 숭고한 가치를 지닌다. 윤동주, 「花園에 꽃이 핀다」, 왕신영 외 엮음, 앞의 책, pp.122~124.

97 마광수는 「별 헤는 밤」을 중심으로 '별', '하늘' 등 자연 상징의 의미를 살피며 윤동주의 시에 나타난 '부끄러움'을 규명하였고, 김현자는 '바람'과 '별'의 이항대립 구조에 집중하였으며, 김재홍은 "천상에의 동경과 자연친화"의 의미를 밝혀냈다. 한편 김우창은 윤동주 시의 자연이 '유기적 성장'에 대한 관심을 나타낸다고 역설한 바 있으며, 이승훈은 구조주의에 입각해 「서시」를 분석하며 '하늘'과 '바람', '별'과 '죽어 가는 것'의 이항대립을 통해

그러한 상황에서 이 글이 다시금 '자연'을 논의의 중심에 놓는 까닭은 일차적으로 선행연구들의 의미 도출 과정이 많은 경우 개별 연구자의 직관에 의존하고 있기 때문이며, 또한 이들 연구의 대부분이 윤동주의 대표작 몇 편만을 반복적으로 거론하는 데 그쳐 여타 시편들과의 관계성을 다루지 않았기 때문이다. 따라서 상징구조에 대한 세밀한 분석을 통해 일반화된 의미의 타당성을 검증하고, 그 속에서 드러날 수 있는 '자연' 상징의 새로운 면모를 살펴보는 이 글의 작업은 윤동주 시 해석의 범위를 확장하는 데 기여할 수 있다.

윤동주는 '자연'을 인간존재가 투사된 현상적 입지의 대상으로 시 속에 구현하였다. 이때 중요한 점은 인간의 가치와 무관하게 저절로 생성되고 성장한 '자연' 자체가 아니라, 그에 대한 '인식'의 행위이다. 그러한 인식의 방법은 있는 그대로를 기술하기 위해 자연의 현상을 모사하지 않고, 이를 변형시킴으로써 현실과의 경계에서 이질성을 창출하는 방식이다. 이는 '직관'으로 혹은 '직접적'으로 파악될 수 없는 본질에 '논증적' 사유나 개념적 '구성'을 통해 접근하는 방식이다.[98] 이렇듯 표면적 의미를 통해 또 다른 의미에

자연의 의미를 궁구해내었다. 권영민 엮음, 앞의 책, 1995a 참조.

98 이 경우 자연은 인간의 정신에 의해 규정되는 대상이 아닌, 신과 같은 근원적 실체(스피노자), 합목적성(칸트), 주체성(셸링)을 지닌 자연이다. 리케르트는 명확하지 않은 개념인 '자연'을 대립개념인 '문화'와의 상호비교를 통해 설명해내었다.(하인리히 리케르트, 『문화과학과 자연과학』, 이상엽 옮김, 책세상, 2004, pp.55~60, 71~80 참조) 이 글은 이 같은 '자연'과 상호포함 관계를 가지면서 타자적 위치에 서 있는, 또한 동시에 확장과 대립관계를 지니는 '인간'이 상징이라는 복잡한 관계의 그물망 속에서 의미를 찾는 작업을 살핀다.

도달한다는 측면에서 윤동주 시의 '자연'은 인식을 간접화하는 매개체로서의 상징이 된다. 1차적 의미의 층위를 거쳐 주체의 자기인식 과정에서 매개 역할을 하는 상징이 된다는 것이다. 이 글에서는 시적 형상화 원리에서 공통성을 보여주는 '물'과 '바람'을 중심으로 그 같은 상징의 역할을 살펴보고자 한다. 이 경우 '물'과 '바람'으로 논의의 대상을 제한하는 것은 이들이 보여주는 형상화 과정의 유사성이 궁극적으로 주체가 자기를 인식하는 방식과 밀접한 연관이 있기 때문이다.

자연은 인간 삶의 조건을 형성하는 에쿠멘적 공생체[99]이다. 인간과 불가분의 유기적 관계를 지니는 이들 자연이 상징으로 쓰인 경우, 이에 대한 해석은 결국 1차적 의미를 넘어서 인간으로서의 주체가 지닌 의식의 환원에 이르게 된다. 따라서 타자인 '자연'이 상징화되면서 주체와 상호작용하는 과정을 고찰하는 이 글의 작업은 제한된 시 해석의 지평을 넓혀줄 수 있을 것이다.

2. '물'의 매개와 인식의 공간화

부드러움과 난폭함의 양가성을 속성으로 하는 '물'의 상징[100]은

---

99 오귀스탱 베르크, 『대지에서 인간으로 산다는 것』, 김주경 옮김, 미다스출판사, 2001.

100 '물'은 인류의 집단무의식을 근원으로 삼는 대표적 원형상징 중 하나이다. 이때 '물'은 순수, 정화, 생명의 근원, 재생, 무상, 사랑 등의 상징의미를 갖는다. 그런데 기실 '물'은 다음 장에서 살펴볼 '바람'과 마찬가지로 양가성을 그 특질로 삼는다. 맑고 깨끗한 물은 그 이면에 변덕, 변화를 내재한다. 일반적으로 순리에 따르는 흐름을 보여주지만, 때로 역정을 내듯 광폭해지기도 한다. 너그러운 '물'이 조급함이라는 또 하나의 얼굴을 감추

윤동주의 시에서 '비', '눈', '구름', '안개' 등으로 변주되며 다양하게 형상화된다. 이는 먼저 (복수의 '나'인 '우리'를 포함한) '나'를 잠식해버리는 물로 나타난다. 현실의 장애가 난폭한 물로 형상화되면서 차단된 공간에 주체를 소외시킨다. 그리고 이러한 소외를 통해 윤동주 시의 주체는 시대를 바라보고 자기를 대면한다. 여기에는 엄정하게 자기를 바라보는 시선과 그리움의 눈물이 혼재되어 있다. 다음의 시들을 통해 이를 상세히 살펴보기로 하겠다.

> 하로도 검푸른 물결에
> 흐느적 잠기고…… 잠기고……
> 저—웬 검은고기떼가
> 물든 바다를 날아 橫斷할고、
>
> 落葉이된 海草
> 海草마다 슬프기도 하오。
>
> 西窓에 걸린 해말간 風景畵
> 옷고름너어는 孤兒의 설음
>
> 이제 첫航海하는 마음을 먹고
> 방바닥에 나딩구오…… 딩구오……
>
> 黃昏이 바다가되여
> 오늘도 數많은 배가

고 있는 것이다. 바슐라르가 이야기한 "크세륵세스 콤플렉스"는 부드러움과 난폭함이라는 '물'의 양가적 속성을 잘 보여준다.

나와함께 이물결에 잠겨슬 게오。

「黃昏이바다가되여」 전문

제목에서 짐작할 수 있듯이 이 시는 황혼 무렵의 창 밖 풍경을 그리고 있다. 그러나 정작 시의 전개는 제목이 형성한 기대지평을 여지없이 무너트리는 방향으로 진행된다. "검푸른 물결"이 넘실대는 해면 위로 검은 고기떼가 날아오르는 장면이 묘사된 1연의 광경은 공포감을 자극하기에 충분하다. 생경함이 유발한 그 같은 충격은 어느 틈에 육지와 바다 간의 경계를 허물어트린다. 그곳에서 화자의 모습은 "海草"→"孤兒"→"배"의 형상으로 변주되면서 이들 각각은 절망감, 슬픔, 소외의식, 단절감, 설움, 극복의지 등을 현상적 화자인 "나"에게 투영한다.

"첫航海하는 마음을 먹고/방바닥에 나딩구"는 4연의 바다와 지상의 혼재를 기점으로 이 시는 "黃昏이 바다가되여"에서 볼 수 있는 비현실성으로 접어들게 된다. 그리고 이러한 변주의 결과 나는 검은 물이랑 속에 잠기게 된다. "첫航海하는 마음"으로 펼친 부푼 기대, 희망, 원대한 포부의 날개가 검은 격랑에 잠식되어 축 쳐져버린 채 "오늘도" "나"는 검은 물결에 잠겨버리고 마는 것이다. 여기서 발견되는 '물'의 악마적 이미지는 "黃昏"에 미적 요소가 제거된 기울어가는 시간성을 부여한다. 결국 이 시에서 주목해야 할 부분은 "西窓"에 비췬 "黃昏"이 "바다"가 된 비현실화가 아니라, "數많은 배가/나와함께" 그 바다에 잠기는 장면이라 할 수 있다. 이러한

‘침전’의 과정을 통해 형성된 고립된 비현실적 공간 속에서 주체는 엄정히 자기를 대면하게 된다.

윤동주의 시에 나타난 ‘물’의 상징은 부정의식을 함의할 때 하강의 이미지를 동반한다. 이 시에서는 그러한 물의 하강성이 공간의 비현실화를 동반한다. 현실성을 상실한 그곳에서는 아름다운 황혼의 풍경 대신 난폭한 ‘물’의 횡포에 의해 유린된 “海草”가 슬픔을 전달한다.

상기한 데카당스 이미지의 의미를 궁구하기 위해 이 시와 관련된 사실적 측면을 검토해 보자. 1937년 정초에 창작된 「黃昏이바다가되여」는 첫 습작노트인 〈나의 習作期의 詩 아닌 詩〉에 기록된 후, 두 번째 습작노트인 〈창〉에 전기(轉記)되었다. 이 시에는 당시 윤동주가 집중적으로 창작했던 동시와 유사하게, ‘가면’을 쓰고 시대와 주체를 바라보는 시선의 변주가 나타난다. 따라서 여기서 드러나는 데카당스는 현실에 대한 부정의식에서 비롯된 비현실화[101]로 해석될 수 있다. 다음에 인용할 「肝」 역시 동일한 시작 방식을 보여준다.

> 바닷가 해빛 바른 바위우에
> 습한 肝을 펴서 말리우자.
>
> 코카사쓰山中에서 도맹해온 토끼처럼

101 尹圭涉, 「知性問題와휴매니즘=三十年代인테리겐차의行程」(1)~(6), 『朝鮮日報』, 朝鮮日報社, 1938.10.11~20.

둘러리를 돌며 肝을 직히자.

내가 오래 기르든 여윈 독수리야!
와서 뜨더먹어라, 시름없이

너는 살지고
나는 여위어야지, 그러나,

거북이야!
다시는 龍宮의 誘惑에 않떠러진다.

푸로메디어쓰 불상한 푸로메디어쓰
불 도적한 죄로 목에 맷돌을 달고
끝없이 沈澱하는 푸로메드어쓰.

「肝」 전문

이 시의 난해함은 일차적으로 동서양의 신화와 설화가 복합적으로 차용된 데 따라 기인한 것이다.[102] 이러한 복잡한 토대 위에서 1연의 "습한 肝", 5연의 '거북이'와 '용궁', 6연의 "沈澱" 등 '물'과 관련된 시어들이 시적 공간을 비현실화한다. 그리고 이로 인해 이 시가 갖는 해석상의 애매성은 더욱 배가된다. 이때 5연의 '물'은 설화 속 배경을 설명해줄 뿐이지만, 생명성의 상징인 '肝'과 자아의 투영인 "푸로메디어쓰"와 관련된 '물', 즉 주체와 관련된 '물'은

102 그러한 애매성은 구체적으로 ① 시의 생경함을 두드러지게 하는 신화, 설화의 복합적 차용, ② 주체와 타자의 대상관계, ③ 시의 구조를 지배하는 '물'의 상징성으로 인해 나타난다.

애매성으로 인해 상징적 의미를 지닌다. 1연에 나타난 "습한 肝"과 마지막 연의 "沈澱"이 실제 신화의 내용과 달리 "푸로메디어쓰"에게 하강의 이미지를 부여하며 상징의 위치로 이동한다. 이는 「黃昏이바다가되여」의 잠식하는 '물'이 비현실적 요소와 결합하여 만든 부정적 시선의 변주이다.

「肝」에서 "습한 肝"을 지키던 "토끼"는 자신이 기르던 "독수리"에게 "간"을 내어주는 행위를 통해 그리스 신화의 "푸로메디어쓰"와 겹쳐진다. 이는 마지막 연에 나타난 연민의 근거가 되며, 구토설화의 '자라'를 연상시키는 5연의 "거북이"에게 단절을 선언하는 이유가 된다. 그 결과 "토끼"의 모습과 교차된 "푸로메디어쓰"는 마지막 연에서 주체의 모습을 포함한 "沈澱"의 상징성으로 연결된다. 「黃昏이바다가되여」에서 보았던 하강하는 '물'의 부정성이 끝없는 "沈澱"으로 형상화되며, 물속에 단절된 공간을 형성해 주체를 고립시키는 것이다. 이 시가 창작된 후 약 반년 뒤에 씌어진 「쉽게씨워진 詩」는 「肝」의 "沈澱"이 지닌 해석상의 난점을 해소시킬 중요한 의미의 동인이 된다.

> 窓밖에 밤비가 속살거려
> 六疊房은 남의 나라,
>
> ……〈중　략〉……
>
> 땀내와 사랑내 포그니 품긴
> 보내주신 學費封套를 받어

……〈중　략〉……

나는 무얼 바라
나는 다만, 홀로 沈澱하는것일가

……〈중　략〉……

六疊房은 남의 나라.
窓밖에 밤비가 속살거리는데,

……〈중　략〉……

나는 나에게 적은 손을 내밀어
눈물과 慰安으로 잡는 最初의 幄手.

「쉽게씨워진 詩」 부분

시의 전반부에서 "밤비", "땀"은 "沈澱"과 어우러지며 "눈물"로 전이되어 나타난다. "沈澱"을 중심으로 공간적, 시간적 이질화가 발생한 것이다. 이때 조국을 식민지화한 "남의 나라"의 어두운 "밤비", 고국에서 부모님이 흘리신 수고로운 "땀", 주체의 "沈澱", 흐르는 "눈물"은 모두 하강의 방향성을 갖는다. 떨어지는 '물'이 주체를 잠식하면서 "六疊房"은 비현실적인 독립공간으로 변화한다. 이 지점에서 「쉽게씨워진 詩」의 "沈澱"은 어두운 현실과 실존적 위기 속에서 자기를 대면하는 주체의 행위를 상징하게 된다.

지금까지 「黃昏이바다가되여」, 「肝」, 「쉽게씨워진 詩」 등에 나타난 '물'의 상징이 시의 공간과 주체에 비현실적 요소를 부가하여 현실에 대한 부정의식을 표출하는 양상을 살펴보았다. 또한 하강하는 '물'이 현실과 차단된 비현실적 공간을 형성하여 주체를 소외시키고, 주체가 그 공간에서 자기를 대면하는 방식을 논구하였다. 고립된 공간 속에서 자기를 대면하는 주체의 이러한 시선은 「自畫像」의 '우물', 「산골물」의 '시내'를 배경으로 전개된 '들여다보기'의 행위와 결부된다. 이는 자기대면의 성찰적 태도에 닿아 있으며, 윤동주 시의 주요한 특성인 자기 반성의 변주양상으로 이해된다.

한편 윤동주의 시에서 '물'은 흘러가는 형상으로 상징화되기도 한다. 맑고 투명하며 약동하는 속성을 지닌 흘러가는 '물'은 생명성, 자기 쇄신, 그리움, 새로운 희망의 도래 등 긍정적인 의미를 지니면서도, 동시에 '슬픔'의 속성을 내포하기도 한다. 이는 '하강하는 물이 매개하는 공간화'에서 발견되는 주체 인식의 변주를 보여준다.

① 가슴속깊이 돌돌 샘물이 흘러
이밤을 더부러 말할이 없도다.

……〈중　략〉……

그신 듯이 냇가에 앉어스니
사랑과 일을 거리에 맥기고
가마니 가마니
바다로 가자.
바다로 가자.

「산골물」 부분

② 내사 이湖水가로
부르는 이 없이
불리워 온 것은
참말異蹟이 외다.

……〈중　략〉……

하나 내 모든것을餘念없이
물결에 써서 보내려니
당신은 湖面으로 나를 불려내소서.

「異蹟」 부분

③ 강물이 작고 흐르는데
내발이 언덕우에 섯다.

「바람이 불어」 부분

인용된 시들에서도 고립된 공간을 형성하는 '물'과 주체인식의 연관관계를 찾아볼 수 있다. 여기에는 '우물', '거울' 상징과 유사한 범주의 "湖水", "강물", 그리고 "거리"에서 떨어진 산골 "냇가"가 등장한다. "이湖水가로" "부르는 이 없이 불리워 온 것은"(②) "더부러 말할이 없"이 "냇가"에 앉은 ①의 고립된 상황과 동일하다. 이처럼 ②에 형상화된 비현실적 상황은 "언덕우에" 선 주체가 "발"로 표현된(③) 상황에서도 유사하게 드러난다.

①에서 화자의 "가슴속"과 외부의 공간은 '흐르는 물'의 속성으로 연결되어 "바다"를 지향한다. "湖水"에 자신의 모습을 비춰본

②의 화자가 "물결에 써서 보내려니"와 같은 유동적 표현을 사용한 이면에는 이처럼 '흐르는 물'의 지향적 속성이 숨겨져 있다. 이는 '물'을 매개로 한 고립된 공간의 형성이 주체 인식을 통해 새로운 국면을 지향하는 상징성을 설명하는 것이다. 또한 ③에서도 자기를 비추어보는 '흐르는 물'의 유형이 주체인식과 결합되어 나타난다. 이때 '물'의 자기 성찰적 특성은 '발'의 실존적 속성과 결부되어 존재론적 의미를 배가시킨다.

자기와의 대면을 매개하는 그러한 '물'에는 쓸쓸함, 슬픔, 외로움 등이 부가되어 있다. 이는 ①, ②, ③과 같이 호젓하고 쓸쓸한 분위기의 고독한 자기 대면에서뿐만 아니라, "봄바람을 등진 초록빛바다/쏘다질듯 쏘다질듯 위트렵다.//잔주름 치마폭의 두둥실거리는 물결은,/오스라질 듯 한끝 輕快롭다."(「風景」), "그래도 맑은 강물은 흘러 사랑처럼 슬픈얼골—아름다운 順伊의 얼골은 어린다"(「少年」)에서 볼 수 있는 "봄바람", "초록", "輕快" 등의 긍정적 시어와 "등진", "위트렵다",[103] "오스라질 듯" 등의 결합, "사랑처럼 슬픈"과 같은 어구에서도 발견된다. 이들 시구에 내재된 역설의 의미는 윤동주 시의 변증적 의미구조를 함축한 것으로, 현실에 대한 위기의식과 미래에 대한 희망의 공존으로 형상화된다. 또한 이는 고립된 공간과 흐르는 '물'의 연계에서 볼 수 있던 주체인식의 속성과 상통한다.

---

103 표준어 '위태롭다'의 북한식 고어 형태이다. 조재수 편, 『남북한말 사전』, 한겨레신문사, 2000, p.466; 학글학회가 편찬한 사전에 수록된 '위투럽다'와 관계된 표현으로 추정됨. 한글학회, 『우리말 큰사전』, 어문각, 1992, p.3217.

이렇듯 윤동주 시의 '물'은 현실적 배경 속에 고립된 공간을 형성하여 주체가 본질과 대면하게 만드는 자기 인식 과정을 공간적으로 매개한다. 이는 이성의 직접적인 인식이 아니라 상징을 매개로 간접화된 주체의 자기 인식 과정이다. 이 과정에서 주체의 자기 대면은 현실 인식을 동반하게 되며, 자신의 유한성과 현실의 불합리성에 슬픔과 괴로움을 느낀 주체의 현실 극복 의지를 함축하게 된다.[104]

3. '바람'의 매개와 인식의 감각화

자선시집의 제목 「하늘과바람과별과詩」를 구성하는 '하늘', '바람', '별'은 윤동주의 "詩"를 구성하는 중요한 모티프가 된다. 이들은 모두 천상에 속한 것으로 상(上)방향의 원형상징이 지닌 고결함, 높음 등의 의미소를 지닌다. 특히 "하늘", "잎새", "바람", "별"이 시적 화자인 "나"를 중심으로 배열된 「序詩」는 자아각성의 외부적 자극을 나타낸 "바람", 동경의 지향점을 의미하는 "별" 등을 유연하게 상징으로 제시하며, 윤동주의 시의식을 집약한다고 평가된다.

윤동주의 시에서 "바람"은 순수한 자연 사물로 묘사되기도 하고, 다른 사물과 연관을 맺기도 하며, 「序詩」에서처럼 주체와 관련되어 나타나기도 한다. 특히 '바람'이 상징의 형태로 제시될 경우 이

104 윤동주의 시에 나타난 현실극복의지가 탈현실적 특성을 띠지 않고 현실 속에서 타개책을 모색하는 방식으로 나타나는 것은 과거 회귀, 이상향 추구 등으로 전개된 동시대 여타 시인들의 시와 차별화되는 부분이다.

는 인간의 범주와 교호하는 특성을 갖는다. '물'의 하방성과 대립되는 상방성의 '바람' 상징은 주체의 자기 인식을 매개하는 자연 상징으로 나타난다. 그러나 '공간화'를 통한 주체 인식을 보여준 '물'의 상징과 달리, '바람' 상징은 '감각화'를 동반하고 형상화된다.

달밤의 거리
狂風이 휘날리는
北國의 거리
都市의 眞珠
電燈밑을 헤엄치는.
쪽으만人魚 나.
달과뎐등에 빛어.
한몸에 둘셋의 그림자,
커젓다 적어젓다,

궤롬의 거리
灰色빛 밤거리를.
것고있는 이마음.
旋風이닐고 있네.
웨로우면서도.
한갈피 두갈피.
피여나는 마음의그림자.
푸른 空想이
높아젓다 나자젓다.

「거리에서」 전문

이동경로에 따라 유동적으로 움직이는 바람과 자그마한 소용돌이를 일으키며 회전하는 바람으로 양분되는 윤동주 시의 '바람'은 청각과 시각의 감각화를 통해 주체의 자기 인식을 매개한다. 그 경우 '바람'은 갈등, 위안이라는 내면작용의 계기인 동시에 주체를 세계, 우주적 영역으로 확장시키는 동인이 된다. 이는 공히 실존의 위기, 존재의 의미를 되묻는 성찰과 결부된다.

1연의 "狂風"과 2연의 "旋風"에 나타내는 '바람(風)'을 중심으로 이 시의 두 연은 비교와 대조를 이루는 대응구조를 형성한다. 어디선가 거세게 불어온 1연의 "狂風"이 물리적 세계의 외부적 상황을 표현한 반면, 회오리가 일 듯 자생적으로 발생한 2연의 "旋風"은 2연 3행의 "이 마음" 뒤에 있는 쉼표(,)의 휴지기능으로 인해 ①물리적 공간에 부는 바람 또는 ②"마음" 속에 인 바람으로도 해석될 수 있다. 이러한 애매성은 1연의 물리적 상황이 2연의 심리적 상황에 투사되면서 물리적 공간과 화자의 내면공간이 상호침투하여 발생한다.

그런데 두 경우 모두에서 화자의 위치가 "거리"로 제시되었음에 주목해야 한다. 안착되지 못하고 이곳에서 저곳으로 계속해서 이어지는 "거리"의 이동성은 그 "거리" 위에 불고 있는 '바람'과 닮아있다. 공기를 타고 대기 중을 '흐르는' '바람'은 거리→바람(狂風)→물(급류)로 변주되며 (걷다)→'헤엄치다'의 전환을 예고한다. 이때 '물'과 '바람'의 변주가 주체의 행위로 연계되는 것은 이들 '자연' 상징이 주체 인식과 맺는 긴밀한 상관관계를 보여준다.

그 같은 '바람'의 매개작용으로 인해 주체는 스스로를 "쪽으만

人魚"로 대상화시키면서 "한몸에 둘셋의 그림자"로 형상화된, 즉 시각적으로 분화된 자기를 인식하게 된다. 여기서 인간인 동시에 물고기이기도 한 가상적 존재 "人魚"는 두 발로 온전히 현실을 디딜 수 없는 소아(小我)로서의 자기이다. 스스로를 대상화시킨 그 같은 자의식의 양상은 이후 "한몸에 둘셋의 그림자"와 같은 형태로 변주되어 윤동주의 다른 시편들에서 발견할 수 있는 주체의 분화와 그 맥락을 함께한다.

그러한 변환은 1연 2행의 "狂風"을 기점으로 한 공간의 전이와 더불어 전개된다. 자필 원고를 자세히 살펴보면 시인이 1연 3행에 대해 "都市의 별들엔"→"都市의 眞珠街"→"都市의 眞珠" 순으로 퇴고의 흔적을 남기고 있음을 발견할 수 있다.[105] 여기서 "달밤", "狂風" 등 천상과 연관된 또 하나의 중요한 심상인 "별"이 "헤엄", "人魚" 등 바다와 연관된 "眞珠"로 바뀌게 되는데, 이는 '물'의 상징에 수반된 비현실적 공간으로의 전환과 관련이 있다.

2연에 이르러 그러한 공간의 전이는 실제의 거리와 내면의 공간을 연계시킨 형태로 보다 구체화된다. 1연의 "달밤"이 2연의 "괴롬"으로, 실제의 "그림자"가 "마음의그림자"로 치환되며 물리적 현상이 심리적 현상으로 전이되는 것이다. 이를 따라 "狂風"이 휘날리는 "달밤의 거리"를 걷고 있던 1연의 대타의식은 외부공간을 내면공간으로 투사시키며 2연의 행위주체를 "旋風이닐고 있"는 "마음"으로 변화시킨다. 그리고 그러한 연계현상은 "몸"의 '대

105 왕신영 외 엮음, 앞의 책, p.29.

소(大小)'를 "마음"의 '고저(高低)'로, "몸"과 연관된 "달", "電燈"을 "마음"과 물리적 공간이 시각적으로 혼재된 "灰色빛"과 연결시키며 심리범주를 '시각화'한다.

이렇게 "狂風이 휘날리는/北國의 거리"와 "旋風"이 이는 "궤롬의 거리"에서 '바람'은 외부공간에서 내면의 심리현상으로 전이되며 주체의 자기 인식을 감각화시키는 매개가 된다. 주체의 갈등을 유발시키는 외부적 계기이면서 파괴적 힘의 원천인 동시에, 내면에서 발생된 갱생의 의지를 나타내기도 하는 것이다.

그 결과 "狂風이 휘날리는" 거리를 걷는 주체의 마음에 "旋風"이 일어 "웨로우면서도" "푸른 空想"을 키울 힘을 만들어낸다. 내면에서 조용히 소용돌이치며 일어나는 부드러운 '바람'이 전자의 광폭함을 잠재울 마음의 힘으로 묘사된 것이다. "狂風"으로 인해 나누어진 "한몸에 둘셋의그림자"와 "旋風"의 작용으로 "한갈피 두갈피,/피여나는 마음의그림자."는 '바람'을 매개로 한 간접적 인식이 가시화된 예이다. 이렇듯 이 시의 '바람'은 내면적 갈등과 생의 의지를 동시에 유발시킴으로써 주체의 자기 인식을 시각화하는 매개 역할을 한다.

> 죽는 날까지 하늘을 우르러
> 한점 부끄럼이 없기를,
> 잎새에 이는 바람에도
> 나는 괴로워했다.
> 별을 노래하는 마음으로 모든 죽어가는것을 사랑해야지
> 그리고 나안테 주어진 길을

거러가야겠다.

오늘밤에도 별이 바람에 스치운다.

「서시」 전문

이 시는 미약한 바람에 흔들리는 잎새 같은 작은 자극에도 괴로워하는 섬세한 주체의 내면세계를 잘 드러낸 윤동주의 대표작이다. 여기에서는 "하늘", "잎새", "바람", "별" 등이 "나"를 중심으로 배열되며 시의식을 집약하는 '자연' 상징으로 유연하게 제시된다.

많은 선행연구들이 "잎새"에 이는 이 시의 "바람"을 "실존을 방해하는 외부적 조건",[106] "인간적 존재를 소모시키는 무기력"[107] 등으로 규정하면서, 그로 인한 주체의 갈등이 "너무 강하게 인간의 고뇌를 안고 있었"[108]는데 이는 "삶의 괴로움에 대처한 순수의 의지"[109]를 지녔던 시인의 성격적 측면에서 비롯된 것이라고 말해왔다. 그런데 이러한 평가는 대부분 "시인이 무엇 때문에 괴로워하고 부끄러워하는지 그 구체적인 대상을 이 시로서는 이해할 수 없"고 다만 시인의 "양심에 대한 필요 이상의 결백증, 무언가 속죄하고자 하는 마음, 티 없이 살고자 하는 아름다운 심성 등을 짐작할 수 있을 뿐"[110]과 같이 해석자 개개인의 직관을 피력하거나 전기적 사실

106 마광수, 『尹東柱 硏究 : 그의 詩에 나타난 象徵的 表現을 中心으로』, 정음사, 1984, p.39.

107 김현자, 「대립의 초극과 화해의 시학」, 권영민 엮음, 앞의 책, 1995a, p.262.

108 김용직, 「어두운 시대의 시인과 십자가」, 위의 책, p.122.

109 김흥규, 「尹東柱論」, 『창작과비평』 9, 3, p.673.

110 오세영, 「윤동주의 시는 저항시인가」, 권영민 엮음, 앞의 책, 1995a, p.376~377 참조.

에 근거해 의미를 규명하려는 시도로 나타났다. 이 글에서는 그러한 직관적 해석의 한계를 극복하기 위해 시의 내부적 계기를 밝혀 "바람"의 상징 의미를 새롭게 조명해보기로 하겠다.

1연에서 대기 중에 부는 무형의 "바람"이 "잎새"의 흔들림으로 시각화되었다. 이 경우 "바람"은 주체의 괴로움을 유발시킨 원인이 된다. 잎새를 흔드는 "바람"이 그것을 바라보는 "나"의 내면에 파문을 일으키면서 "나"와 "잎새" 간의 정서적 동화가 이루어지는 것이다.[111]

그 "바람"을 통해 "나"는 자기의 영역을 넘어 우주 공간으로 확장된다. 그리고 이러한 확장은 윤동주 시의 특징인 엄정한 자기 인식의 조건을 마련해 준다.

그런데 화자의 굳은 다짐에도 불구하고 2연에서도 여전히 "바람"은 불고 있다. 2연의 "오늘밤에도"라는 표현은 그러한 1연과 2연의 의미적 연속성을 담보해 준다. "오늘"이라는 시간성의 반복은 결국 영원에 가닿게 된다. 그리고 그 반복을 통해 "하늘"을 우러르던 지상의 "나"는 —천상과 지상을 연결하는 수직적 매개체인— 나무 끝에 위태하게 매어달린 "잎새"에 투영되어 천상의 "별"에 다가선다.

여기서 2연의 "별"은 자연적 소재인 1연의 "별"과 변별된다. 이는 "잎새"로 매개된 1연의 "나"가 하늘에 투사되어 형성된 또 하나

111 "대기 속에서 봄을 맞는 잎새들의 움직임 속에는 바로 우리들의 가슴과 통하는 어떤 은밀한 교감이 있다." 가스통 바슐라르, 『공기와 꿈』, 정영란 옮김, 민음사, 1993, p.428.

의 주체를 의미한다. 기존 논의들이 "별"의 의미를 '동경의 지향점'으로 압축하고 있지만,[112] 2연의 "별"은 더 이상 멀리 있는 동경의 대상이 아니다. 이는 극도의 도덕적 정결성으로 자신을 제어하고 생명을 사랑하고 천명을 따르는, 지상의 빛나는 별인 시인이며, 칸트가 미의식의 정점으로 제시한 존재[113]의 상징이다. 즉 2연에 형상화된 "바람"에 스치는 "별"은 불완전한 인간으로서의 자기 인식이 시각화된 상징이라 할 수 있다. 이때 계속해서 부는 "바람"은 ―완전한 신성과 차별화된― 지상의 인간에게 주어진 사명의 시간을 의미하는 것으로, "별"로 시각화된 주체의 괴로움을 스쳐 자기 인식을 매개하는 역할을 담당한다.

이로써 1연과 2연을 각각 8행, 1행으로 불균등하게 구분한 시인의 의도를 파악할 수 있다. 그간 논자들은 의미와 밀접한 연관을 갖는 이 시의 형식상 특성에 대해 크게 주목하지 않았다. 그러나 여기에서 그러한 형식적 특성과 연관된 "바람"은 "나"→"잎새"→"별" 간의 상호교감을 가능하게 해주며 주체를 우주적으로 확장시켜주는 인자가 된다. 동시에 이는 "시인이란 슬픈 天命"(「쉽게씨워진 詩」)을 시각화시킴으로써 주체에게 자기의 정체성을 상기시켜주는 인식의 매개가 된다. 이처럼 ―이들 "바람"과 "별"을 포함한― "하늘"을 우러르는 행위에서 촉발된 반성행위는 윤동주의 시의식을 규정짓는 "사랑"의 자세로 귀결된다.

---

112 마광수, 앞의 책, pp.28~37 참조.

113 I. 칸트, 『판단력비판』, 이석윤 옮김, 박영사, 1974, pp.97~98 참조.

윤동주는 자신의 섬세한 성정을 시인으로 운명지어진 자질로 받아들였다. 앞 장에서 살펴본 "끝없이 침전하는 프로메테우스"(「肝」), "나는 무얼 바라/나는 다만, 홀로 침전하는 것일까"(「쉽게씨워진 詩」)의 자문행위는 그가 시인으로서의 사명을 자각하고 있었다는 추정에 힘을 실어준다. 다음의 시에서도 '바람'의 상징과 존재의미와의 관련성을 확인할 수 있다.

바람이 어디로부터 불어와
어디로 불려가는 것일가,

바람이 부는데
내 괴로움에는 理由가 없다.

내 괴로움에는 理由가 없을가,

단 한女子를 사랑한 일도 없다.
時代를 슬퍼한 일도 없다.

바람이 작고 부는데
내발이 반석우에 섯다.

강물이 작고 흐르는데
내발이 언덕우에 섯다

「바람이불어」 전문

'바람'이라는 주요 모티프를 통해 윤동주의 시의식을 집약한

'괴로움'을 집요하게 천착하고 있음에도 불구하고, 「序詩」, 「또다른故鄕」 등의 '바람'에 밀려 이제까지 이 시의 '바람'은 집중적으로 연구되지 않았다. 이러한 현상은 명확한 해답을 제시하지 않는 질문과 모호한 어구의 반복 등에서 비롯된 해석의 애매성에 기인한 것이라 할 수 있다.

"바람이 어디로부터 불어와/어디로 불려가는 것일가," 자유롭게 부는 바람을 보며 던진 1연의 이 같은 자문은 3연에서도 동일한 양상을 보인다. 3연의 "내 괴로움에는 理由가 없을가,"라는 물음은 '괴로움의 이유가 무엇일까' 하는 궁금증이고, 2연에서 단정형을 사용해 발화한 진술("내 괴로움에는 理由가 없다")에 대한 재고(再考)이며, 자신의 괴로움이 현실의 특정한 사건들에서 연원한 것이 아닌 보다 근원적인 문제임을 보여주는 암시이기도 하다. 이때 1연, 3연의 의문형 문장 뒤에 부가된 쉼표(,)는 그 같은 자문이 사유의 지속으로 연결될 것을 암시해준다.

앞에서 언급했듯이 이러한 의문은 2연에서 "바람이 부는데/내 괴로움에는 理由가 없다."는 진술로 제시된다. 두 행이 맺는 문법상의 관계에 따라 이는 ⅰ)'바람이 부는데도 불구하고'나 '바람은 부는데'와 같이 앞, 뒤의 행을 상반된 의미로 상정하는 경우와 ⅱ)"바람이 부는" 외부의 자연현상과 "괴로움"이라는 나의 내면적 현상을 연계시키는 경우로 해석될 가능성을 내포하고 있다.[114] 이

---

114 ⅰ) 바람이 시종(始終)을 알 수 없는 것과 같이 나의 괴로움의 연유를 아는 것 또한 지난(至難)한 일이다/ ⅱ) 바람에도 근원이 존재하듯이 내 괴로움에도 이성으로 파악할 수 없는 뿌리가 존재한다.

러한 해석상의 애매성이 진술의 확실성을 재고하는 3연의 의문으로 나타나게 된 것이다.

인식의 불확실성을 경험한 화자는 이제 —외부적 현상인— "바람"의 근원을 궁금해하던 1연의 사유 영역을 벗어나, —불어오는 "바람"과 같이 근원을 알 수 없는— 내부적 "괴로움"의 원인을 집요하게 추적하기 시작한다. 그리고 치열한 고민 끝에 화자는 그러한 괴로움이 사랑으로 인한 것도 시대적 아픔으로 인한 것도 아니라는 결론에 도달한다.

물론 이를 반어적인 겸양의 어조로 받아들여 이 시에서 (젊은이의) 사랑에 대한 고뇌, 시대에 대한 통탄을 읽어낼 수도 있다. 그러나 이러한 해석의 수용 여부를 떠나, 이 부분에서 화자의 괴로움은 특수한 개별자의 감정 상태를 넘어 실존적 인간이 경험하는 근원적 괴로움으로 확장된다.

눈으로 실체를 확인할 수 없는 "바람"이 청각으로 지각되듯이, 가시적으로 증명할 수 없는 내면의 괴로움은 역설적으로 살아 있음을 느끼게 해준다. 모든 본질은 그것의 실제적인 존재에 대해 알지 못해도 사유될 수 있다.[115] 이렇게 "바람"의 근원을 사유하던 주체는 "바람"을 통해 지각된 "괴로움", 즉 감각화를 통해 사유된 자기의 본질을 인식한다. "바람"이 그치지 않고 "작고" 불듯이 시적 화자의 "괴로움"도 자신의 존재를 증명이나 하듯이 잦아들 줄 모

---

115 존재 자체가 본질인 신과 달리 인간을 비롯한 창조물에게 있어서 존재와 본질은 별개일 수밖에 없다. 안쏘니 케니(1980), 『토마스 아퀴나스』, 강영계 · 김익현 옮김, 서광사, 1984, pp.92~101 참조.

르는 것이다. 마지막 두 연의 대응구조에서 "바람"이 "강물"의 흐름으로 시각화된 것은 이처럼 주체의 자기 인식을 매개하는 자연 상징 간의 관련성을 보여준다.

한편 주체의 자기 인식을 시각화한 매개로서의 "바람"은 다음에서와 같이 청각과 결부되어 나타나기도 한다.

① 불꺼진 火독을
안고도는 겨울밤은 깊엇다.

재(灰)만 남은 가슴이
문풍지 소리에 떤다.

「가슴3」 전문

② 「山林의 검은波動우으로 부터
어둠은 어린 가슴을 짓밟는다.」

발거름을 멈추어
하나, 둘, 어둠을 헤아려본다.
아득하다

문득 닢아리흔드는 저녁바람에
솨— 무섬이 올마오고.

「山林」 부분[116]

116 윤동주는 이 시에 대해 세 편의 자필 원고를 남기고 있다. ① 첫 번째 습작노트에 실린 것(왕신영 외 엮음, 앞의 책, pp.33~34), ② 두 번째 습작노트 「창」에 실린 것(같은 책,

③ 어둔 房은 宇宙로 通하고
하늘에선가 소리처럼 바람이 불어온다.

어둠속에 곱게 風化作用하는
白骨을 드려다 보며

「또다른故鄕」 부분

인용한 시들에서 “바람”은 “문풍지 소리에 떤다”와 같은 청각과 시각의 결합(①), “山林의 검은波動”, “닢아리흔드는”의 시각적 이미지와 “솨—”라는 의성어를 동반한 청각적 이미지의 결합(②), “어둔”, “風化作用” 등의 시각적 요소와 “소리처럼”이라는 청각적 요소의 결합(③)을 보여준다. 이들 ①, ②, ③의 ‘바람’은 “가슴”을 떨게 하고, 짓밟고,[117] 무섭게 하며, 가루로 만들어버린다. “재”(灰), “검은”, “어둠” 등의 시각적 요소가 청각적 심상과 결합되면서 불안감을 조성하는 것이다.

이때 “재(灰)만 남은 가슴이/문풍지 소리에 떤다.”(①)에는 「거리에서」의 “灰色”에서 볼 수 있던 범주의 혼합이 나타난다. 꺼진 “火”(불)에서 “재(灰)”로의 변화가 “불꺼진 火독”이라는 물리적 상황을 “재(灰)만 남은 가슴”과 같은 내면공간으로 전이시킨 것이다.

---

pp.61~62), ③ 낱장으로 남겨진 습유작품(같은 책, p.167)이 그것이다. 그 중 ①, ②에는 창작일자가 동일하게 표기되어 있으나 ②에 ①을 퇴고한 흔적이 남아 있기에 시기적으로 ②를 나중 시기의 기록으로 판단할 수 있다. 한편 ③에는 창작일자가 표기되어 있지 않으나, ②를 기본 텍스트로 퇴고한 흔적이 발견되므로 이들 작품 중 ③을 원본으로 채택하기로 한다.

117 이 시어는 퇴고과정에서 ‘짓밟다’로 씌어졌는데, 이는 ‘짓밟다’의 오기로 보인다.

이와 같이 "불꺼진 火독을/안고도는" 깊어가는 "겨울밤"이 초래한 해석의 애매성을 풀어나가는 과정은 1연의 외부적 상황과 2연의 내부적 상황의 연계와 관련된 시의 전개를 설명해 준다. "겨울"의 추운 밤을 "재(灰)"만 남은 "火독"의 미미한 온기만으로 견뎌보려는 주체의 의지가 "불꺼진 火독"→"재(灰)"의 변환과 더불어 내면적 범주인 "가슴"으로 전환된 것이다. 이 경우 "재"라는 시어에 병기된 이음동의어의 한자("灰")는 「거리에서」의 "灰色"이 보여주었던 심리적 상황과의 연계를 암시한다.

그런데 이렇듯 외부->내면으로의 상황 전이에 내포된 부정성은 "문풍지 소리"로 청각화된 "바람"에 의해 변화한다. 이는 "재"와 같이 식어버린 회색빛 내면의 '떨림'을 유도한다. 그 '떨림'이 전하는 공포의 분위기는 시대적 함의를 지니는 것이기도 하지만, '소리'가 초래한 불안감으로 인해 존재성을 체험하는 것으로 죽어버린 생명성을 융기시키는 역할을 담당하기도 한다.[118]

윤동주의 시에서 '소리'로 형상화된 '바람'은 주체의 불안을 초래한다. 위에서 살펴본 괴로움의 근원에는 이러한 불안이 내재되어 있다. 따라서 윤동주 시의 자기 반성을 일개인의 윤리의식으로 제한시켜 버리는 것은 주체의 자기 인식 과정에 매개로 작용하는 세계, 타자의 존재를 단순한 심리작용의 영역에 가둬버리는 결과를 초래하게 된다.

하지만 그렇다고 불안을 수반한 청각화된 '바람'을 외부적 압력

---

118 마르틴 하이데거(1953), 『존재와 시간』, 소광희 옮김, 경문사, 1995, p.269, 271 참조.

으로 해석할 수는 없다. ①에서 "문풍지 소리"에 떠는 "가슴"으로 형상화된 인식의 과정은 불안을 초래한 "바람"을 매개로 이루어진 것이었다. 그러한 두려운 상황에서 윤동주 시의 주체는 자기 가능성을 향해 스스로를 기투한다.

②에서는 그 같은 "바람"의 작용이 보다 직접적으로 나타난다. 여기에서 "바람"은 "山林"을 뒤흔들어 "波動"을 만들고, "닢아리"를 흔들어 무서운 소리를 낸다. 윤동주가 동시에 사용한 "바람"이 일반적으로 "애기 바람이/나뭇가지에서 소올소올"(「봄」), "저녁에 바람이 솔솔"(「햇빛 · 바람」)과 같이 밝고 경쾌한 느낌을 전달했다면, 이 시에서 볼 수 있는 "바람"의 청각화는 극심한 불안을 동반한다. 그리고 그러한 불안감은 "山林의 검은波動"과 "닢아리흔드는 져녁바람에" 무서움을 느끼는 상황으로 전이된다. "쏴—"라는 의성어와 "검은", "저녁" 등의 시어가 자아낸 부정적 어감의 영향으로 인해 「序詩」에서 "잎새"를 흔들던 "바람"과 동일한 강도의 "져녁바람"이 강풍과 같은 인상을 주게 되는 것이다.[119]

그러한 차이에도 불구하고 ②의 흔들리는 "닢아리"가 「序詩」와 마찬가지로 주체의 투영을 내포한다는 점에서, 두 시의 "바람"은 공통적으로 "괴로움"과 "무섬"이라는 불편한 감정을 느끼게 함으로써 주체의 자기 인식을 감각화시키는 매개의 역할을 담당한다.

---

119 바람이 매개가 된 주체의 자기 인식양상은 "바람이 팽이처럼 돈다. 나무가 머리를 이루 잡지 못한다.//내 경건한 마음을 모셔 드려/노아 때 하늘을 한 모금 마시다"(「소낙비」)에서도 나무의 이미지와 연계되어 나타나는데, 이는 고통받는 나무, 뒤흔들리는 나무가 온갖 인간 열정의 이미지를 제공해줄 수 있다고 한 바슐라르의 견해와 상통한다.(가스통 바슐라르, 앞의 책, p.430 참조)

즉 이 시의 "바람"은 화자의 내적 갈등, 자기 인식의 고통을 유발시키는 매개가 된다. 그리고 그러한 "바람"의 작용으로 인해 윤동주 시의 주체는 성장을 한다.

한편 "소리처럼"과 같이 간접적으로 청각화된 ③의 "바람"은 "어둠속에 곱게 風化作用하는/白骨"에 이르러 시각화된 주체의 자기 인식 과정으로 전이된다. "하늘"에서 불어온 ③의 "바람"이 화자의 위치를 "宇宙"로 확장시키는 현상은 「序詩」에서 볼 수 있던, "바람"을 통한 주체의 확장과 흡사하다.

이렇게 윤동주의 시에서 '어두운 밤'에 부는 '바람'은 주체가 자기를 대면하게 만드는 인식의 매개로 작용한다. ①의 "겨울밤", "문풍지 소리"와 ②의 "어둠", "져녁바람", "風化作用"과 마찬가지로 이 시(③)에 형상화된 "바람" 역시 인식을 감각화하는 특성을 보여주는 것이다.

4. 나가며

이 글은 윤동주의 시에 나타난 자연 상징을 세밀히 탐구하여 고정화된 경향을 보여주는 기존 해석의 의미적 타당성을 점검해 보고, 나아가 윤동주 시의 연구 방식에 새로운 영역을 확보하려는 시도이다. 이를 위해 해석의 애매성(의미적 이중성)이 반복해 나타나는 윤동주 시의 자연상징을 분석함으로써 상징의 의미구조와 주체의 자기 인식이 갖는 상호관련성을 밝혀보았다.

'자연'은 인간을 포함하는 모든 존재자를 포괄하는 전체요, 존재

자체를 가능케 하는 존재의 근원이며 원천이다.[120] 윤동주의 시에서 그러한 '자연'은 인간 안의 자연(본성)인 유기적 '신체'와 달리 물질적 특성을 지니고 자기 인식에 대한 주체의 욕망을 도구적으로 매개하는 상징으로 쓰였다. '자연'이 단순한 사물과 같은 대상성으로 국한되지 않고, 상징의 차원에 포섭되어 주체의 자기 인식에 매개적 기능을 담당하는 것이다.

2장에서 살펴본 '물'의 상징은 차단, 독립된 비현실적 공간을 형상화함으로써 주체가 외부로부터 소외되어 자기를 직시할 수 있는 조건을 형성한다. 많은 경우 윤동주 시의 '물'은 하강의 이미지를 동반하고 주체를 잠식해버린다. 현실로부터 유리된 공간에서 이루어진 이 같은 자기 인식의 과정은 현실에 대한 부정의식을 담고 있다. 이는 차단된 공간을 형성하여 주체를 소외시킴으로써 공간화를 통해 시대를 바라보고, 무기력한 자기를 대면케 하여 주체의 자기 인식을 매개하는 '물'의 상징 의미이다.

한편 고립된 공간으로의 진입을 나타내는 '물'과 달리 역동적으로 주체의 욕망을 매개하는 '바람'은 청각과 시각으로 지각되는 '바람'으로 형상화된다. 이때 '바람'은 (공포가 수반된) 갈등, 위안 등이 수반된 주체의 자기 인식을 내면 작용이 아닌 감각화를 통한 지각의 형태로 외면화시킨다. 윤동주의 시에서 '바람'은 주체를 세계적, 우주적 영역으로 확장시키는 동인으로 작용한다. '하늘', '별', '식물' 등과 결부되어 나타난 바람은 외부 공간과 내면 의식을 연

120 강영안, 『자연과 자유 사이』, 문예출판사, 1998, p.24.

결하는 역동적인 특성을 지니며, 실존의 위기와 존재의 의미를 되묻는 성찰을 표상한다.

앞서 언급한 바와 같이 윤동주의 시에서 '자연'은 사물 자체로서의 1차적 의미를 거쳐, 주체가 자기를 이해해가는 과정의 매개 역할을 담당한다. 이처럼 '자연'이 1차적 의미를 통과해 2차적 의미를 지향하는 상징으로 사용되었다는 점에서 윤동주 시의 시작 방법과 의미 사이에 긴밀한 연관관계가 형성되어 있음을 확인할 수 있다.

이 글에서는 그러한 '자연' 중 형상화 과정의 유사성을 보이는 '바람'과 '물'의 상징을 대상으로 주체의 자기 인식을 매개하는 상징의 특성을 살펴보았다. 그간의 연구에서 거의 언급되지 않았던 시편들을 논의의 중심으로 끌어들인 것도 이 글의 중요한 의의 중 하나라 할 수 있다. 또한 부수적으로 언급한 '하늘', '별', '식물'의 상징 의미, 혹은 자연 상징과 인간의 몸 상징과의 연계에 관한 집중적인 논의가 이루어진다면, 윤동주의 시에 나타난 상징이 주체의 자기 인식을 매개하는 과정에 대한 보다 면밀한 연구가 이루어질 수 있을 것으로 기대한다.

'눈'과 매개된 인식

1. 들어가며

동 · 서양을 막론하고 철학사를 지탱해온 근원에 진리에 대한 물음이 근거해 있다면, 데카르트 이후의 서양근대철학을 지배한 것은 단연 주체의 문제라고 할 수 있다. '생각하는 나의 확실성'을 강조한 데카르트의 유명한 명제(cogito ergo sum)[121] 이후로 인간 주체를 세계의 중심에 위치시켜온 서양 사상사는 줄곧 정신의 우위성을 강조해왔다.

이 글은 윤동주 시의 주요한 특징으로 일컬어지는 '반성'이 기실 '눈'이라는 몸 상징의 매개를 통한 간접적 인식의 형태로 나타남을 규명하는 작업이다. 이러한 인식의 방법은 생각하는 정신으로 자기의 존재를 입증한 데카르트의 주체와 구별되는 것으로 윤동주의 시에 나타난 새로운 주체상을 보여준다.

---

121 르네 데카르트(1641), 『성찰』, 이현복 옮김, 문예출판사, 1997, pp.42-55 참조.

'몸'이란 인간 존재의 비의지성을 나타내는 대표적인 요소이다. 이 경우 의지로 좌우할 수 없는, '인간에게 속한 자연'으로서의 몸은 생물학적 범주로 제한되지 않는 성적으로 중화된 몸, 즉 양성(兩性)으로 분화되지 않은 신체를 의미한다. 성적 욕구가 부재하는 몸에서는 상대적으로 욕구, 기질, 습관 등의 양상이 보다 명확히 드러날 수 있다.[122] 이러한 '몸'의 정의는 인간의 참된 본성을 파악할 실마리를 제공해주고, 주체 문제와 인간의 실천적 행위문제를 규명하는 출발점이 될 수 있다. 따라서 이 글의 '몸'에 대한 관심은 결국 인간의 존재론으로 직결된다.

이를 위해 주체를 제한하는 실존적 특성인 비의지적 '몸'에서 인간의 존재성을 집약한다고 평가되는 '눈'을 중심으로 논의를 개진할 것이다. 이 경우 '눈'은 주체의 자기 인식 과정에 매개적 역할을 담당하는 상징으로 쓰이며, 근대적 주체 인식과 차별화되는 윤동주 시의 주체상을 나타낸다.[123]

2. '눈'의 매개와 주체의 고백

윤동주의 시에 나타난 주체의 반성은 자신이 행한 그릇된 행위

---

122 S. H. Clark, *Paul Ricoeur*, London; Routledge, 1990, p.22 참조.

123 윤동주의 시에는 신체를 표현하는 다양한 시어들이 나타난다. 그 중 '가슴', '뼈', '눈', '발', '얼굴', '간' 등이 인간의 존재성을 표현하는데, 그 중 여기에서는 인간의 내면, 즉 의지 활동의 기관인 '눈'에 집중하여 논의를 전개하기로 하겠다. 행위 속에서의 몸은 도구가 아닌, 인간과 분리될 수 없는 행위의 기관으로 의미를 가지게 된다는 점에서 인간 존재와 유기적 관계에 놓인다. 이러한 관점은 내면세계만을 강조할 때 놓칠 수 있는 주체상의 규명을 가능하게 해준다. C.A 반 퍼슨(1978), 『몸 영혼 정신』, 손봉호, 강영안 옮김, 서광사, 1985.; 김정현, 『니체의 몸 철학』, 지성의 샘, 1995, p.169, p.177, p.187 참조.

에 관한 것이 아니다. 이는 세상에 던져진 존재가 필연적으로 겪을 수밖에 없는 불행의 상태와 같이 주체의 행위유무를 떠나 행해지는 반성이다. 그리고 윤동주의 시에서 이는 '눈'의 시선을 매개로 상징화된다.

> 산모퉁이를 돌아 논가 외딴우물을 홀로
> 찾어가선 가만히 드려다 봅니다.
>
> 우물속에는 달이 밝고 구름이 흐르고
> 하늘이 펼치고 파아란 바람이 불고 가
> 을이 있습니다.
>
> 그리고 한 사나이가 있습니다.
> 어쩐지 그 사나이가 미워저 돌아갑니다.
>
> 돌아가다 생각하니 그사나이가 가엽서집
> 니다. 도로가 드려다 보니 사나이는 그
> 대로 있습니다.
>
> 다시 그사나이가 미워저 돌아갑니다.
> 돌아가다 생각하니 그사나이가 그리워집
> 니다.
>
> 우물속에는 달이 밝고 구름이 흐르고 하늘이 펼치고 파
> 아란 바람이 불고 가을이 있고 追憶처
> 럼 사나이가 있습니다.
>
> 「自画像」 전문

1, 2연에는 판타지 문학에 자주 등장하는 새로운 공간으로의 진입 양상이 제시된다.[124] 이때 1연에 나타난 시선의 양태인 '들여다보기'는 비밀의 공간으로 진입하기 위한 통과제의적 행위를 나타낸다. 그리고 "외딴 우물"을 "홀로" 찾아간다는 설정은 그러한 의지적 제의 행위에 부여된 신성함[125]을 보여준다. 이 같은 해석의 관점 아래 「自画像」의 "우물"은 내 모습을 비추는 대상이 아니라, 독립된 세계와 "한 사나이"라는 독자적 존재를 포함한 공간으로 분리된다. 이는 주체의 대상관계에 주관으로 치우치지 않는 객관성을 부여한다. 새로운 공간 속에 "한 사나이"를 등장시킴으로써 방백으로 표현된 '햄릿'의 내면 갈등과 같은 극적 효과를 창출하는 동시에 센티멘탈조의 감정으로 치우치지 않는 객관적 주체 인식을 끌어내는 것이다.

따라서 2연의 "우물속" 광경은 단순한 재현이 아니라 새로운 공간의 표현으로 형상화된다. "달", "구름", "하늘", "가을" 등 물속에 비친 자연의 모습이 "파아란 바람이 불고"와 같이 재현될 수 없는 현상으로 제시되었고, 3연에 등장한 "한 사나이"는 우물 속을 들여다보는 외부 세계의 주체와 분리되어 독립된 존재로 나타난 것이다. 물론 "自画像"이라는 제목은 3연의 "사나이"를 물에 비친 주체의 모습으로 판단하게 유도한다. 이는 독자의 기대지평을 미리 조정하여 작가의 의도를 벗어나지 않도록 수용하게 하는 효과를 갖

124 「少年」에는 「自畵像」의 이러한 환상적 분위기와 공간처리가 보다 극명하게 나타난다.

125 구약시대 제사장들이 외부인의 회막 안 출입을 금하였다는 사실은 그러한 신성성 부여의 한 예가 된다.

는다. 그러나 이 시에 상정된 낯선 공간 설정으로 인해 독자는 당연한 수순의 기대지평을 벗어나 새로운 국면으로 나아갈 것을 요구받게 된다. 독자의 시선이 '눈'의 시선을 매개로 객관화된 주체의 자기 인식을 경험하는 것이다.

독자가 겪는 그 같은 혼란스러움은 이어지는 연들에서 주체의 행위와 감정을 표현하는 시어들을 통해 가시화된다. '미워지다 → 가여워지다 → 다시 미워지다 → 그리워지다'라는 감정표시 형용사들의 변이는 그에 따른 동작을 수반하는 동사들인 '돌아가다 → 도로 가 들여다보다 → 다시 돌아가다 → (도로 가 들여다보다)'와 대응되는 양상으로 나타난다. 이러한 갈등은 주체의 분리로 인한 정체성 혼란에서 비롯된 것인데, 그 과정에서 주체와 "사나이" 사이의 거리는 "한 사나이"에서 "追憶처럼" 있는 "사나이"로 좁혀진다. 3연에서 처음 대면하게 된 나의 모습이 낯선 "한 사나이"에서 이미 등장한 인물을 지칭하는 지시관형사가 덧붙은 "그사나이"로, 그리고 다시 2, 3연을 결합하여 반복, 변형시킨 마지막 연에서는 "追憶처/럼" 있는 "사나이"로 변모하는 것이다.

그렇다면 이제 그러한 혼란을 초래한 근본원인을 탐구해보아야 한다. 왜 주체는 그 "사나이"를 받아들이는 과정에서 그렇듯 격심한 감정의 변화와 그에 따른 혼란스러운 행위양상을 보여줘야만 했을까? 이에 대해 시인은 "어쩐지"라는 도무지 명쾌하지 않은 대답을 들려준다.

3연에서 주체는 낯선 사나이에게 "미움"을 느낀다. 그런데 1행과 2행 사이에는 그러한 "미움"을 초래할 만한 인과관계가 전혀 제시되지 않았다. 단지 "어쩐지 그 사나이가 미워져"와 같이 전혀 합리적이지 못한 주관이 개입되었을 뿐이다. 이때 "어쩐지"는 이유를 알 수 없다는 것이며, 미움이 어떤 특별한 계기 혹은 상대의 잘못 때문에 생겨난 것이 아니라는 말이다. 이는 이성의 활동범위를 벗어난 직관의 영역에 속한 문제로, 「懺悔錄」의 주체가 '거울'을 바라본 직후 느끼게 되는 '욕됨'의 감정과 상통한다. '거울'을 바라보는 '눈'의 시선을 매개로 자기의 본질을 인식하게 되는 것이다. 이는 또한 스스로를 바라보는 주체의 시선에서 생성된 「自画像」의 "사나이"처럼 객관화의 극점을 통과해 절대적 주관으로서의 직관으로 선회하는 시선을 감지하게 한다. 그러한 '눈'의 시선을 매개로 객관화된 주체의 간접적인 자기 인식이 가능해지는 것이다.

따라서 부사 "어쩐지"의 '이유 없음'은 '억지스러움'이나 '그냥'과 같은 일반적 의미가 아니라, '합리적 세계의 질서로 설명할 수 없는 이유로', 혹은 '현실 속 주체의 이성으로 파악할 수 없는'과 같은 의미로 설명되어야 한다. 이는 주체의 "自画像"이 행위의 잘못이 아니라, 세상에 던져진 존재가 근원적으로 껴안게 마련인 죄의 속성으로 얼룩져 있음을 암시해준다.

이렇게 1, 2연의 독자적 공간의 설정은 '눈'의 시선을 매개로 간접화된 주체의 자기 인식을 형상화한다. 이는 현실의 원리로 설명될 수 없는 존재의 근원적 속성을 효과적으로 나타내주며, 나르시시즘과 차별화된 윤동주 시의 주체 인식을 보여준다. 존재의 본성을 인식하고 이를 고백하는 것이 어떠한 의미를 갖는지 「懺悔錄」의 상징을 통해 좀 더 자세히 논해보도록 하겠다.

파란 녹이 낀 구리 거울속에
내얼골이 남어있는것은
어느 王朝의遺物이기에
이다지도 욕될까

나는 나의 懺悔의 글을 한줄에 주리자.
—滿二十四年一伵月을
　무슨깁븜을바라살아왔든가

내일이나 모레나 그어느 즐거운날에
나는 또 한줄의 懺悔錄을 써야한다.
—그때그 젊은나이에
　웨그런 부끄런 告白을 했든가.

밤이면 밤마다 나의거울을
손바닥으로 발바닥으로닦어보자

그러면 어느 隕石밑우로 홀로거러가는
슬픈사람의 뒷모양이
거울속에 나타나온다.

「懺悔錄」 전문

1연에서 "나"는 "파란 녹이 낀 구리 거울"에 '남겨진' 자신의 모습을 보며 '욕됨'의 감정을 느낀다. 「自画像」의 "우물"을 들여다보는 행위와 이 시의 "거울"을 바라보는 행위에 내재된 '자아성찰'의 의미는 이미 수많은 논의를 거쳐 자세히 입증되었다. 또한, 여타 시인들의 작품에서도 이러한 '거울' 모티프가 '우물'과 동일시되어 나타난 바 있다.

그러나 좀 더 자세히 들여다보면 "거울"과 "우물"이 그 자체로 매개체의 역할을 담당하는 것이 아님을 알 수 있다. "거울"과 "우물"이 주체를 객관화시키는 독립된 공간을 형성하고, 그 속에서 '눈'의 시선을 매개로 자신의 참모습을 바라보는 주체상이 형성되는 것이다. 따라서 '거울'이나 '우물'에 투영된 윤동주 시의 주체상은 감각과 이성에 의해 포착된 현실의 모습과 차이가 있다. '우물'과 '거울'이 현실과 분리된 독립된 공간을 형성하여 유한한 존재인 주체의 시선을 매개로 실재를 형상화하기 때문이다.[126] 독립된 새로운 공간 속에 객관화된 자신의 모습을 설정하는 이 같은 과정은 연민이나 감정에 치우침 없이 실존을 파악하고자 하는 주체의 의지를 대변해준다.

「懺悔錄」은 그러한 '거울' 모티프를 사용한 '눈'의 매개를 보여준다. 2, 3연에 등장하는 두 번의 참회는 각각 현재 시적 화자의 행위와 미래의 시점에서 이루어질 참회를 보여준다. 줄표로 구분된 이들 참회 중 전자가 삶의 의의를 되묻고 있다면, 후자는 미래의 어느 시점인 "그어느 즐거운 날"에 행해질 첫 번째의 참회에 대한

---

126 「自畵像」과 「懺悔錄」의 '눈'이 물리적 '뜬 눈'의 형태로 나타나지 않는 것은 이를 대체하는 현실 속 매개물인 '거울', '우물'을 차용하고 있기 때문이다. 빅토르 위고는 이러한 일을 "자신의 내부를 통해 외부를 바라보는 일"이라고 표현하면서 인간 내부에 존재하는 "깊고 어두운 거울", "우물"을 통해 우리는 거대한 세계를 보게 된다고 말한 바 있다. 알베르 베갱, 『낭만적 영혼과 꿈—독일 낭만주의와 프랑스 시에 관한 시론』, 이상해 옮김, 문학동네, 2001, p.136, p.139 참조.

부끄러운 고백이다. 그리고 이러한 참회는 4연에서 "밤"마다 "거울"을 닦는 행위로 다시 반복된다.

어두운 "밤"은 성찰하기 좋은 시간인 동시에 깊은 잠에 드는 시간이다. 그런 시간에 홀로 "거울"을 닦는 것은 이성을 동원한 성찰의 과정을 통해 파악할 수 없는 실재, 즉 꿈의 세계와 같이 무의식을 통해 다다를 깊은 심연을 바라보겠다는 의지의 표명이다. 따라서 마지막 연은 "그러면", 즉 그렇게 거울을 계속 닦으면 "隕石밑"에서 비로소 참모습을 발견하게 된다는 의미로 해석될 수 있다. 이때 거울 속에 나타난 "어느 隕石밑우로 홀로거러가는/슬픈사람의 뒷모양"은 홀로 외딴 우물가를 찾아가 낯선 한 사나이를 대면하던 (「自画像」) 주체의 객관화가 변주된 형태이다.

그런데 열심히 거울을 닦으면 1연의 녹이 제거되고 환하게 웃는 나의 얼굴을 볼 수 있어야 할 텐데도 불구하고, 「懺悔錄」에서 밤마다 닦는 거울[127] 속에 나타난 것은 철저한 고독 속에 자신을 대면하며 "홀로거러가는" 이의 슬픈 뒷모양이다. 거울 속에 비친 나의 모습을 "슬픈사람의 뒷모양"으로 표현한 것은 2, 3연과 동일한 맥락의 변형된 참회이다. 1연에 제시된 '욕됨'의 감정이 거울을 바라본 직후의 직관이었던 것과 달리, 이는 자신의 실재와 대면한 자가 발견한 본질적 속성에 대한 고백을 의미한다.

다음에 인용할 「또다른故鄕」을 통해 분화된 주체가 상징하는 실

127 「懺悔錄」의 "거울"을 닦는 행위는 감정변이와 그에 따른 행동변화에 나타난 「自畵像」의 주체탐구와 동일한 맥락의 반복성을 보여준다.

존의 모습과 지향의식에 대해 보다 자세히 살펴보도록 하겠다. 정신분석적 방법을 동원하여 이 시를 읽어내는 독법에 대한 문제 제기[128]를 딛고서 이 글은 「또다른故鄕」에 나타난 주체의 분화가 기실 고민과 반성을 통해 스스로 서지만 자신을 온전히 소유할 수 없는 존재를 보여준다는 결론에 도달한다.

故鄕에 돌아온날밤에
내 白骨이 따라와 한방에 누엇다.

어둔 房은 宇宙로 通하고
하늘에선가 소리처럼 바람이 불어온다.

어둠속에 곱게 風化作用하는
白骨을 드려다 보며
눈물 짓는것이 내가 우는것이냐
白骨이 우는것이냐
아름다운 魂이 우는것이냐

志操 높은 개는
밤을 새워 어둠을 짖는다.

---

128 정신분석적 논의의 대표적인 예로는 "白骨", "아름다운 魂", "나"를 각각 이드, 초자아, 이드와 초자아의 중간적 자아로 분리한 문덕수의 분석(문덕수, 『現代詩의 理解와 鑑賞』, 三友出版社, 1982, pp.304-305 참조.)과 C. G. Jung의 집합무의식의 원형이론을 도용해 "집합무의식 속의 '自己(The Self) 원형'으로 풀이한 정재완의 논의(정재완, 『한국현대시인연구』, 전남대출판부, 2001, pp.272-294 참조)를 들 수 있다. 그러나 「또다른故鄕」 중 자아의 삼분화를 설명하는 부분에만 심리학적 방법론을 도입한 해석으로는 윤동주 시의 퍼소나를 규명하기 어렵다.

어둠을 짖는 개는
나를 쫓는 것일게다.

가자 가자
쫓기우는 사람처럼 가자
白骨몰래
아름다운 또다른 故鄕에가자.

「또다른故鄕」 전문

「또다른故鄕」에 제시된 공간적 특성 역시 앞의 시들에서와 마찬가지로 주체의 불완전성 문제와 관련을 갖는다. 「自画像」, 「懺悔錄」에서 볼 수 있던 독립된 공간 설정이 객관적 현실공간을 우주적 공간으로 확장, 연결시킨 형태로 변주된 것이다. "어둠 속에" 형상화된 3연의 "風化作用"은 "밤"마다 "손바닥", "발바닥"을 동원하여 "거울"을 닦던 「懺悔錄」의 행위와 닮아있다. "宇宙"와 연계된 이러한 공간 설정은 판타지적 분위기를 조성하며 3연에서 볼 수 있는 주체의 혼재를 예고한다.

3연에 제시된 '들여다보며 울기'의 행위주체는 '나', "白骨", 혹은 "아름다운 魂"으로 나타난다. "風化作用"의 행위주체인 "白骨"과 달리 이들 세 주체는 완전하게 분리된 독립적 개체들이 아니라, 각자 위상을 지니되 총체성 속에서 완전해지는 존재이다. 각각이 구별된 시어로 나뉘어 달리 표현되고 있음에도 불구하고, "눈물 짓는것이" 누구인가에 대한 명확한 답이 제시되지 않는 것이다. '나'와의 관련성을 내포하는 동시에 "白骨"의 독자성을 표현한 1연의

"내 白骨"은 그러한 특성이 반영된 시어라 할 수 있다.[129]

그런데 3연에 들어서면서 분리된 개체이던 '나'와 "白骨" 사이에 가로놓인 정체성의 경계지표가 흔들리기 시작한다. 이로 인해 시에 내재된 두 층위의 행위주체는 세 층위로 증식하게 되는데, 이는 "風化作用"의 주체인 "白骨", 이를 바라보며 우는 주체인 '나', "白骨", "아름다운 魂", 마지막으로 이러한 모든 시적 상황을 바라보는 감추어진 시선으로서의 또 하나의 '나'로 나뉜다. 그리고 '눈'의 시선을 매개로 분리된 이들 세 층위는 결국 하나의 주체 인식으로 귀결된다.

좀 더 자세히 들여다보면 그러한 두 개의 '눈'에 의한 3연의 '바라보기'가 행위주체로서의 퍼소나의 위치와 시적 화자의 위치에서 각각 행해진 것임을 알 수 있다. 이들은 독립적 존재는 아니지만, 각기 고유한 특성을 가지고 있다. 전자에 해당하는 '나'가 시적 상황 속의 '행위'에 보다 충실하다면, 후자의 '나'는 그 상황의 '전달'에 치우쳐 있다. 퍼소나와 화자 간의 보이지 않을 정도로 작은 간극이 극대화되면서 화자인 동시에 화자의 시선에 포착된 대상인 "나"는 그 사이에 놓인 거리만큼의 객관성을 부여받게 된다. 이상의 논의를 도표로 가시화하면 다음과 같다.

---

129 앞에서 살펴본 「自畵像」의 '어쩐지'나 「懺悔錄」의 "어느 王朝의遺物이기에/이다지도 욕될까"에서도 이 연과 유사한 상황을 찾아볼 수 있다.

A		B		C
風化作用하는 '**白骨**'	바라보기 <-----	'나' ('白骨'을 바라보며 우는) '白骨' '아름다운 魂'	바라보기 <-----	(상황을 지켜보는) 텍스트 밖의 '**나**'

'바라보기'를 중심으로 분리된 A의 '白骨'과 B의 행위주체인 '白骨', 그리고 B의 '나'와 C의 '나'는 동일하면서도 미묘한 차이를 지닌 변별적 존재이다. B의 세 개체와 마찬가지로 A와 B의 "白骨", B와 C의 '나' 역시 차이를 지니는 것이다.

"白骨"의 "風化作用"은 지켜보는 이(들)의 "눈물"로 형상화된다. "슬픈사람의 뒷모양"을 만들어냈던 「懺悔錄」의 '거울 닦기'와 같이 이 시의 "눈물"은 존재의 가려진 부분, 즉 인간 실존의 어찌할 수 없는 죄의 속성을 인식한 자가 느끼는 가없는 슬픔을 표현한다. 총체적 인식이 행해진 그 순간, 존재를 형성하는 '나'와 "백골", "아름다운 魂"이 한데 어우러지며 그들 간의 경계가 모호해지는 것이다. 그리고 이때 3연의 화자는 퍼소나와 거의 일치하던 다른 연들의 경우와 달리, 주체의 모습을 총체적 관점에서 바라보는 객관적 시점으로 발화한다.

즉 이 시에서 "風化作用"하는 "白骨"의 "눈물"은 실존의 괴로움을 체감하는 자의 고민과 반성을 나타낸다. 그러한 반성은 "白骨", '나', "아름다운 魂"으로 분절된 주체가 '눈'의 매개를 통해 인식한 자기의 불완전성을 나타낸다.[130] 이렇듯 시선을 기준으로 위 도표

130 이 시의 "白骨", "나", "아름다운 魂"은 각각 키에르케고르가 말한 세 가지 실존양태인

의 A, B, C 항목에 속한 각각의 위상이 변별될 수 있다는 점에서 그러한 시선을 담보한 '눈'은 주체의 자기 인식 작용을 매개하는 상징이 된다.

한편 3연까지의 이러한 혼재 양상이 4, 5연의 "어둠을 짖는" "志操 높은 개"의 출현으로 인해 무너지게 되자, 다시금 시의 국면이 현실의 '나'에게로 전환된다. 잠을 자지 않고 "어둠을 짖는" "개"의 소리가 완만하던 시의 리듬을 빠른 템포로 변화시키는 것이다.

그런데 5연에서 "어둠을 짖는 개"의 행위는 "나를 쫓는" 행위에 대응되는 양상을 보인다. "어둠을 짖는 개"의 소리를 들은 주체가 쫓기는 자신을 떠올리는 것이다. 개의 짖는 행위와 누군가를 쫓아버리는 행위의 유사성에 기반을 둔 이러한 추정을 통해 "어둠"과 "나"의 연관성을 추론해볼 수 있다. 그 경우 5연의 "나"는 "어둠"을 맛본, 즉 실존의 총체적 근원에 가닿은 적이 있는 또 다른 "나"를 의미하게 된다. 총체성이 깨어진 후 다시 현실로 돌아오게 된 "나"는 더이상 옛날의 상태 그대로 머무를 수 없게 된다. "개" 짖는 소리가 밤의 정적을 깨뜨리는 곳에서 "白骨"의 "風化作用"은 더 이상 일어나지 않기 때문이다.

윤동주의 시에서 이 같은 주체의 자기 인식은 독립된 공간으로 진입하는 특수한 시적 상황 속에서 '눈'을 매개로 행해진 '바라보

심미적 실존, 윤리적 실존, 종교적 실존에 해당된다고 볼 수 있다. "눈물"을 흘리면서 시의 주체는 윤리적 실존에서 종교적 실존으로의 이행하게 된다. 이는 단계적인 것으로 현실의 '자기'에 대한 관심이 '타자'에 대한 관심으로 확대되고, 죽음과 절대자의 인식을 통해 존재의 근원에 도달하는 과정이다. 인식의 매개로서 몸의 중요성을 강조한다는 점에서도 이 글에서 언급한 무의식은 정신을 실재로 규정한 심리학적 범주와 구분된다.

기'와 '들여다보기'로 형상화된다. 이러한 자기 반성은 이성적 범주에 머무르는 것이 아니라, 오류 가능성을 지닌 유한한 인간이 참된 본질을 인식해가는 주체 인식의 과정까지를 포함한다. 따라서 '눈'의 시선으로 매개된 반성은 자신의 오류 가능성에 대한 고백이며, 그러한 본성을 목도한 자가 느끼는 내적 갈등의 표현이라 할 수 있다. 이는 "하늘을 우르러/한 점 부끄럼이 없기를" 바라는 윤동주 시의 소망이 도덕이나 윤리적 차원의 정결성만으로 온전히 설명될 수 없음을 시사한다.

그럼에도 불구하고 윤동주의 시는 절망으로 떨어지지 않는다. 그의 시에는 자기와 세상을 바라본 자가 끝까지 놓지 않는 '희망'이 내재되어 있기 때문이다. 그 희망은 '믿음'의 문제를 포함하는 것으로, 윤동주 시의 사상적 뿌리를 형성하는 기독교적 세계관의 영향을 보여준다. 그러나 윤동주의 시는 종교적 범주에 제한되지 않는 보편적 의미를 담고 있다. 그의 시에서 회고적 도피나 초월적 세계관이 나타나지 않는 것은 이 때문이다. 다음 장에서 이에 대해 다시 논의하겠다.

3. 확장된 '눈'과 희망의 투사

이 장에서 논하게 될 시들에는 앞에서 살펴본 "우물"과 "거울"이 등장하지 않는다. 이는 '눈'의 시선을 매개로 환부를 목도한 자가 고백하는 주체 인식의 또 다른 형태로, '바라보기'나 '들여다보기'를 통해 실체를 파악하는 것이 불가능한 상태를 전제한다. 다음의 시에서는 특정 공간 속 인물로 환치된 주체의 분화 양상이 매개와 단절의 양가적 공간개념을 통해 드러난다. 이는 분화된 주체의 합일에 대한 염원을 내포한다.

> 잃어 버렸습니다.
> 무얼 어디다 잃었는지 몰라
> 두손이 주머니를 더듬어
> 길에 나아갑니다.
>
> ……〈중 략〉……
>
> 돌담을 더듬어 눈물 짓다
> 처다보면 하늘은 부끄럽게 프릅니다.
>
> 풀 한포기 없는 이길을 걷는것은
> 담저쪽에 내가 남어 있는 까닭이고,
>
> 내가 사는것은, 다만,
> 잃은것을 찾는 까닭입니다.
>
> 「길」 부분

"잃어버렸습니다."라는 강한 단정의 표현은 주의를 환기시키며 느닷없이 「길」의 시상을 전개시킨다. 그런데 그러한 확신이 이어지는 행에서 "무얼 어디다 잃었는지 몰라"라는 자신감을 잃어버린 형태로 바뀐다. 이는 잃어버렸다는 사실 자체가 불분명하다는 의미이다. 그럼에도 불구하고 이 시의 시상은 무언가를 잃어버린 사실을 전제로 전개된다. "무얼 어디다 잃었는지"도 모르면서 상실을 사실로 확정한 것이다.

그러한 불합리한 확신의 근원에는 「懺悔錄」과 「自画像」에서 볼 수 있었던 '시선'이 놓여 있다. 이는 보이지 않는 영혼의 존재를 감지하는 것과 마찬가지로 논리적 설명이 불가능한 본질 직관의 상황이며, 죄의 속성을 직관적으로 감지한 자가 토해낸 고백의 언어라 할 수 있다.

그런데 「길」의 주체는 그러한 본질을 '눈'으로 확인할 수 없다. "우물", "거울"이 제시된 앞의 시들에서와 달리, "담"이 가로놓여 있기 때문이다. 그 결과 주체의 시선에는 단절과 분리만이 돌아오고, 이처럼 '눈'의 물리적 기능이 무력화되면서 그 감각기능이 "손"의 역할로 전이된다. '눈'의 시선을 대신한 "손"의 '더듬는' 행위로 인해 절연체로서의 "담"은 '눈'의 시선과 결부된 "우물", "거울"과 마찬가지로 특수한 공간 속에 분화된 자기를 독립시킨다. 그리고 이러한 탐색의 손길로 인해 1연의 직관적 상태는 분화된 주체에 대한 인식과 합일의지로 변환된다.

불확실한 확신의 정체를 밝혀내는 그 같은 작업은 시가 전개됨에 따라 ⅰ)길을 걷다 ⅱ)손으로 돌담을 더듬다 ⅲ)살아가다 ⅳ)잃은 것을 찾다 등의 과정을 거치며 기정사실로 변모된다. 이때 ⅰ)과 ⅱ)의 기능적 동일성이 ⅲ), ⅳ)와 상관관계를 맺으며 '발'—ⅰ)의 걷는 행위는 신체기관인 '발'을 전제로 한다—과 '손'의 의미를 확장시킨다. 그 지점에서 삶의 이유라고 한 "잃은 것을 찾는" 행위가 앞에 인용한 시들에 나타난 '눈'의 시선과 동일한 맥락에 놓이게 되면서, “눈물 짓다 처다보면 하늘은 부끄럽게 푸”르다는 주체의 고백이 제시된다.[131] 이처럼 “눈물”이 나고 부끄럽다는 것은 자기를 찾는 것이 결코 즐겁거나 행복한 과정이 아님을 말해준다. 이는 「또다른故鄕」의 “白骨”이 흘리던 눈물과 동일한 맥락의 고백이다.

윤동주의 시에서 제한된 감각은 직접 눈에 보이는 것이 진실이 아님을 간파한 자의 ‘눈’을 감는 행위로 드러난다. 눈을 감음으로써 이면에 감추어진 진짜 모습을 보겠다는 의지가 발현되는 것이다. 이는 자신의 오류 가능성, 악한 본성에 대한 인식이 ‘눈’을 감고 실체를 ‘바라보려는’ 의지로 전환되는 양상이다.[132] 이 시에서는 ‘감는 눈’으로 바라본 불완전한 시선의 형태가 ‘눈’의 기능을 대신하는 “손”의 감각을 통해 표출되었다. 여기에 수반된 의지는 보이지 않는 담 저쪽에 또 하나의 내가 남아있다는 확신에서 비롯된다. 따라서 그것이 비록 눈물이 날 정도로 부끄러운 모습일지라도, 잃어버린 나의 참모습을 찾으려는 주체의 시선은 생의 이유가 될 정도의 절대적 의미를 갖게 된다.

---

131 그러한 ‘부끄러움’의 감정이 「序詩」에서와 마찬가지로 ‘하늘’을 대상으로 발생했음에 주목해 보아야 한다. 분화된 주체를 인지하고 그것을 바로 보려 할 때 자랑스러운 모습이 아닌 부끄럽고 욕된 자기의 ‘환부’를 직시하게 되는 것은 인간의 한계성과 비교되는 절대적 대상이 있기 때문이다.

132 세계와의 단절을 가져오는 동시에 진리에 대한 인식으로 이끌어주는 ‘실명(失明)’은 고대 서양의 비극에서뿐만 아니라 현대의 무수한 작품들에서도 종종 나타나는 모티프이다. 골드만은 그리스 비극을 분석하면서 진실을 알았기 때문에 장님이 되거나, 타협을 거부하고 죽음을 택하는 ‘거부의 비극’을 상징의 개념으로 설명하였다. 루시앙 골드만, 『숨은 신』, 송기형 · 정과리 옮김, 연구사, 1986, pp.80-82 참조.; 윤동주가 영향을 받은 릴케의 『신시집』에도 감각적이면서 감각을 초월한 사실주의 세계에 대한 인식이 드러난다. 조두환, 『라이너 마리아 릴케』, 건국대학교 출판부, 2001, pp.58-60, 62-65 참조.

이러한 "나"의 분화는 내가 단일한 속성을 지닌 개체가 아님을 말해준다. 윤동주 시의 주체는 하나이면서 여럿인 존재이다. 겉으로 드러나는 모습은 하나이나 내면에 여러 "나"가 존재하는 것이다. 그와 같은 인식은 "달과던등에 빛어/한몸에 둘셋의그림자"(「거리에서」)라든지 "짝잃은 조개껍대기/한짝을 그리워하네//아롱아롱 조개껍대기/나처럼 그리워하네"(「조개껍질」), "내 모든 것을餘念없이,/물결에 써서 보내려니"(「異蹟」) 같은 시에도 나타난다. 표면에 드러난 "나"의 모습 이면에 감추어진 진짜 "나(들)"를 인식하기 위한 그 같은 몸부림은 윤동주 시의 중심틀을 이루는 주체 인식의 특성을 형성한다. 보이지 않는 것을 보고자 눈을 감는 행위로 의지적 불구의식을 드러내거나 이면에 수많은 비의들을 품은 상징을 창작방법으로 채택한 것 또한 같은 맥락에서 윤동주 시의식의 특성을 설명해준다.

그런데 그토록 열망하며 찾았던 "나"의 모습을 보게 된 후, 즉 주체의 본모습을 깨닫게 된 이후의 상황은 기쁨이나 환희로 제시되지 않는다. 「懺悔錄」에서 거울을 닦은 후 나타난 "어느 隕石밑우로 홀로거러가는/슬픈사람의 뒷모양"이 암시하듯이, 일반적으로 맑고 정결한 사람으로 생각되곤 하는 윤동주 시의 자기 인식은 그리 아름답거나 자랑스러운 모습을 하고 있지 않다. 그의 시에서 주체는 금단의 열매를 맛보고 실존의 비의를 알아버린 최초의 인류처럼 부끄러워한다. 본질에 내재된 오류 가능성을 알게 된 자가 목도한 자화상이 아름답지 못한 것은 그러한 까닭 때문이다.

내모든 것을 돌려보낸뒤
허전히 뒷골목을 돌아
黃昏처럼 물드는 내방으로 돌아오면

信念이 깊은 으젓한 羊처럼
하로종일 시름없이 풀포기나 뜯자.

「힌그림자」 부분

「길」이 설명할 수 없는 직관적 상실감을 극복하기 위해 처절하게 고민하는 주체의 모습을 그려냈다면, 이 시에는 「自画像」의 분화와 갈등이 종료된 후 맞이하게 된 새로운 국면이 제시된다. 이는 굳이 두 시의 창작 일자가 선후관계에 놓인다는 사실을 거론하지 않고서도 설명될 수 있는 부분이다.[133]

그 같은 실존 인식은 "내사 이 湖水가로/부르는 이 없이/불리워온것은/참말異蹟이외다."(異蹟)는 고백에 나타난 종교적 인식의 지평에 그 뿌리를 두고 있다. "湖水"의 물을 들여다보며 자기의 모습을 발견하게 된 나는 「힌그림자」의 내가 "수많은 나를/하나, 둘, 제고장으로 돌려보내"듯이, "내 모든 것을餘念없이,/물결에 써서 보내려" 한다. "湖面으로 나를불려내소서"라고 "당신"을 상정한 「異蹟」의 고백이 이 시의 마지막 연에서 "信念이 깊은 으젓한 羊처럼/

---

133 「길」은 1941년 9월 31일, 「힌그림자」는 1942년 4월 14일에 쓰여졌다. 「또다른故鄕」이 「길」과 같은 1941년 9월에 창작되었다는 점에서 1941년에 창작된 두 시의 시의식이 다음 해에 창작된 「힌그림자」와 차이를 보이고 있음을 간과해버릴 수는 없다. 이는 시를 단순히 연대기적으로 분류하는 작업을 넘어 윤동주 시의 궤적과 시의식의 변모를 연계시켜 추적해낼 수 있는 단서를 제공하기 때문이다.

하로종일 시름없이 풀포기나 뜯자."와 같이 변주된 것은 깊은 신념(믿음)으로 얻을 수 있는 평화와 자유에 대한 희구를 드러낸다. 하지만 이는 당면 현실이 아니라 미래시제로 제시된 이상적 모습이다. '~면 ~(하)자'의 용법을 활용한 가상의 지향점인 것이다. 직접 대면을 통한 자기 인식 이후 주체가 현실 속에서 모색한 희망의 변주는 이처럼 도덕주의와 차별화된다. 그리고 이는 윤동주의 시에 나타난 참된 '윤리'의 모습을 보여준다.

4. 나가며

이상의 논의에서 살펴본 것과 같이 윤동주의 시에서 '눈'은 자기 인식의 매개로 작용하는 주요한 몸 상징으로 쓰인다. 이러한 자기 인식은 주체의 분화로 귀결되는 반성행위를 나타내는 것으로, 특정 계기로 인한 각성, 죄의 인식을 의미한다. 오류 가능성을 지닌 낯선 주체에 대한 그 같은 거부감은 기존 논의에서 '들여다보기'의 형태로 다룬 윤리적 반성과 맥락을 같이한다.

'반성'과 '내면성'이라는 키워드로 흔히 설명되는 윤동주의 시에서 윤리적 의미를 찾아내는 것은 별반 새로울 것이 없다. 이 글의 논의는 지금까지 자기 인식, 즉 직접적인 의식의 활동으로 해석되어 온 윤동주 시의 자기 반성이 '몸'이라는 구체적 장소를 통해 이루어짐을 규명한 점에서 의미를 갖는다.

'몸'은 현존을 넘어설 수 없는 인간존재의 유한성을 입증하는 조건이다. 비의지적으로 부여된 신체를 나타내는 상징은 현존의 유한성을 의지로 타개할 수 없는 주체의 고뇌를 매개한다. 이때 상징은 모방, 반영으로서의 재현이 아니라 표현이다. 따라서 윤동주 시의 주체상을 밝혀내기 위해서는 우선 그 인간을 '재현'하는 것이 아니라 '표현'하는 상징을 찾아내야 한다.[134] 여기서 '눈'이라는 구체적 몸 상징의 형태를 통해 윤동주 시의 주체상을 규명한 것은 그와 같은 연유에서 비롯된다.

이러한 특성을 지닌 윤동주 시의 주체는 의식의 우위에 대한 도전을 나타낸, 새로운 의미를 가지는 개인으로서의 주체이다. '눈' 상징의 매개작용을 통한 주체의 객관적이고 엄중한 자기 반성은 근대의 자기규율과 맥락을 같이하지만, 자신의 자율성에 의해 존재가 담보되는 근대적 개인의 모습이 아니다. 이는 자신의 불완전성을 감지한 개인이 그러한 유한성의 조건을 매개로 존재의 의미를 탐구해가는 과정이었다. 그러나 이처럼 자기 인식의 확실성을 부정하면서도 주체의 해체를 부르짖지도, 그 중요성을 간과하지도 않는다는 점에서 윤동주의 시는 데카르트적 주체에 대한 포스트모던 철학자들의 비판과 거리를 둔다.

한편 그러한 유한성의 인식은 윤동주 시의 공동체적 인식을 형성하는 밑바탕이 된다. 이는 주체가 고백의 언어를 통해 자기를 객관화하던 방식, 즉 '눈'의 매개를 통해 분화된 자기를 바라보는 인식의 방법과 동일한 것으로, 윤동주 시의 타자관계가 자기 인식의 변주된 형태로 나타날 수 있음을 설명해 준다. 이는 그의 시가 2차

134 폴 리쾨르, 『악의 상징』, 양명수 옮김, 문학과지성사, 1994, p.360 참조.

적 언술체계를 활용한 상징을 주요한 시작 방식으로 채택하고 있는 데에서도 확인된다.

이 글에서는 자기 인식의 측면에 중점을 두어 논의를 전개하였지만, 기존 논의에서 언급된 개인의 윤리적 측면이나 저항의식의 측면, 그리고 그 외의 다른 범주에서도 '눈'의 상징적 의미에 대한 해석이 충분히 유효하다는 점을 언급할 필요가 있다. 이러한 논의는 윤동주의 현실 인식과 그의 시에 나타난 괴로움의 또 다른 의미를 밝혀줄 수 있다.

‘감는 눈’의 시선과 폭력에의 저항

1. 들어가며

시인 윤동주가 1945년 29세의 젊은 나이로 후쿠오카의 차디찬 감옥에서 옥사한 지 어느덧 80여 년의 세월이 흘렀다. 정지용이 서문을 쓴 유고시집 『하늘과 바람과 별과 시』가 발간된 것도 그리 오래지 않다. 그런데 반세기가 넘는 시간이 흐른 지금도 여전히 윤동주는 독자들 곁에 있다. 세대를 초월해 독자를 사로잡는 윤동주 시의 매력은 과연 무엇일까? 그 실체를 규명하는 일은 전문 연구자의 몫일 것이다.

현시대를 살아가는 독자들은 ‘저항시’로 분류되는 과거 윤동주의 시를 지금, 여기의 의미로 새롭게 읽어낸다. 시대적 상황의 변화에 제약받지 않고 각자의 위치에서 그의 시에 현재적 의미를 부여하는 것이다. 그 과정에서 윤동주의 시는 저항시의 전형을 넘어, 열린 구조를 지닌 텍스트로 변화한다. 역설적이게도, 시대에 밀착되어 있음에도 불구하고 그의 시는 시대성에서 자유롭다. 아직까지 윤동주 시의 저항성이 논의의 대상이 되고 있는 것은 이러한 특성에 기인한 바 크다.

그러므로 시공을 초월하여 울림을 전해주는 시의 특질, 하나로 규정되지 않는 윤동주 시의 면모를 면밀히 파악하기 위해 상징의 쓰임에 주목하는 것은 윤동주의 시를 해석하는 중요한 연구방법이 될 수 있다. 이 글에서는 특수한 형태로 반복되는 상징의 구조를 추적해 윤동주 시의 특질을 새롭게 조명해보고자 한다.

윤동주의 시에 나타난 시선은 크게 내부를 향한 자아 성찰의 시선과 외부를 향한 시선으로 나뉠 수 있다. 기존 연구들은 윤동주의 시에 나타난 시선을 전자에 한정된 의미로 파악하였다. 그러나 주로 '들여다보기', '바라보기'와 같은 '뜬 눈'의 형상으로 논의되어 온 그러한 시선은 기실 '감는 눈'의 형태로 나타나기도 한다. 그리고 윤동주의 시에서 '감는 눈'의 상징은 이와 같은 내부를 향한 시선과 외부를 향한 시선이라는 의미의 이중성을 특질로 삼는다.

앞에서 '뜬 눈'을 중심으로 주체의 자기 인식 과정을 매개한 윤동주 시의 '눈' 상징에 대해 고찰한 바 있다. 여기에서는 '감는 눈'의 상징을 중심으로 윤동주 시의 주체가 단순히 개인적 윤리나 도덕의 범주에 국한되지 않는 존재임을 저항성에 대한 새로운 접근을 통해 규명해 볼 것이다. 이는 외부적 계기로부터 규정되어 온 윤동주 시의 저항성을 시 내부의 계기, 즉 다의성을 지닌 상징 구조를 추적하는 방식으로 되짚어보는 작업이라 할 수 있다.

논의를 위해 이 글은 일단 언어의 단계에서 출발하여 '눈' 상징의 의미구조를 살펴볼 것이다. 이는 기존 연구 성과를 존중하면서도, 고정화, 신비화된 의미틀의 제한을 벗어나 시어, 비유의 유기적 연관성을 분석하고, 다시금 상징에 의미를 부여하는 작업이 될 것이다. 그러한 시도를 통해 이 글은 윤동주 시의 반성하는 주체에 대한 논의가 정작 시에 내재된 저항성의 의미층위를 규명하는 작업과 연계되어 있음을 보여줄 것이다.

구체적으로 이는 크게 세 가지 방향에서 진행될 것이다. 첫째, 몸 상징으로 살펴본 윤동주 시의 시선에 대한 논의로서, '감는 눈'의 상징에 집중하여 그 의미경로를 추적해보는 것이다. 둘째, 그러한 시선이 투과적 실체로서의 공간인 풍경[135]과 결부되어 상징의미를 심화시키는 과정에 대한 고찰이다. 이를 통해 '감는 눈'의 시선이 공간화를 통해 확장되는 과정을 살펴보게 될 것이다. 마지막으로 '감는 눈'이 '뜨는 눈', '뜬 눈'으로 형상화된 윤동주 시의 다른 '눈' 상징들과 맺는 관계를 규명해 볼 것이다. 이러한 과정을 통해 윤동주의 시에 나타난 '눈' 상징의 총체적 고찰과 더불어 근대적 저항시로서 윤동주의 시가 지닌 면모를 재조명 할 수 있을 것으로 기대한다.

---

135 오귀스탱 베르크는 독특한 역사를 공간에 담고 있는 하나의 현상인 풍경의 시공간성을 '투과적'이라는 용어로 표현하였다. 환경 자체의 역사와 이를 바라보는 자의 기억이 풍경 안에서 서로 결합하고 있다는 두 가지 시간성의 우연적인 합치가 풍경의 공간성을 형성한다는 것이다. 오귀스탱 베르크, 앞의 책, p.122. 이는 시선을 공간으로 확장시키는 3장과 2장 간의 연계성을 이해하는 데 도움을 준다.

2. '감는 눈'의 상징과 내재된 시선

윤동주의 두 번째 습작노트인 〈窓〉에는 퇴고 과정을 보여주는 표기 외에도 "베루린",[136] "모욕을 참어라"와 같은 낙서가 포함되어 있다. 그중 후자는 「異蹟」이라는 시의 뒷부분에 쓰인 것으로 시작(詩作) 당시의 상황이나 시인의 마음자세를 유추해볼 단초를 제공한다. 여기에는 당시대에 드리운 어두운 그림자를 대하는 시인의 응전방식이 나타나 있다.

글귀가 씌어진 1938년은 일제가 만주사변(1931), 중일전쟁(1937) 등의 침략전쟁을 일으키며 철저한 군국주의 파쇼체제로 변해가던 시기였다. 당시 일본은 ①군사력과 경찰력의 증강 ②철저한 사상통제 ③전시체제 강조를 통한 국민생활 감시 등을 통해 파쇼체제를 강화해 나갔다. 또한 '내선일체(內鮮一體)'를 강조하였고, 조선민족의 황국신민화(皇國臣民化)라는 기치 아래 우리말과 글을 금지하고 창씨개명을 강행하는 등 민족말살정책을 지속적으로 펼쳤다. '지원병', '징용', '보국대', '위안부' 등의 다양한 형태로 우리 민족을 전쟁에 동원시켰던 것도 1938년경부터 시작된 일이다. 이렇듯 정치 · 경제 · 사회 · 문화의 전 분야에 걸쳐 일제의 횡포가 자

---

136 〈窓〉의 마지막 작품 「自像畫」의 뒷부분인 노트 맨 끝장에 기재되어 있다. 이는 독자들이 「자화상」으로 알고 있는 작품의 습작으로 〈窓〉에는 아직 완성되지 않은 형태로 기록되어 있다. 여기서 "베루린"은 독일의 "베를린"을 의미하는 듯하다. 「자화상」에 나타난 '우물' 이미지가 릴케의 그것과 닮아 있음을 상기해 보건대, 이 시를 창작할 당시 윤동주는 그가 즐겨 읽던 릴케를 염두에 두고 있었을 것으로 생각된다.

행되며 당시는 식민지 지배의 절정을 이루게 된다.[137] 따라서 그런 고난의 시기에 시인이 원고 말미에 적어 넣은 "모욕을 참어라"는 구절을 단순한 개인범주의 낙서로 치부해버릴 수만은 없다. 거기에는 당시 우리 민족이 겪은 참상에 대한 시인의 분노와 절치부심의 고뇌가 담겨 있기 때문이다.

정의가 그 의미를 잃어버린 세상에 맞서는 시인의 응전방식은 일단 모욕을 참는 형태로 드러났다. '참는다'는 것은 무언가를 기대하고 기다리는 자에게만 허락되는 인내이다. 아무런 희망이 없는 미래만 남아있다면, 현재는 어떤 의미도 가질 수 없다. "내일은 없다"(「내일은 없다-어린 마음이 물은」)고 외치는 시인에게 "내일"은 또 하나의 "오늘"에 불과하다. 잠깐의 혈기로 맞서는 것은 "오늘"로 존재태를 바꿀 "내일"을 소멸시켜버리는 결과를 초래하고 만다. 그러한 대응방식은 일을 그르칠 뿐 아무것도 해결해주지 못한다. 따라서 여기에서 윤동주가 말하는 '참음'은 결국 비겁한 침묵이 아닌 미래를 바라보는 자의 기다림의 자세를 의미하는 것이라 할 수 있다. 이와 같은 '참음'의 정신은 윤동주의 시편 곳곳에서 발견된다.

> 太陽을 사모하는 아이들아
> 별을 사랑하는 아이들아

137 강만길, 『韓國現代史』, 창작과비평사, 1984, pp.32~37 참조.

밤이 어두웠는데
눈감고 가거라.

가진바 씨앗을
뿌리면서 가거라.

-「눈감고간다」 부분

우선 텍스트에 충실하여 이 시의 전개를 따라가 보도록 하겠다. 천상에 있는 “태양”과 “별”은 ‘빛남’의 속성을 지닌 존재이다. “아이들”은 “태양”과 “별”을 사랑하지만, 2연에 제시된 상황은 ‘빛남’의 대칭항에 놓인 ‘어둠’일 뿐이다. ‘어둠’에 직면한 자는 주위를 분간하기 위해 눈을 크게 뜨고 사방을 살피기 마련이다. 그런데 화자는 “아이들”에게 “밤이 어두웠는데/눈감고” 가라고 상식에 위배되는 조언을 한다.

이러한 비상식적 조언의 의미를 파악하기 위해 먼저 “밤이 어두웠는데”의 언어적 용법에 주목하여 논의를 진행시키겠다. 여기서 ‘-는데’는 ‘-으니’와 동일한 위치에 놓일 수 있는 연결어미이다. ‘-으니’가 ‘ㄹ’을 제외한 받침 있는 용언의 어간이나 어미 ‘-었-’, ‘-겠-’ 뒤에 붙어 앞말이 뒷말의 원인이나 근거, 전제 따위가 됨을 나타내거나 어떤 사실을 먼저 진술하고 이와 관련된 다른 사실을 이어서 설명할 때 쓰이는 연결 어미라면, ‘-는데’는 ‘있다’, ‘없다’, ‘계시다’의 어간, 동사 어간 또는 어미 ‘-으시-’, ‘-었-’, ‘-겠-’ 뒤에 붙어 뒤 절에서 어떤 일을 설명하거나 묻거나 시키거나 제안하기 위하여 그 대상과 연관되는 상황을 미리 말할 때에 쓰이는 연결 어미[138]이다. 그러므로 만일 '밤이 어두웠으니'라고 표현했다면 어두운 밤에 눈을 감는 것이 당연한 수순의 상식적 행동이라는 전제를 깔고 있는 것이겠지만, 이 시의 "밤이 어두웠는데"는 단지 "눈감고 가거라"라는 제안을 하기 위해 관련 상황을 언급하는 표현일 뿐이다. 즉 「눈감고간다」의 '어두운 밤'과 '눈 감는 행위' 사이에는 문법상 필연적 인과관계가 성립되지 않음을 알 수 있다.

따라서 "밤이 어두웠는데/눈감고 가거라"의 내포적 의미를 파악하기 위해서는 다른 측면에서의 접근이 필요하다. 유종호에 의하면 윤동주에게 세계의 어둠을 절감하게 한 요인으로 기독교적 세계 파악의 영향력 외에 식민지 상황과 그 부정의를 꼽을 수 있다.[139] "밤"과 '어두움'이라는 시어에서 암흑과 같던 당시의 시대상을 추출해내는 그 같은 의미부여는 문학사회학을 비롯한 수많은 연구에서 이미 충분히 규명된 바 있다. 이들 연구의 연장선상에서 '어두운 밤'이 다음 행의 '눈감는' 행위와 결부되며 특수한 개별상징을 내는 측면을 주목해 보기로 하겠다.

바른 의기를 가리고 내리눌러야 하는 세상, 못 볼 일들이 벌어지고 이해할 수 없는 행위가 버젓이 자행되는 그곳에서 버텨내기 위해 시인은 '눈을 감는다'. 두 눈을 버젓이 뜬 채 모든 것을 용인할 수는 없기 때문이다. 이때 '눈'은 물리적 실체의 형상을 파악하

138 국립국어연구원, 『표준국어대사전』, 국립국어연구원, 1999, p.1310, 4836.

139 유종호, 앞의 글, p.35.

는 신체기관으로 인간존재를 특징짓는 얼굴에서 가장 응집력 있는 장소이다. 존재의 진리 탐구 또한 그 같은 '눈'의 시선에서 비롯된다.[140] 그러므로 '눈을 감는' 것은 시선을 차단하여 세상의 것을 보지 않겠다는 의지의 발현인 동시에, 세상의 거짓과 위선에 호도되지 않고 '마음의 눈'을 통해 이면에 감추어진 진실을 바라보고 싶다는 소망의 표명이기도 하다. 즉 일제 치하와 같이 어두운 시대상황 속에 '눈을 감는' 것은 불구가 되어 세상과 타협하지 않는 이가 역설적으로 —참된 의미의 정상적 생을 영위하는— 진실의 수호자가 된다는 확신에서 비롯된 행위라 하겠다.

이러한 해석은 눈을 감는 행위가 3연의 "가진 바 씨앗을/뿌리면서 가거라."로 이어지며 그 타당성을 담보 받게 된다. '눈감고 가는' 자에게 시인은 '씨앗을 뿌리며 가라'는 또 하나의 주문을 한다. 이는 '눈을 감는' 것이 단순히 보기 싫은 세상을 거부하는 데 그치지 않고, "씨앗을 뿌리면서" 미래를 준비하는 자세로 이어짐을 말해준다. 따라서 이 시의 "눈감고 가거라"는 주문은 어두운 시대상에 굴복하지 않고 참된 눈으로 진실을 바라보겠다는 시인의 강한 바람을 담은 것으로 해석될 수 있다.

물론 진실을 목도하려는 의지를 내포한 '감는 눈' 모티프가 비단 「눈감고가다」 한 편에만 등장하는 것은 아니다. 이는 윤동주의

---

140 시선은 인간 실존의 상징적 차원과 생태적 차원을 동시에 표현한다. 또한 나아가 시인의 시선은 본질을 파악하는 물질적 상상력까지를 포함한다. 따라서 '눈'의 상징을 중심으로 '시선'을 탐구하는 것은 "세계와 인간의 관계에 대한 우리의 의식과 우리 육체의 구체성(눈에 보이는 기관)인 시선 안에서 결합되고 있기 때문에" 중요한 의미를 갖는다. 오귀스탱 베르크, 앞의 책, pp.159~164 참조.

시 전반에 걸쳐 유사한 방식으로 유기적 의미군을 형성하는 상징으로 작용하게 된다. 다음 장에서 다룰 「돌아와 보는 밤」, 「소년」, 「사랑의 전당」, 「명상」, 「유언」 등 여러 편의 시에 등장하는 "눈" 또한 그 같은 '감는 눈'의 변주된 형태로 나타난다.

3. 공간화된 '눈'과 시선의 확장

세상으로부터 돌아오듯이 이제 내 좁은방에
돌아와 불을 끄옵니다. 불을 켜두는것은
너무나 피로롭은 일이옵니다.
그것은 낮의 延長이옵기에—

이제 窓을 열어 空気를 밖구어 드려야
할턴데 밖을 가만이 내다보아야 房안
과같이 어두어 꼭 세상같은데 비를 맞고
오든길이 그대로 비속에 젖어 있사옵니다.

하로의 울분을 씻을바 없어 가만히 눈을
감으면 마음속으로 흐르는 소리, 이제,
思想이 능금처럼 저절로 익어 가옵니다.

-「돌아와 보는 밤」 전문

이 시에는 세 개의 공간이 등장한다. ①'비에 젖은 밖', ②'불을 끈 房안', ③'세상'이 그것이다. 이 부분에서는 이 세 공간을 연결시키는 직유의 용법을 살펴봄으로써 앞 장에서 논의한 '감는 눈'의 상징의미를 재구해보도록 하겠다.

①, ②, ③은 '어두움'이라는 공통분모를 가지고 있다. 그중 ③은 "세상으로부터 돌아오듯이"나 "세상같은데"와 같은 직유의 형식을 취한다. "세상으로부터 돌아오듯이"는 "세상으로부터" 떠나 "내 좁은 방에 돌아"온 실제상황을 표현한 것이 아니다. "~듯이"라는 직유의 형식을 취함으로써 이는 "밖"이라는 물리적 공간의 층위를 넘어선다. "세상같은데"에서도 전자와 동일한 상황이 발견된다. 이는 "房안과같이"에서처럼 "밖"의 어두움을 묘사하는 데 사용되었다. 여기서 "세상", "房안", "밖"을 연결시켜주는 것은 바로 '어두움'이다. 이렇듯 ②와 ①의 공간에 동일하게 드리운 '어두움'이 "세상"으로 비유되며, ③의 두 번째 용례 역시 물리적 공간을 벗어나 '어두운 현실상황'이라는 새로운 의미차원에 속하게 된다.

이제 공간적 측면의 분석이 얻어낸 의미를 다른 각도에서 살펴보겠다. 1연의 "낮"과 2연의 '어두운 밖'은 '밝음'과 '어두움'이라는 상반된 의미항에 속하며, 이는 ③을 공통분모로 삼는다. 1연에서 "방"에 돌아온 내가 불을 끄는 것은 "낮"의 피로함으로부터 벗어나고 싶어서라고 했다. 이로써 "낮"의 피로와 "세상"에서 느끼는 피로는 "~듯이"라는 직유를 통해 유사성을 나타낸다. 긍정의 의미항에 속하는 "낮"이 "피로"를 매개로 "세상"과 동가의 위치에 놓이게 된 것이다.

결국 "불을 켜두는것"이 "낮"의 피로함의 연장이라는 1연의 상황은, ③과 결부되어 다른 연들과의 유기적 관계 속에서 새로운 의미를 부여받는다. 이 논리에 따르면 '낮(밝음)' : '밤(어두움)' = '부정' : '긍정'과 같은 도식이 성립된다. 여기서 '밤'의 속성으로 알려진 '어두움'이 "세상"과 동일시되어 부정적 의미를 지니게 되는 2연의 시상을 떠올리면, 1연과 2연에 나타난 '어두움'이 각각 긍정적인 의미와 부정적인 의미로 변별됨을 알 수 있다.

그렇다면 이러한 차이는 어디에서 연유하는가? 이 질문에 답하기 위해 다시금 논의의 초점인 '눈을 감다'의 상징성으로 돌아가 보겠다. 앞서 논의한 바와 같이, '눈을 감는' 행위는 모순된 세상을 거부하고 참된 진실에 눈뜨고자 하는 의지의 표명이다. 1연의 '불을 끄는' 행위에서도 '눈을 감는' 행위에 내재된 그 같은 불구의식이 발견된다.

그런데 여기서 중요한 것은 그 행위가 누군가에 의해 실명을 당하는(불이 꺼지는) '피동'의 상태가 아니라, 자발적으로 눈을 감는(불을 끄는) '능동성'에 기반한다는 사실이다. 따라서 1연과 2연의 '어두움'은 불을 끄는 능동적 행위로 인한 '어두움'과 해가 기울자 저절로 찾아든 '어두움'으로 차별화된다. 1연의 '어두움'이 "세상"과 동일시되던 2연의 부정적인 '어두움'과 구분되는 다른 층위의 상징적 의미를 갖는다.

결국 이 시의 마지막 연에 나타난 '눈 감는' 행위는 이미 1연에서부터 그 전조를 보여 왔던 것임을 알 수 있다. 이는 단순한 물리적 반응이 아니라, "울분"을 삭이기 위한 의지적 행위이다. '눈을 감는' 행위를 울분을 일으킨 "세상"을 거부하고 진실을 목도하고자 하는 의지의 표명으로 바라보는 해석은 이어지는 시구인 "눈/을 감으면 마음속으로 흐르는 소리."의 시상 전개에 의해 뒷받침된다. 이는 의지적 불구의 상태로 접어든 주체가 혼란스러운 외부를 차단하고 내면에 집중함으로써, 세상에 유혹당하지 않고 자기 자신의 본질과 참된 진실을 바라볼 수 있게 됨을 의미한다.

1연과 2연에 나타난 긍정과 부정의 '어두움'은 3연의 '눈 감는' 행위로 귀결되며 참된 "思想이 능금처럼 저절로 익어"가는 결과를 만들어내게 된다. 이러한 정, 반, 합의 변증법적 질서는 이 시의 상징 의미를 보다 풍요롭게 해준다.

> 가츨가츨한 머리갈은 오막사리 처마끝,
> 쉬파람에 코ㄴ마루가 서분한양 간질키오.
>
> 들窓 같은 눈은 가볍게 닫혀,
> 이밤에 戀情은 어둠처럼 골골히 스며드오
>
> -「명상」 전문

이 시에 나타난 '눈'의 공간화 양상은 전반적으로 유사성에 기반을 둔 비유적 용법과 몸과 사물의 범주를 혼합시키는 상상력에 의해 구성된다. 먼저 1연 1행을 보면 "가츨가츨한 머리갈"과 "오막사리 처마끝"이 은유적으로 결합되어 있음을 발견할 수 있다.[141] 신체 일부인 "머리갈"과 "오막사리 처마"를 만드는 '볏단'

---

141 이는 종에서 종으로의 전용(transference)인 은유의 양태를 보여준다. 아리스토텔레스, 『(개역판)시학』, 천병희 옮김, 문예출판사, 1995, pp.116~117; Paul Ricoeur(1975), *The Rule of Metaphor-: multi-disciplinary studies of the creation of meaning in language*, trans. by Robert Czerny with Kathleen McLaughlin and John Costello, London: Routledge

이 형태적 유사성에 의해 유추되는 계열적(paradigmatic) 선택관계[142]에 놓이는 것이다.

"가츨가츨한 머리갈"과 "오막사리 처마끝"에서 '몸'의 한 부분이 '집'의 일부로 전이되는 혼합 양상은 다음 행의 "코ㄴ마루"와 2연의 "들窓 같은 눈"에서도 동일한 방식으로 나타난다. 1연 1행에서 시작된 혼용의 원리, 즉 유사성에 근거한 은유적 특성이 이어지는 시어(낱말)와 비유에도 동일하게 적용된다. '머리카락'과 '지푸라기', '콧등'과 '마루', '눈'과 '창' 사이에는 형태상, 기능상의 유사성이 존재한다. 그리고 이들 유사성 간의 유기적 관계는 2연 마지막행인 "이밤에 戀情은 어둠처럼 골골히 스며드오"의 애매성을 풀어낸다.[143]

2연에서 밤에 "어둠"이 스며들듯이 "戀情"이 "골골히" 스며든다고 했다. 여기서 "골골히"는 현대어 "골골이"로 추정되는 표기

& Kegan Paul, 1978, p.13; T. 토도로프, 『상징과 해석』, 신진 · 윤여복 공역, 동아대학교 출판부, 1987, 96~98면 참조.

142 소쉬르는 단어와 단어 사이의 관계를 계열적(paradigmatic) 관계, 연쇄를 이루는 단어를 통합적(syntagmatic) 관계라고 불렀다.(페르낭 드 소쉬르, 『일반언어학 강의』, 샤를르 발리 · 알베르 세쉬에 편, 최승언 옮김, 민음사, 1990) 로만 야콥슨은 소쉬르의 이런 논의를 받아들여 '통합체'를 '환유'에, '체계'를 '은유'에 접근시켰다. 김치수 외, 『현대기호학의 발전』, 서울대학교출판부, 1998, p.164.

143 습작노트의 기록을 살펴보면, 처음 작품을 창작할 당시 "골골히"라는 시어는 존재하지 않았음을 알 수 있다.(왕신영 외 엮음, 앞의 책, p.78) 이는 퇴고과정에서 부가된 부분인데, "골골히"가 첨가됨으로써 「명상」의 2연 2행은 단순한 직유의 형태를 벗어난 애매성을 불러일으키며 상징적 추론을 유도하게 된다. 현대어 "골골이"의 옛 표기로 추정되는 "골골히"는 "밤"에 "어둠"이 '고을고을마다' 퍼져나가는 물리적 현상의 표현 혹은 "戀情"으로 '마음'이 구석구석 가득히 채워지는 것에 대한 비유적 표현이라 할 수 있다. 이러한 애매성으로 인해 "어둠"과 "戀情"은 단순한 비유적 결합을 넘어선다.

이며,[144] '고을고을에'나 '골짜기마다' 정도로 풀이될 수 있다. 물론 이것이 시 속에서 "오막사리", "들窓" 등 가옥을 표현하는 시어들과 맺는 관계를 고려하면 전자의 의미를 취하는 것이 타당해 보인다. 하지만 "戀情"은 인간의 마음, 즉 신체기관 중 '심장'과 관련된 단어이다. 결국 2연의 2행은 "어둠"이 '마을'에 스며들듯 삽시간에 "戀情"이 '마음'에 스며드는 모양을 표현한 것으로 해석될 수 있다. 이는 앞서 살펴본 인간의 몸과 사물 간의 전용양상이 기능적 유사성에 토대를 두고 표출된 예라 할 것이다.

그런데 왜 하필 "戀情"을 의미적 대립항인 "어둠"에 비유했을까? 기능적 유사성만으로 설명되지 않는 이들 결합의 애매성을 벗어나기 위해서는, 「명상」을 포함한 윤동주 시 전반의 상징형식에 의존해 그 형식들 간의 상호관계를 규정하는 방향으로 논의가 진행되어야 한다.[145]

이를 위해 먼저 시구에서의 애매성을 살펴보도록 하겠다. 2연은 "들窓 같은 눈은 가볍게 닫혀,/이밤에 戀情은 어둠처럼 골골히 스며드오"의 두 행으로 이루어져 있다. 여기서 1행의 맨 끝에 표기된 쉼표(,)는 1행과 2행이 선후관계 혹은 인과관계로 인접되었음을 나타내는 연결표지이다. 즉 이 부분은 '눈이 닫히(감기)고 나서 연정이 마음에 스며들었다'와 같은 선후관계이거나, '눈이 감기자 빛이 차단되어 어두워졌기 때문에 세상으로부터 유리되어 마음

144 권영민 엮음, 앞의 책, 1995a, p.79.

145 T. 토도로프, 앞의 책, p.118.; 에른스트 카시러, 『인문학의 구조 내에서 상징형식 개념 외』, 오향미 옮김, 책세상, p.44.

에 집중할 수 있게 되었다'와 같은 인과관계로 해석될 수 있다. 2행의 "어둠처럼"이라는 비유를 생각해 보면 후자의 해석이 더 타당해 보인다. 이때 "어둠"은 "밤"이라는 외부적 상황과 결부된 물리적 현상일 뿐만 아니라, "눈이 닫히는" 신체작용으로 초래된 결과를 의미하기도 한다.

앞에서 살펴본 것처럼, 1연에 나타난 머리카락이 곳마루를 간질이는 상황에 대한 묘사는 독자들로 하여금 다음 연의 "들窓 같은 눈"을 1연의 해석틀과 동일한 연계성 속에 받아들이게 해준다. 여기에서도 역시 인간의 신체와 사물 간의 유사성이 발견된다. "이제 窓을 열어 空気를 밖구어 드려야/할턴데"(「돌아와 보는 밤」)의 시구를 다시 살펴보도록 하겠다. "窓"은 "空氣"가 집의 외부와 내부를 드나들게 해주는 매개체이다. "窓"이 내부/외부의 경계인 동시에 이 두 공간을 이어주는 매개체의 역할을 한다면, 내부에서 외부로 눈물을 흘려보내는 통로인 "눈"은 인간 신체의 내/외부를 가르는 기준이면서 동시에 내면의 상태(마음)를 외부로 드러내고 외부 현상을 내부에 전달해주는 매개체로 기능한다고 할 수 있다. 공간 분할과 매개적 역할이라는 공통성 아래 "窓"과 "눈"이 결합하는데, 이는 인간의 몸과 사물 간의 기능적 유사성에 토대를 두고 비유의 형식으로 나타났다. 그리고 그 결합의 근저에서 주위 세계를 향한 인간 주관성의 개인적, 집단적 투사가 발견된다.

윤동주 시의 주체상이 지닌 그러한 시선의 특성은 비유와 상징의 사용에서도 동일한 양상을 보여준다. 2연의 1행 "들窓 같은 눈은 가볍게 닫혀,"를 자세히 들여다보겠다. 앞에 인용한 두 시와 달리 이 시에서 '눈감는' 행위는 피동의 형태로 묘사된다. 그렇다면 이러한 피동현상을 초래한 원인은 무엇인가? 그것을 찾아내는 것이 「명상」의 상징의미를 탐사하는 열쇠가 된다.

「돌아와 보는 밤」의 "눈/을 감으면 마음속으로 흐르는 소리, 이/제, 思想이 능금처럼 저절로 익어/가옵니다."에 쓰인 능동태의 행위동사는 "마음" 속의 "思想"이라는 직접 결과물을 만들어냈다. 그러나 이와 비교해볼 때, "들窓 같은 눈은 가볍게 닫혀,/이밤에 戀情은 어둠처럼 골골히 스며드오"에 나타난 피동태의 동사는 "戀情"이 "스며드"는 모호한 상황을 유발시킨다. 여기에는 "마음"과 같은 장소가 명시되지도 않았고, 능동의 의지가 "思想"으로 표출되지도 않았다. "밤"이 되어 "어둠이" 도처에 스며들듯이 "戀情"이 "골골히" 스며든다는 간략한 정보가 제공될 뿐이다.

이 같은 해석상의 애매성을 해결하기 위해서는 "스며드오"라는 표현에 주목할 필요가 있다. "스며들다"라는 동사는 외부로부터 내부로의 진입이라는 함의를 갖는다. '戀情이 어둠처럼 고을고을에 스며들다'에서와 같이 이 시의 '스며들다'는 무형의 것들이 부분에서 전체로 퍼져나가는 현상을 표현한다. 그런데 그 상황을 전달해주는 주체는 시간적으로 "밤"에 위치해 있다. 밤풍경을 바라보다 눈이 감기자 차단된 내면에 외부와 동일한 상황—"어둠"—이 발생한 것이다.[146]

146 "감기우는 눈에 슬픔이 어린다"(「유언」)와 같은 또 다른 예에서도 피동적으로 감기게 된 "눈"이 "밤"을 배경으로 "슬픔"이라는 감정과 연계되어 나타남을 확인할 수 있다.

이제 인체의 외부와 내부에는 각각의 분리된, 그러나 유사한 공간이 형성된다. 이 두 장소를 이어주는 매개체인 "눈"이 닫히자, 이들 공간에 "스며듬"의 상황이 발생하게 된다. 밤이 되어 외부적 공간에 고을고을 어둠이 스며들고, 눈이 감기자 차단된 내면 곳곳에 연정이 스며들게 된 것이다. 여기서 '어두운 밤'의 상징의미에 대한 사회적, 역사적 틀의 개입이 요구되고, 그에 따라 "戀情"의 대상과 의미가 확장된다. "戀情"이라는 내면정서를 발생시킨 원인이 외부적 상황인 '어두운 밤'일 수 있다는 추정이 가능해지는 것이다. 그에 따르면 "밤"의 어두움이 "눈"을 감기게 하였고, 그러한 외부적 상황이 외부와 차단된 내면에 "戀情"의 감정을 유발한 원인이 된다.

이렇듯 「명상」에 묘사된 밤 풍경은 단순한 시공간적 배경에 그치지 않고, 시선이 투과된 실체로서 인간의 몸과 결부되어 시인의 시선을 전달한다. 인간의 신체와 외부 사물의 혼합이라는 유기적 관계성이 이 시 전체의 통일성을 형성하는 중추적 역할을 담당하는 것이다. 그 결과 '집'이 '고을고을'로 범위를 확장했듯이 신체기관인 "눈"은 인간의 의식 전반으로 '시선'을 확대, 전이시킨다.

이로써 2연의 "戀情"은 개인의 내면 정서에 국한된 의미범주를 벗어나 해석의 지평을 확장한다. 시의 제목인 "명상"은 단순한 감상적 사유의 단계를 넘어 실존에 대한 총체적 성찰과 반성을 의미하게 된다. 외부적 상황이 인간의 신체를 표현하는 시어들과 긴밀한 연관관계를 형성하면서, 윤동주 시의 '밤'은 자기 인식의 방식뿐만 아니라 '불구의식'을 통해 시대적 어려움을 극복하려는 주체의 의지까지도 상징적으로 구현해낸다. 즉 지금까지 살펴본 '감는 눈'의 상징은 실존의지를 전제한 불구의식의 표출로서 스스로의 본질을 파악하려는 자세를 나타낸다. 동시에 이는 내재된 시선으로 시대적 상황을 면밀히 관찰함으로써 그에 대응하는 근대적 저항성을 상징적으로 드러낸다.

4. '눈' 상징의 분화와 시선의 연계

지금까지 '감는 눈'의 상징과 그것이 공간으로 확장된 경우를 중심으로 내재된 시선으로 자신과 세상을 바라보려는 주체의 '의지적 불구의식'에 대해 논구해보았다. 그러한 논의의 연장선상에서 '감는 눈'의 상징이 다른 형태의 '눈' 상징과 맺는 연관관계를 살펴봄으로써, 이 장에서는 윤동주의 시에 나타난 '눈'의 시선이 지닌 의미를 총체적으로 규명해보고자 한다.

기실 '시선'은 외부로 향하는 확장뿐만 아니라 내부로 향하는 지향성도 지닌다. 이는 윤리적, 역사적, 나아가 종교적 죄의 속성을 감지하는 주체의 자기 인식 방법으로 요약될 수 있다. 내부적 지향성으로서의 시선에 대한 이 같은 논의는 윤동주 시의 주체상이 윤리의식의 범주만으로 해석될 수 없는 것임을 확인하는 방법이 된다.

이에 대한 고찰은 앞서 인용한 「눈감고간다」 마지막 연의 '뜨는 눈'으로부터 시작할 수 있다. 동일한 시에 제시된 '감는 눈'과 '뜨는 눈'의 관계가 유기적으로 설명될 수 있어야 앞 장에서 개진한 '감는 눈'의 상징 논의가 의미를 지닐 수 있을 것이다.

> 밤이 어두었는데
> 눈감고 가거라.
>
> …… 〈중　략〉 ……
>
> 발뿌리에 돌이 채이거든
> 감었든 눈을 왓작떠라.
>
> -「눈감고간다」 부분

이 시에서 '뜨는 눈'은 앞에서 살펴본 '감는 눈'의 상징과 연계된다. 이때 '뜨는 눈'은 특정 계기로 인한 개안(開眼)을 의미하고, '감는 눈'은 자기 자신과 외부세계에 대한 주체의 성찰과 반성을 나타내는 응시의 시선을 의미한다. '눈'을 감게 되는 계기가 외부적 상황뿐 아니라, 자신의 불완전성과 오류 가능성에 대한 주체의 인식에서도 찾아진다.

따라서 인용한 마지막 연에서 "발뿌리에 돌이 채이면" "눈"을 뜬다는 것은 눈을 감음으로써 진실을 목도할 수 있는 시선을 확보한 주체가 현실의 상황에 직면해 비의지적 신체의 일부였던 이전의 '눈'이 아니라, 행위를 이행하는 의지적 신체기관으로 새롭게 '눈'을 떠 '바라볼 수 있게' 되었음을 말해준다. 이처럼 특정 계기로 인해 참된 것을 볼 수 있게 된 '뜬 눈'의 시선은 다음의 시에서도 동일하게 나타난다.

빨리
봄이 오면
罪를 짓고
눈이
밝어

-「또太初의아츰」 부분

이 시에서 화자는 만물이 소생하는 "봄"이 오면 "눈이/밝어"라고 했다. 이는 "눈이 밝"는 현상이 "봄"이라는 시간성과 연관되어 있음을 나타내준다.

윤동주의 시에는 계절의 변화를 동반한 시간성의 표현이 빈번하게 등장한다. 많은 시들에서 "봄"은 과거의 시간성으로 혹은 인고의 시간을 거쳐 도래할 미래의 희망으로 제시되곤 했다. 그런데 윤동주의 시에서 이 "봄"은 현재의 실존상황과 맞물리며 표면적으로 해독될 수 없는 역설적 의미로 상징화된다.[147]

인용한 3행에서 이 같은 해석의 애매성은 '봄이 오다'와 '눈이 밝다'의 두 사건을 연계해주는 "罪를 짓"는 상황으로부터 초래된다. 따라서 이 시에 나타난 '뜨는 눈'의 상징을 해석하기 위해서는

147 윤동주의 시에서 '봄'은 대체로 '음산함', '우중충함', '등지다' 등의 어휘와 함께 쓰이곤 한다. 그러나 이를 단순히 암울한 시대배경의 의미로 해석하는 것은 그의 시를 단순화시키는 결과를 초래하게 된다. 과거의 시간이나 이상 속에 존재하지 않는 '봄'의 시간성은 현재의 시간을 무화시키며, 시간성의 혼재를 가져온다. 그러한 특성을 지닌 윤동주의 '봄'은 역사적 실존의 저항의식, 윤리적 실존의 자기 반성, 종교적 실존의 죄의 고백과 같은 실존상황을 다층적으로 함의하게 된다. 그리고 이는 식민지 시대의 여타 시들에 나타난 제한된 '봄'의 의미와 차별화된, 윤동주의 고유한 '봄'을 만들어낸다.

먼저 "봄"과 "罪"의 연관관계를 설명할 수 있어야만 한다.

앞에서도 잠시 언급했듯이 일반적으로 '봄'의 밝음은 '어둠'이 사라진 상황을 의미한다. 그런데 성경의 에덴동산 모티프를 차용한 「또太初의아츰」에서는 그러한 '봄'의 밝음이 자신의 죄를 인식하게 되는 계기로 작용하게 된다. '봄'의 밝음이 내부로 향해 "눈이 밝"아지는 것은 외부의 빛이 내부의 시선으로 전이되면서 자신의 본성을 파악할 수 있게 됨을 의미한다. 결국 이 지점에서 이 시의 '뜨는 눈'은 본질을 직시하려는 '감는 눈'의 시선과 상통하게 된다.

한편 눈을 감음으로써 진리를 볼 수 있는 공간이 형성되고, 그곳에서 '감는 눈'의 시선은 특정 공간에 진입하여 자신의 본질을 목도하려는 '뜬 눈'의 시선과 연결된다.

① 산모퉁이를 돌아 논가 외딴우물을 홀로
찾어가선 가만히 드려다 봅니다.

-「自畵像」 부분

② 파란 녹이 낀 구리 거울속에
내얼골이 남어있는것은
어느 王朝의遺物이기에
이다지도 욕될까

……〈중　략〉……

그러면 어느 隕石밑우로 홀로거러가는

슬픈사람의 뒷모양이
거울속에 나타나온다.

-「懺悔錄」 부분

③ 故鄕에 돌아온날밤에
내 白骨이 따라와 한방에 누엇다.

……〈중　략〉……

어둠속에 곱게 風化作用하는
白骨을 드려다 보며
눈물 짓는것이 내가 우는것이냐
白骨이 우는것이냐
아름다운 魂이 우는것이냐

-「또다른故鄕」 부분

위에 인용한 시들에는 '뜬 눈'의 상징형태가 간접화되어 나타난다. 이는 이들 시편에서 '뜬 눈'의 상징이 신체 상싱으로 구체화되지 않고 '들여다보기', '바라보기'와 같은 간접화된 형태로 표현되었음을 의미한다.

또한 그러한 '들여다보기', '바라보기'의 행위가 "산모퉁이를 돌아 논가 외딴우물을 홀로/찾어가선"(①), "파란 녹이 낀 구리 거울속"(②), '고향집의 어두운 방 안'(③)과 같이 외부로부터 차단된 독립적 공간이 전제된 상황에서 형상화된다는 점에서, 이들 '뜬 눈'의 시선은 비의지적 신체기관의 물리적 시선이라는 일차적 의미를 통과해 참된 자신의 본질을 직시하고자 하는 의지적 시선으로 이어진다. 이처럼 '뜬 눈'의 상징 역시 앞에서 논의한 '감는 눈'의 상징에서 살펴볼 수 있던 본질 직관의 시선과 연계되면서 윤동주의 시에 나타난 '눈' 상징의 특성을 보여준다.

이처럼 윤동주의 시에서 '뜬 눈', '뜨는 눈', '감는 눈'으로 삼분되는 '눈'의 상징은 자기 인식과 관련하여 각각 주체의 분화로 귀결되는 주체의 반성행위, 특정 계기로 인한 각성, 참된 본질의 인식을 의미한다. 오류 가능성을 지닌 낯선 주체에 대한 거부감은 기존 논의에서 '들여다보기'의 형태로 다룬 윤리적 반성과 맥락을 같이 한다. 그러나 간접적으로 형상화된 '뜬 눈'의 상징이 '감는 눈', '뜨는 눈'의 형태와 연결되어 있음에 주목해야 한다. 이 글에서 제시한 '눈' 상징이 기존 논의와 차별화되는 지점은 '감는 눈'의 상징이 '뜨는 눈', '뜬 눈'의 상징형태와 관계를 맺으면서 유한성이라는 인간 실존의 본질적 조건을 드러내는 한편, 인간 실존이 처한 외부적 상황에의 저항적 태도를 함의한다는 사실의 규명에 있다.

기존 논의에서 도덕적 정결성에서 비롯된 자기 반성으로 인식되던, 주체의 내부를 향한 시선은 이 경우 자신의 오류가능성과 불완전성을 인식한 주체의 자기 인식으로 이어진다. 그러나 '눈'을 매개로 한 이 같은 자기 인식은 내부를 향한 시선에 그치지 않고, 외부적 상황에 의해 촉발된 의지 발현으로서의 저항성으로 나타나게 된다. 서정성을 특질로 삼는 윤동주의 시에서, 내재된 저항성의 의미는 이처럼 상징의 다의성으로 설명될 수 있다. 서두에서 언급했듯이, 그 같은 특질은 저항시로 알려진 윤동주의 시가 시대를 초월해 현재의 독자들에게도 공감대를 형성하는 원인이 될 수 있다.

5. 나가며

지금까지 언어적 측면의 분석을 기반으로 상징의 의미구조를 살펴 윤동주 시의 주체상이 형상화된 방식을 규명하였다. 이는 특히 주체의 존재태가 농축되어 있는 "눈"이 '눈을 감는' 특수한 형태로 반복되며 상징으로 기능하고 있음에 주목한 논의였다. 그 과정에서 몸 상징이 외부의 풍경과 비유적으로 결합한 상징의 형태로 변주됨으로써 그 의미가 심화되는 특성과 '뜨는 눈', '뜬 눈'과 연계되어 형성된 '감는 눈'의 의미를 밝혀낼 수 있었다.

결과적으로 이 글은 윤동주의 시에 나타난 '감는 눈'의 상징의미가 실존의지를 전제한 불구의식의 표출임을 밝혀내었다. 이는 '뜬 눈'의 시선과 상통하는 의미화의 지점에서 주체의 내부로 향하는 자기 인식의 시선인 동시에, 다른 한편으로는 외부를 바라보는 내재된 시선을 통해 당시의 시대적 상황을 면밀히 관찰, 그에 대응하는 근대적 저항성을 표명하는 시선이기도 하다. 이러한 '감는 눈' 상징의 의미적 이중성을 도출함으로써 이 글은 '감는 눈', '뜨는 눈', '뜬 눈'으로 삼분되는 윤동주 시의 '눈' 상징을 총체적으로 규명해냈다.

하지만 논지 전개의 통일성을 기하기 위해 이 글에서는 '감는 눈'의 변주형태로 설명될 수 있는 또 하나의 저항방식인 퍼소나의 치환을 논의에서 배제하였다. 타자와의 직접적 소통을 거부하는 외면행위로 변주된 '가면 쓰기'의 양상은 동시를 포함한 윤동주 시의 퍼소나가 순진성을 가장한 주체의 의도된 저항성을 내포한다.

청각적 매개와 종교인식

1. 시와 시편, 몸과 영혼

멕시코의 시인 옥타비오 파스는 '시란 무엇인가'라는 본질적 물음에 대해 "우리는 살아 있고 고통받는 어떤 것에 대한 표현을 추구할 수밖에 없"기 때문에 "시는 앎이고 구원이며 힘이고 포기"이고 "기도이고 탄원이고 현현이며 현존"이자 "고백"이고 "본래적 경험"인 동시에 "선대先代를 흉내내는 것이며 실제의 모방이고 이데아의 모방에 대한 모방"이라면서, '시편'은 이 같은 '시'를 정당화하고 육화(肉化)함으로써 생명을 부여하는 언어적 유기체라고 정의 내린 바 있다.[148]

그만큼 시의 본질은 이 세상에서 살아가는 존재에 대한 성찰과 직결되어 있으며, 현실의 고통에서 벗어나 잘 살고자 하는 인간의 지향성과 관계가 있다. 이때 잘 산다는 것은 물질적인 부를 의미하

148 옥타비오 파스, 『활과 리라』, 김홍근 · 김은중 옮김, 솔, 1998, pp.13~15 참조.

는 것이 아니라 보편적인 행복에의 추구를 의미한다. 이러한 행복은 철학자들에 의해서는 윤리의식과 결부되어 설명되었고,[149] 신학자들에 의해서는 신에 대한 지향성[150]으로 정의되어 왔다. 즉 삶은, 그리고 그러한 삶의 주체인 인간의 현존은 실제와 결부된 현실적 경험에 의해 규정되기도 하지만, 삶의 주체가 지닌 정신적 측면의 지향성에 의해 규정되기도 한다. 이는 인간이 자기를 소유하고 자신의 존재를 이해하고 있으면서도, 한편으로는 자기 자신을 완전히 파악할 수 없는 기묘한 양극성 사이에 처해 있기 때문이다.[151] 이들 존재의 두 측면은 한 가지만으로는 완성될 수 없는 필연적인 관계에 놓여 있는 것으로 둘이면서 하나를 이루는 형식과 본질이고, 인간이 존재의 본질에 대해 끊임없이 물음을 제기하고 그 답을 찾아가는 이유이자 조건이 된다. 그리고 시인은 언어를 통해 이를 모색한다.

이와 같이 시는 본질적으로 존재에 대한 관심과 밀접한 연관을 갖는다. 특히 이 글에서 대상으로 삼는 윤동주의 시에서 그 같은 존재에의 성찰은 시작 전반을 특징짓는 요소가 된다. 류양선은 졸업반 전반기인 1941년 2월에서 6월까지 씌어진 「무서운時間」, 「눈오는地圖」, 「太初의아츰」, 「또太初의아츰」, 「새벽이 올 때까지」, 「十字架」, 「눈감고간다」, 「못 자는 밤」, 「看板 없는 거리」, 「바람이

149 김상봉, 『호모 에티쿠스-윤리적 인간의 탄생』, 한길사, 1999.

150 마르틴 하이데거, 『존재론 : 현사실성의 해석학』, 이기상 · 김재철 옮김, 서광사, 2002, pp.50~56 참조.; C.A.반 퍼슨, 앞의 책, pp.200~201.

151 심상태, 『인간-신학적 인간학 입문』, 서광사, 1989, p.22.

불어」, 「돌아와 보는 밤」 등 기독교 신앙과 관련된 시편들이 졸업반 후반기에 씌어진 「또다른故鄕」, 「길」, 「별 헤는 밤」, 「序詩」, 「肝」, 「懺悔錄」 등 6편의 명편을 집중적으로 창작할 수 있었던 기반이 되었다면서 윤동주의 시를 이해하기 위해서는 기독교 신앙에 대한 검토가 필수적으로 요청된다고 설명한다.[152] 두 시기의 연속성을 시 세계의 인과적 연계성으로 설명하는 것에 대한 타당성 여부를 차치하더라도, 신앙적 회의기를 거치며 거의 1년간 절필하던 윤동주[153]가 그 다음해인 1941년 4개월여의 짧은 기간 동안 10여 편에 달하는 종교적 경향의 시를 창작하였다는 특징적 사실은 윤동주의 시편들 속에서 종교시가 갖는 특성과 의미를 파악해볼 필요성을 제기한다. 그런 점에서 1941년에 집중적으로 창작된 종교적 시편들이 그의 시작여정에서 갖는 의미를 살펴보는 것은 윤동주 시의 경향을 전반적으로 고찰하기 위해 필요한 작업이다.

이제까지의 연구들은 대부분 이들 시편을 기독교시 내지 종교시로 지칭하며 사상적 측면에 초점을 두고 조명하였다. 원형 이미지로 접근한 경우를 제외하면 대체로 죽음의식,[154] 속죄양의식,[155]

152 류양선, 「尹東柱의 詩에 나타난 宗教的 實存-「돌아와 보는 밤」 分析」, 『어문연구』 134, 한국어문교육연구회, 2007, pp.196~197.

153 기독교 장로 집안에서 태어나 유아세례를 받고 자라난 독실한 기독교 신자 윤동주는 연희전문 3학년에 재학 중이던 1940년에 신앙적 회의기를 겪는다. 송우혜는 이러한 갈등을 시대적 상황과의 관계를 통해 설명했는데, 1939년 9월 이래 1년 3개월가량 절필하던 윤동주가 1940년 12월에 창작한 「八福」, 「病院」, 「慰勞」 3편의 함의가 그 같은 추정을 뒷받침해준다. 송우혜, 앞의 책, pp.269~287 참조.

154 이승하, 「일제하 기독교 시인의 죽음의식-정지용 , 윤동주의 경우」, 『현대문학이론연구』 11, 현대문학이론학회, 1999.; 김종태, 「윤동주 시에 나타난 죽음의식 연구」, 『한국문예비평연구』 20, 한국현대문예비평학회, 2006.

155 이건청, 『윤동주-신념의 길과 수난의 인간상』, 건국대학교 출판부, 1994, pp.94~98.

구원의식[156] 등 기독교 정신과 결부시키거나 역사의식과의 관련성을 논하는 등의 연구[157]들이 주류를 이루어 왔다.

그런데 앞에서 논의한 바대로 종교적 사상의 지향성은 인간의 실존과 밀접한 연관을 지닌다. 역사의식에 비추어 종교시를 바라보는 해석의 타당성은 인간 실존의 두 측면인 정신과 경험의 관계에서 찾아질 수 있다. 1941년에 집중된 종교시의 창작이 윤동주 시의 전반적인 존재론적 관심과 결부될 수 있는 것 또한 이러한 사실에 기인한다.

결국 윤동주의 종교시는 인간의 본질과 현존이 맺는 관계에 대한 탐구라고 할 수 있다. 다른 말로 이는 인간 존재의 두 측면인 '영혼'과 '몸'에 대한 시적 성찰이며, 기독교의 신을 지향하는 불완전한 인간 실존의 '노래'라고도 정의할 수 있다. 앞에서 언급했듯이 시인은 언어를 통해 이를 '육화'함으로써 '시'에 생명을 부여한다.

이 글에서는 종교시를 통한 윤동주의 존재 탐구가 그와 같이 시적으로 육화, 즉 형상화되는 방식에 주목하여 윤동주가 고민한 성찰의 궤적을 따라가 보고자 한다. 이는 청각을 통해 매개된 종교적 인식에 대한 고찰로, 전 존재(全存在)로 신의 가르침에 다가가고자 한 시인의 고뇌와 기도에 대한 탐구이다.

예수는 신약의 많은 구절에서 "귀 있는 자는 들으라"고 전한

---

156 김인섭, 「한국현대시에 나타난 기독교의 구원의식 -윤동주, 김현승 시를 중심으로-」, 『문학과종교』 9, 한국문학과종교학회, 2004.; 신익호, 「현대시에 나타난 기독교적 메시아 사상 -윤동주 박두진의 시를 중심으로-」, 『국제어문』 21, 국제어문학회, 2000.

157 김용직, 「어두운 시대의 시인과 십자가」, 권영민 엮음, 앞의 책, 1995a, pp.130~133.; 김재홍, 「운명애와 부활정신」, 같은 책, pp.241~244 참조.

다.[158] 이때 이들 성경구절에 공통되게 나타난 단어인 "귀"는 단순히 몸의 일부인 신체기관을 의미하지는 않는다. 여기서 '들을 수 있는 귀'는 실재하는 소리에 귀를 기울여 수용하고 이를 의미화하는 일을 상징적으로 나타낸다. 그리고 이와 같이 귀가 있으나 듣지 못하는 자가 있다는 점에서 '귀'는 '듣는다'라는 행위의 매개에 의해 '들을 수 있는 귀'와 '들을 수 없는 귀'로 나뉘게 된다.

> 체험은 존재의 의미의 흔적, 존재 위로 반사되는 의미의 섬광이다. 그 자체 안으로부터, 체험은 그 자체 수단을 통해서가 아니라 그것이 포착하고자 하는 자체 경계들을 넘어서는 그 의미들을 통하여 그 삶을 지속한다. 왜냐하면 그것이 어떤 의미를 포착하는 데 실패할 때, 그것은 전혀 존재할 수 없기 때문이다. 체험은 의미와 대상에 대한 관계이고, 이 관계를 넘어설 때 그것은 전혀 존재하지 않는다. 그것은 육체(내적 육체)를 입은 구현체로서, 무심결에 순진하게 태어나고, 따라서 그 자체를 위해서가 아니라 타자를 위해서 의미의 유효성과는 상관없이 그것이 가치가 될 수 있는(그것이 평가된 형식이 되고, 반면에 의미는 내용이 된다) 그런 사람을 위해서 태어난다.[159]

인용한 바흐친의 언급에서처럼 체험은 그 자체로서가 아니라 그

---

158 마태복음 11:15, 13:9, 13:43, 마가복음(이하 막) 4:9, 4:23, 누가복음 8:8, 요한계시록(이하 계) 2:7, 2:11, 2:17, 2:29, 3:6, 3:13, 3:22 대한성서공회 편집부, 『성경전서 개역개정판』, 대한성서공회, 1998.(이하 참고하는 성경구절은 동일한 성경에서 인용한 것으로 출처표시를 생략하기로 한다)

159 미하일 바흐친, 앞의 책, p.165.

것이 포착하는 의미에 따라 가치가 결정된다. 즉 신의 말씀을 '듣는' 매개기능의 성립여부가 '귀'라는 신체기관의 가치를 좌우하는 것이다. 윤동주의 시에서 그러한 청각적 요소는 '귀'가 있으나 듣지 못하고 있던 이를 부르는 '소리'로 나타난다. 이는 신과 대면해 자신의 존재를 자각하도록 시적 주체를 이끄는 형상화의 방식을 통해 차별화된다.

2. 소환하는 소리와 자발적 참회

① 하양게 눈이 덮이엿고
電信柱가 잉잉 울어
하나님말슴이 들려온다.

무슨 啓示일가.

빨리 봄이 오면
罪를 짓고
눈이
밝어

이쁘가 解産하는 수고를 다하면

無花果 잎사귀로 부끄런데를 가리고

나는 이마에 땀을 흘려야겟다.

「또太初의아츰」 전문

② 쫓아오든 햇빛인데
지금 教會堂 꼭대기
十字架에 걸리였습니다.

尖塔이 저렇게도 높은데
어떻게 올라갈 수 있을가요.

鐘소리도 들려오지 않는데
휘파람이나 불며 서성거리다가,

괴로왓든 사나이,
幸福한 예수 · 그리스도에게
처럼
十字架가 許諾된다면

목아지를 드리우고
꽃처럼 피여나는 피를
어두어가는 하늘밑애
조용이 흘리겠습니다.

「十字架」 전문

인용한 두 시에서 청각적 표현은 각각 "들려온다"와 "들려오지 않는데"로 대비되어 제시된다. 그런데 ①에서 주체는 "무슨 啓示일가"라는 자문을 통해 들려오는 소리의 의미를 파악하지 못하는 상태임을 고백한다. 앞에서 인용한 바 있듯이 바흐친은 의미 포착에 실패한 체험의 가치를 '존재하지 않는 것'으로 규정한다. 그에 따르면 귀는 있으나 듣지 못하는 ①의 주체에게 제 역할을 다하지 못하는 청각적 기능은 무의미하다. 따라서 시구 "들려온다"와 "들려오지 않는데"의 표면적 상이성에도 불구하고, ①의 "들려온다"는 청각적 매개가 부재하는 ②의 상황("鐘소리도 들려오지 않는데")에서와 마찬가지로 주체의 답답한 심정에서 비롯되는 갈등과 번민을 유발한다.

> 黃昏이 지터지는 길모금에서
> 하로종일 시드른 귀를 가만이 기우리면
> 땅검의 옴겨지는 발자취소리,
>
> 발자취소리를 들을수있도록
> 나는총명했든가요.
>
> 이제 어리석게도 모든 것을 깨다른다음
> 오래 마음 깊은속에
> 괴로워하든 수많은 나를
> 하나, 둘 제고장으로 돌려보내면
> 거리모통이 어둠속으로
> 소리없이사라지는힌그림자,
>
> …… 〈중　략〉 ……
>
> 信念이 깊은 으젓한 羊처럼
> 하로 종일 시름없이 풀포기나 뜻자.
>
> 「힌그림자」 부분

한편 종교시는 아니지만 위에 인용한 「흰그림자」의 시상 전개 역시 ①, ②와 같이 소리를 들을 수 없는 현실에서 비롯된 자기 인식이 의지적 결단으로 연결되는 구조를 취한다. 이때 "발자취소리를 들을수있"는 "총명"을 희구하며 "오래 마음 깊은속에/괴로워하든 수많은 나"의 번민은 "啓示"의 뜻을 알고 싶어하는 ①의 주체가 보여준 의문의 변주가 된다. 청각적 기능의 부재가 내적 갈등을 초래하는 것이다. 그리고 귀는 있으나 소리를 듣지 못하는 상황의 무의미성은 "봄이 오면 ~(해)야겠다."와 같이 가정법을 동원해 불안한 현실상황을 타개하고자 하는 주체의 의지로 발현된다. ①의 경우를 통해 이를 자세히 살펴보자.

①에서 주체는 "電信柱가 잉잉 울어" 들려오는 소리가 "하나님 말슴"임을 자각하고 있지만, 그것이 "무슨 啓示"인지는 알지 못한다. 신의 뜻을 알고자 하나 무지로 인해 그 뜻을 파악할 수 없는 실존의 불안감은 "빨리" 그 상황을 벗어나고자 하는 조급함을 유발하며, 청각적 기능의 무력함을 대체할 시각적 기능의 회복, 즉 "눈이 밝"기를 염원하는 주체의 모습을 만들어낸다.

①에서 창세기의 에덴동산 모티프는 "봄"이라는 계절적 배경과 결합해 가정법의 형태로 변주되어 나타났다. 창세기 2~3장에 등장하는 태초의 인간 아담과 하와는 그들을 창조한 신과의 약속을 어기고 금기였던 선악과에 손을 댄다. 이때 유혹자로 등장하는 뱀은 "너희가 그것을 먹는 날에는 너희 눈이 밝아져 하나님과 같이 되어 선악을 알 줄 하나님이 아심이니라"(창세기(이하 창) 3:5)는 말로 하와를 설득한다. 이 같은 선행 텍스트를 차용해 이 시는 선악을

분별할 수 있는 지혜를 "봄", "罪", "눈"이라는 세 개의 단어를 통해 형상화한다.

"눈이 밝"는 현상은 "罪"를 짓는 선행조건에 의해 연계적으로 발생하는 창세기 사건의 주된 내용이다. 이 시에서는 그러한 "罪"가 "봄"이라는 시간적 조건을 전제로 제시된다. 윤동주의 시에서 '봄'은 식민지 시대 여타 시인들의 시에 나타난 '봄'과 차별화된다. 그의 시에서 봄은 대체로 '음산함', '우중충함', '등지다' 등 주체가 처한 현재의 실존상황과 결합해 표면적으로 해독될 수 없는 역설적 의미로 형상화되곤 한다. 그런데 이 시에서 봄은 "罪를 짓"는 행위의 매개에 의해 주체의 내부로 전이되어 "눈이 밝아"지는 결과를 초래한다. 이러한 내부의 밝음은 '선악'을 아는, 즉 자신의 죄를 인식하는 계기로 작용하게 되고, 주체의 '부끄러움'을 유발한다. 이 시가 윤동주 시 전반의 부끄러움 의식과 연결되는 것은 바로 이 지점이다.

창세기에서 선악과를 먹은 아담과 하와에게 나타난 변화는 '부끄러움'과 '두려움', 그리고 '책임회피'였다. "눈이 밝아져" "벗은 줄을 알고 무화과나무 잎을 엮어 치마로 삼았"(창 3:7)고, "하나님의 소리를 듣고" 벗은 것을 두려워해(창 3:10) "여호와 하나님의 낯을 피하여 동산 나무 사이에 숨"(창 3:8)었다고 고백하며, 선악과를 먹게 된 연유를 묻는 신의 질문에 아담은 "하나님이 주셔서 나와 함께 있게 하신 여자 그가 그 나무 열매를 내게 주므로 내가 먹었나이다"(창 3:12), 하와는 "뱀이 나를 꾀므로 내가 먹었나이다"(창 3:13)라고 타자에게 책임을 전가시켜 죄를 모면하려는 회피적 태도를 보였던 것이다.

그런데 ①에서 그 같은 창세기의 모티프는 "부끄런데"를 가릴 수 있기 위해 자발적으로 "罪를 짓"기 원하는 주체의 모습으로 변주된다. 선악과를 따먹은 결과 비로소 자신들의 부끄러움과 죄로 인한 두려움을 깨달은 태초의 인간과 달리, ①의 주체는 이미 자신의 과오를 알고 있으며 그 죄를 감당하기 위해 실제적 죄를 짓기 바란다. 이로 인해 "이쁘"가 겪은 "解産"과 "이마에 땀을 흘"리는 '아담'의 치환으로 제시된 '나'의 수고는 타인에 대한 책임전가의 과정을 거치지 않고서, 각자의 죄에 대한 공동체적 책임의식에 기반을 둔 자발적 참회의 태도로 형상화된다.

리쾨르에 따르면 두려움은 처음부터 단지 물리적인 무서움이 아니라 윤리적 두려움 곧 윤리적 위기의식이었다.[160] 「또太初의아츰」에 나타난 '두려움'은 윤동주의 다른 시들에 나타난 '부끄러움'과 동의어이다. 자신의 부끄러움을 자각하는 과정에 수반된 앎의 욕망과 이를 인식한 후 주체가 보이는 자발적 참회의 태도는 이 시 외에도 윤동주의 부끄러움 의식을 나타내는 대표적인 시들에서 "죽는 날까지 하늘을 우르러/한점 부끄럼이 없기를,/잎새에 이는 바람에도/나는 괴로워했다.", "별을 노래하는 마음으로/모든 죽어가는것을 사랑해야지/그리고 나안테 주어진 길을 거러가야겠다."(「序詩」), "밤이면 밤마다 나의 겨울을/손바닥으로 발바닥으로 닦어보자"(「懺悔錄」), "나는 무얼 바라/나는 다만, 홀로 沈澱하는것

---

160 폴 리쾨르, 앞의 책, p.41.

일가?", "人生은 살기어렵다는데/詩가 이렇게 쉽게 씌워지는것은 부끄러운 일이다.", "등불을 밝혀 어둠을 조금 내몰고,/시대처럼 올 아츰을 기대리는 最後의 나"(「쉽게 씌어진 詩」)와 같이 유사하게 변주되면서 죄의 인식으로 인한 방황과 갈등 끝에 자신의 참모습, 즉 '존재'의 의미를 찾아가는 '존재자'로서 인간 실존의 모습을 그려낸다.

①에서 '소리'는 참의미를 '듣지 못하는' 주체의 실존상황을 뒤흔들고 자아를 깨달음으로 이끄는 충만한 언어이며 절대적 완전자인 신성의 현현[161]으로 주체를 소환하여 자기의 실체와 대면하게끔 한다. 그런데 ②에는 자각의 계기가 되는 그러한 신의 '소리'가 부재한다. "電信柱가 잉잉 울어" "하나님말슴"을 전해주던 ①과 달리 ②에는 그러한 역할을 담당할 "敎會堂"의 "鐘소리" 같은 외부적 매개가 존재하지 않는다. 마땅히 울려 퍼져야 할 "鐘소리"가 들려오지 않는 ②의 시적 상황은 교회의 기능이 부재하는 현실, 즉 그리스도의 진리가 발현되지 못하는 세상을 암시한다. 그런데 "鐘소리도 들려오지 않는" 그러한 상황임에도 ②의 주체는 교회 주변을 떠나지도 못하고 "휘파람이나 불면서 서성거"린다. 어딘가에서 "서성거리"는 사람에게는 무언가 해결되지 못한 것, 바라는 것, 기다리는 것 등 여전히 그를 그 근처에 머무르게 만드는 나름의 이유가 있기 마련이다.

161 기독교사상에서 '하나님의 음성'은 신의 존재성을 의미한다. 이를 바탕으로 성경은 형상이 없는 '소리'로 현현한 신의 존재를 강조하며 아무 형상으로든지 우상을 새겨 만들지 말 것을 권고하고 있다. (신명기 4:12-18)

"敎會堂"의 "鐘소리"는 물리적 현상일 뿐만 아니라 진리의 전파라는 기독교적 상징의미를 갖는다. 소리의 파동이 퍼져나가듯이, 예수의 복음진리가 만천하에 선포된다는 의미이다. 성경은 "너희는 온 천하에 다니며 만민에게 복음을 전파하라"(막 16:15)와 같이 예수의 복음전파가 그리스도인의 지상사명임을 수차례에 걸쳐 역설하였다.[162]

그러한 진리전파의 매개역할을 담당하는 "鍾소리"가 ②의 3연에서는 인간의 층위인 "휘파람"으로 범주를 이동하며 그 후에 전개될 예수 모티프를 통한 신성과 인성의 연계적 상황을 암시해준다. 따라서 "鐘소리"와 "휘파람"은 청각적 요소를 공유한다. ②의 시적 상황에서 "鐘소리"는 부재하지만, 주체는 스스로 "휘파람"을 불어 소리를 만들어낸다. 소리의 부재로 인해 신과 청각적으로 연결될 수 없는 현실에서 벗어날 방법을 모색하는 것이다. 하지만 조사 "이나"와 동사 '서성거리다'가 "휘파람"과 함께 쓰여 ②의 3연은 자기가 부는 "휘파람"이 "鐘소리"의 청각적 기능, 즉 "하나님말슴"을 전달하는 역할을 대체할 수 있을지에 대한 확신이 없는 주체의 모습을 그려낸다. 위에서 인용한 「힌그림자」의 "오래 마음 깊은 속에/괴로워하든 수많은 나"나 「自画像」에서 볼 수 있는 "한 사나이"에 대한 감정의 변화 등은 주체의 내적 갈등을 보여주는 또 다

162 "오직 성령이 너희에게 임하시면 너희가 권능을 받고 예루살렘과 온 유대와 사마리아와 땅 끝까지 이르러 내 증인이 되리라"(사도행전 1:8), "여호와께 노래하여 그의 이름을 송축하며 그의 구원을 날마다 전파할지어다"(시편 96:2), "너는 말씀을 전파하라 때를 얻든지 못 얻든지 항상 힘쓰라"(디모데후서 4:2)

른 예라 할 수 있다. 이러한 미온적 태도는 다음 연들에 이어지는 '~가 許諾된다면 조용히 ~겠다'는 표현에서 볼 수 있는 수동적 자세에서도 확인된다.

②의 주체 또한 인간의 불완전함으로부터 초래된 불확실성의 상황을 ①과 유사하게 가정법을 활용해 타개하고자 한다. 그런데 시간에 대한 기대를 나타낸 ①과 달리 ②는 보다 직접적으로 "예수 · 그리스도"라는 주체의 지향적 대상을 제시한다. 이때 4연에 나타난 "괴로왓든 사나이,/幸福한 예수 · 그리스도"는 '괴로움'과 '행복'의 양가성, "사나이"와 "예수 · 그리스도"라는 인성과 신성의 상반된 특성을 쉼표(,)로 연결해 양자가 동격으로 한 존재 안에 공존하고 있음을 보여주는 시구이다. 시의 제목인 "十字架"를 매개로 그 차이는 무화되고, 과거형의 괴로움이 현재형의 행복으로 치환된다.

성경에서 "十字架"는 인류를 구원하기 위해 이 땅에 내려와 그들의 죄로 인해 대신 죽은 구세주의 상징으로, 이신칭의(以信稱義)라는 기독교 복음의 정수를 나타낸다. 이때 인류의 구원을 위해 아무 죄 없이 죽음을 당한 흠 없고 순전한 예수는 존재는 종종 대속의 제물로 바쳐지는 속죄양에 비유된다.

> 光明의祭壇이 문허지기젼
> 나는 깨끗한 祭物을 보앗다.
>
> 염소의 갈비뼈같은 그의몸.

그의生命인 心志까지
白玉같은 눈물과피를 흘려.
불살려 버린다.

「초한대」 부분

윤동주의 또 다른 종교시편인 「초한대」에서 흠 없는 예수의 희생 이미지는 "白玉같은 눈물과피"를 흘리는 "깨끗한 祭物", "그의 生命인 心志까지/白玉같은 눈물과피를 흘려./불살려 버"리는 "염소의 갈비뼈같은" 몸, 자기를 태워 "光明의祭壇"을 밝히는 "초"의 모습으로 묘사된다.

인간의 근원적 죄와 그것의 극복에 초점을 두고 성립된 수많은 종교 사상들이 인간이 느끼는 고통을 '죄'와 결부시켜 설명한다. 그리고 많은 경우 이들은 윤리적 도덕성과 연관되어 있다. 반면 리쾨르는 '악'을 '흠', '허물', '죄'로 구분하면서 흠이 죄가 되기 위해서는 의인이 당하는 부당한 고난을 통해 불행에 대한 설익은 합리화를 무너뜨려야 한다고 했다. 악을 행하는 것과 악을 당하는 것 사이에 직접적인 연관관계가 없다는 것이다.[163] 기독교의 고통의식이 타종교와 구별되는 것이 바로 이 부분인데, 이는 르네 지라르가 설명한 '희생대체'와 관계가 있다.[164]

많은 논자들이 주목한 「十字架」 4연 3행의 "처럼"은 실제 희생

163 폴 리쾨르, 앞의 책, pp.42-44 참조.

164 르네 지라르, 앞의 책, pp.13~17, 22.; 지라르가 언급한 '모방 사이클'에 대해서는 르네 지라르, 『나는 사탄이 번개처럼 떨어지는 것을 본다』, 김진식 옮김, 문학과지성사, 2004, pp.34~49 참조.

물과 희생물이 될 뻔한 것 사이의 유사성이라는 '희생대체'가 내포한 원칙을 상기시킨다. 문법적으로 "처럼"은 체언 뒤에 붙어 쓰일 때에만 의미를 갖는 조사로서 독립적인 용법을 지니지 않는다. 그럼에도 굳이 "처럼"을 행갈이하고서 시인은 그 다음 행에 시어 "十字架"를 분리해 제시한다. 그리고 이로 인해 "처럼"의 강조는 앞서 언급한 "휘파람이나 불며 서성거리다가"에 내포된 내적 갈등의 변주가 된다. "예수 · 그리스도"를 지향하지만 스스로 그와 유사하다고 자신 있게 주장할 수 없는 자기 반성이 부끄러움을 자각하고 있었기에 가정법을 통해서라도 죄를 짓고 그 대가를 감당하기 원하는 ①의 의지적 표현과 맥락을 같이하는 것이다. 이렇게 이 시는 "처럼"을 독립시켜 '만일 ~한다면'의 가정법에 삽입시킴으로써 동화의 욕망과 동일시의 불가능 사이에 가로놓인 주체의 심리적 갈등을 표현한다. 그리고 이 지점에서 '부끄러움'으로 표현되던 윤동주 시의 윤리적 의식이 종교적 지평으로 옮겨오게 된다.

그 같은 관점을 도입하면 이제 3연의 "鐘소리도 들려오지 않는데"는 불완전하긴 하지만 더이상 신과의 소통부재를 의미하지 않는다. "예수 · 그리스도"의 존재로 인해, "敎會堂" "鍾소리" 등을 매개로 전달되던 "하나님말슴"은 이제 예수를 닮고자 하는 주체의 의지로 변형되며, 자기희생을 감수하려는 '휘파람' 소리로 전환된다. 이때 "휘파람"은 내면의 소리를 통해 신과 접촉하는 인간의 모습을 상징한다. 그리고 이러한 과정 속에서 주체는 예수와 유사해지는 순간, 즉 "十字架가 許諾"되는 순간을 기다린다.

이렇게 그리스도 부활의 "十字架"는 그 자체가 아니라 부활의

미래에 비추어진 자아의 실존의미라는 점에서 의미를 갖게 된다. 결국 「十字架」의 "괴로왔든 사나이,/幸福한 예수 · 그리스도"의 모순적 양가성은 바로 자발적 고난을 통하여 완전하게 된 사랑, 십자가의 희생으로 상징된 신적 존재의 모습이며, 이를 지향하는 인간의 실존상황이기도 하다.

3. 심판의 소리와 역설적 죽음의식

① 다들 죽어가는 사람들에게
검은 옷을 입히시요.

다들 살어가는 사람들에게
힌 옷을 입히시요.

그리고 한 寢台에
가즈런이 잠을 재우시요

다들 울거들랑
젖을 먹이시오

이제 새벽이 오면
나팔소리 들려 올게외다.

「새벽이 올 때까지」 전문

② 거 나를 부르는것이 누구요.
가랑닢 입파리 푸르러 나오는 그늘인데,
나 아직 여기 呼吸이 남어 있소.

한번도 손들어 보지못한 나를
손들어 표할 하늘도 없는 나를

어디에 내 한몸둘 하늘이 있어
나를 부르는 거이오.

일이 마치고 내 죽는날 아츰에는
서럽지도 않은 가랑닢이 떠러질텐데……

나를 부르지 마오.

「무서운時間」 전문

위에 인용한 시들은 윤동주의 종교시에 나타난 죽음의식을 극명히 보여준다. ①의 경우 이는 종말의 시간을 암시하는 "나팔소리"[165]로 형상화된다. 성경에서 "나팔소리"는 천사가 부는 나팔소

---

165 성경에서 나팔소리는 계시 내지 경고, 암시의 의미를 담고 있는데, 특히 신약에서는 예수가 재림하는 심판과 멸망의 날, 즉 주의 날이 도래함을 나타내는 지표로 사용된다. "나팔 소리가 나매 죽은 자들이 썩지 아니할 것으로 다시 살아나고 우리도 변화되리라"(고린도전서 15:52), "주께서 호령과 천사장의 소리와 하나님의 나팔 소리로 친히 하늘로부터 강림하시리니 그리스도 안에서 죽은 자들이 먼저 일어나고"(데살로니가전서 4:16), "주의 날에 내가 성령에 감동되어 내 뒤에서 나는 나팔 소리 같은 큰 음성을 들으니"(계 1:10), "이 일 후에 내가 보니 하늘에 열린 문이 있는데 내가 들은 바 처음에 내게 말하던 나팔 소리 같은 그 음성이 이르되 이리로 올라오라 이 후에 마땅히 일어날 일들을 내가 네게 보이리라 하시더라"(계 4:1), "내가 또 보고 들으니 공중에 날아가는 독수리가 큰 소리로 이르되 땅에 사는 자들에게 화, 화, 화가 있으리니 이는 세 천사들이 불

리를 의미하기도 하고 때로는 비유적으로 쓰여 '나팔소리 같은 주의 음성'처럼 나타나기도 한다. 이 같은 특성은 1, 2연에서 "죽어가는 사람들"과 "살어가는 사람들"의 대칭적 대비로 형상화된 "흰 옷"과 "검은 옷"의 관계성에 의해서도 뒷받침된다.

그런데 자세히 살펴보면 이 시에서도 "이제 새벽이 오면 ~할 게외다"와 같이 앞에서 논의한 가정형의 변환조건이 제시되고 있음을 알 수 있다. 이때 "새벽"은 앞 장에서 「또太初의아츰」을 논하면서 살펴본 "봄"의 함의와 마찬가지로 상황의 극적 변환을 초래할 계기적 시간성의 의미를 갖는다. "새벽"은 밤과 아침, 즉 어둠과 밝음을 매개하는 시간성이다. 따라서 "새벽"에 들려올 "나팔소리"의 내포적 의미는 이전의 시간이 지나가고 새로운 시간이 다가옴을 알리는 "하나님말슴"이다. 다른 한편 이는 "나팔소리"를 통해 신과 대면하는 "새벽"이 오기 전에는 "죽어가는 사람들"과 "살어가는 사람들"이 —생과 사의 대립적 구도가 아니라— 현존하는 이들이라는 동궤의 의미틀 내의 대립적 성격을 부여받고 독립적 의미를 띠게 됨을 보여주기도 한다. 3연에서 이들을 "한 寢台에/가즈런이" 재우라고 요청하는 것은 이러한 내포적 의미와 관련이 있다.

시에서 "죽어가는 사람들"과 "살어가는 사람들"은 각각 "검은 옷"과 "흰 옷"의 색깔과 대비되어 대칭적으로 제시된다. 그 의미를 종말의 시간을 예언하는 요한계시록을 통해 살펴보자. "그러나 사데에 그 옷을 더럽히지 아니한 자 몇 명이 네게 있어 흰 옷을 입

어야 할 나팔 소리가 남아 있음이로다 하더라"(계 8:13)

고 나와 함께 다니리니 그들은 합당한 자인 연고라"(계 3:4), "이 흰 옷 입은 자들이 누구며 또 어디서 왔느냐 …… 이는 큰 환난에서 나오는 자들인데 어린 양의 피에 그 옷을 씻어 희게 하였느니라"(계 7:13~14) 이와 같은 구절들처럼 요한계시록에는 여러 군데에서 '흰 옷 입은 사람들'의 모티프가 등장한다. 그리고 "흰 옷"은 곳곳에서 '옷을 빠는 행위', 즉 자신의 행위를 순전하게 하여 주의 말씀대로 행한다는 의미로 치환되어 나타나기도 한다.

결국 "검은 옷"은 ―「十字架」에서 속죄양의 상징으로 나타난 ― 예수 그리스도의 피로 더러움을 씻어낸 "흰 옷"의 대칭적 의미를 나타낸다. 따라서 이들 "검은 옷" 및 "흰 옷"과 결부된 "죽어가는 사람들"과 "살어가는 사람들"은 생과 사의 단순한 대비를 넘어 행위의 순전함에 따른 '존재론적 경험'[166]의 유무를 포함하게 되며, 인간 실존의 본래성과 비본래성에 관한 대립으로 이해될 수 있다. 또한 이들을 "한 寢台에/가즈런이 잠을 재우"라고 주문한 3연은 "땅에 있는 모든 족속이 그로 말미암아 애곡하리니"(계 1:7)에서 볼 수 있듯이 4연의 "다들 울거들랑 젖을 먹이시오"와 결부되어 순전한 자와 그렇지 못한 자, 즉 '예수를 찌른 자'를 포함한 모든 인간이 함께 심판의 날을 맞이한다는 공동체적 인식을 의미하게 된다.[167] 이렇게 "한 寢台", 즉 현 세계 혹은 1940년대 초반의 한반도 땅으로 해석될 수 있는 공간에 종말의식을 통해 경각심을 심

---

166 막스 뮐러, 『실존철학과 형이상학의 위기』, 박찬국 옮김, 서광사, 1988, pp.68~78 참조.

167 심판의 장소로서의 '침대'와 관련된 자세한 논의는 필립 아리에스, 앞의 책, pp.206~212 참조.; '잠'이라는 형태의 죽음과 관련된 사적 고찰은 같은 책, pp.71~74 참조.

어주는 시편을 창작함으로써 윤동주는 예수의 피로 새롭게 태어나는 재생의 필요성을 상징적으로 제시한다.

한편 ②의 '소리'는 매개 없는 날 것의 소리 자체에 대한 청각적 반응으로 나타난다. 김재홍은 이 시에 "부정적인 현실 인식의 태도와 그 속에 깔린 비극적 세계관이 직접적으로 드러나 있다"면서 "한번도 손들어 보지못한 나를/손들어 표할 하늘도 없는 나를//어디에 내 한몸둘 하늘이 있어"가 "암담한 현실에 대한 속 깊은 절망과 함께 온 세계를 부정적 · 절망적 · 비관적으로만 바라보려고 하는 비극적 세계관"을 담고 있어 "내 죽는날"이라는 "최후의 운명의식 또는 한계적 생의 인식, 즉 죽음 의식으로 연결되게 된다"고 평가한다.[168]

그런데 김재홍의 견해와 달리 시를 자세히 들여다보면 3, 4연의 "하늘"이 주체의 입장에 따라 각각 다른 의미로 구별됨을 알 수 있다. 3연에서 "하늘"은 현존재의 위치인 지상에서 바라본 대상으로 나타난다. "한번도 손들어 보지못한 나를/손들어 표할 하늘도 없는 나를"에서 볼 수 있듯이 주체의 입장에서 이는 부재하는 대상이요, 경험해본 적 없는 대상으로 조국을 갖지 못한 피식민국 백성의 처지까지를 함축적으로 나타낸다. 반면 "손들어 표할 하늘"이 아닌 4연의 "내 한몸둘 하늘"은 1연에서 "나"를 부르는 '소리'를 만들어내던 대상이 속한 공간이다. 3연에 제시된 상실과 부재의 경험으로 인해 "내 한몸둘 하늘"이 있으리라고 확신하지 못하는 ②

168 김재홍, 앞의 글, p.214 참조.

의 주체는 자신을 부르는 1연의 소리에 선뜻 응하지 못한다. 그리고 그 결과 "하늘"을 경계로 부르는 주체와 듣는 주체의 영역이 분리되면서 '소리'를 매개로 한 대타의식이 형성된다.

한편 5연에는 그러한 부르는 소리가 '죽음'과 관련된 것이라는 명시적 표현이 나타난다. 2연에서 "가랑닢 입파리 푸르러 나오는" 시기에 "나"에게는 아직 "呼吸이 남어 있"었다. 그런데 시상이 전개되면서 5연에 나타난 떨어지는 "가랑닢"이 2연의 '푸르른' "가랑닢"과 상관관계를 맺으며 2연의 "아직 여기"의 시공간성이 5연의 '마침'과 '죽음'의 인식으로 변화되었다. 이러한 하강의 방향성은 「위로」, 「새벽이 올 때까지」, 「길」, 「별 헤는 밤」 등 윤동주의 또 다른 시에서도 죽음의식과 관련을 맺는다.

죽음의식과 연결된 이 같은 시간 인식은 "나를 부르는것이 누구요" → "나를 부르는 것이오" → "나를 부르지마오"로 변형되는 시의 중심 시행들과 결부되면서 종국적으로 제목인 "무서운時間"을 지향한다. 이때 "무서운時間"은 죽음 직전에 신 앞에 마주서 자신의 참모습을 직시하게 되는 순간으로 ①에서 "나팔소리"라는 청각적 요소로 형상화되었던 최후의 심판과 동일한 성경적 함의를 갖게 된다. 제목이 내포한 이 같은 상징성으로 인해 1연의 "부르"는 '소리'는 '죽음'과 관련된, 신의 영역에 속한 청각적 요소로 의미화되고 '하늘'을 경계로 대면하는 4연의 타자는 절대적 타자로서의 신적 존재임이 드러난다.

②에서도 역시 앞의 시들에서 볼 수 있었던 주체의 불안과 갈등이 발견된다. 현실 속에서 "손들어표할 하늘"을 가져보지 못한 3연

의 주체는 '죽음'의 "무서운時間"이 다가올 때, 자신이 하늘로 올라가는 의인들에 속할 수 있을지 확신하지 못한다. 따라서 모르고 지은 죄까지 백일하에 드러날 심판의 시간을 예고하는 "부르는" '소리'에 대해 불확실성에 대한 불안을 지닌 ②의 화자는 "나를 부르지 마오"라는 거부와 회피의 태도를 보인다. 하지만 그 누구도 결과를 사전에 결코 알 수 없는 이 시험을 회피하기란 불가능하다.[169] 그러한 거부는 단지 푸른 "가랑닢"이 "떠러"지는 시간까지의 잠정적 지연에 불과함을 ②의 화자 역시 알고 있다. 5연에 나타난 "일이 마치고 내 죽는날 아츰"의 피동적 순응에는 자신의 운명을 겸허히 수용하며 "일이 마"쳐지기를 기다리는, 신의 질서에 대한 주체의 순종과 인정이 내포되어 있다.

또한 2연에서 5연에 이르는 시간의 경과에는 신의 뜻에 맞는 자로 변화되기 바라는, 희망에서 비롯된 주체의 태도가 반영되어 있다. 이는 "죽는 날까지 하늘을 우르러/한점 부끄럼이 없기를" 염원하며 "잎새에 이는 바람에도"괴로워 하던 주체가 신의 질서에 대한 순응의 자세를 통해 "모든 죽어가는 것을 사랑"하고 자기에게 "주어진 길을" 열심히 걷고자 한 「序詩」의 시상 전개와도 상통한다. 심판에 대한 두려움과 죽음에 대한 의식은 주체의 윤리적 정결성을 신의 뜻에 순종하려는 실천적 의지와 결부시키는 역할을 한다. 기독교 진리인 사랑의 실천과 연결되는 이 같은 태도에는 "모든 죽어가는 것", 즉 ①에서 "죽어가는 사람들"과 "살어가는 사람

169 필립 아리에스, 앞의 책, p.197 '영혼의 계량' 부분 참조.

들"로 형상화된 이들에 대한 공동체적 의식, 예수가 보여준 희생의 모습을 닮아가려는 삶의 자세가 포함되어 있다.

그 결과 죽음에 대한 예고이자 최후의 심판에 대한 예고였던, "새벽"에 들려오는 ①의 "나팔소리"가 이 지점에서 다시금 또 다른 함의를 내포하게 된다. 이는 죽음의 순간인 동시에 예수의 재림으로 인해 죽은 자가 들림받고 "흰 옷"을 입는 순전한 자가 영생을 얻게 되는 시간이다. 죽음의 순간이 새로운 시작으로 연결되는 희망의 시간으로 탈바꿈하는 것이다. 이렇듯 준비된 자, 신의 뜻에 순종한 자에게는 "무서운時間"이 더 이상 무섭지 않고, 떨어지는 "가랑닢"이 되어 맞이하는 죽음의 시간이 결코 "서럽지" 않다. 그들에게 있어서 "무서운時間"은 죽음을 통해 신의 사랑을 경험하는 순간으로 변모하기 때문이다.

> 삶은 오날도 죽음의 序曲을 노래하엿다.
> 이 노래가 언제나 끝나랴
>
> 세상사람은—
> 뼈를 녹여내는듯한 삶이노래에.
> 춤을 추ㄴ다.
> 사람들은 해가넘어가기前,
> 이노래 끝의 恐怖를
> 생각할 사이가 없었다.
>
> 하늘 복판에 알색이드시

이 노래를 불은者가 누구냐
그리고 소낙비 끝인뒤같이도
이 노래를 끝인者가 누구냐

(나는 이것만은 알엇다.
이노래의 끝을 맛본 니들은
自己만 알고,
다음 노래의 멋을 아르커주지 아니하엿다)

죽고 뼈만남은
죽음의 勝利者 偉人들!

「삶과죽음.」 전문[170]

죽음이 단절이 아닌 새로운 시작이라는 인식을 「삶과죽음.」에서도 확인할 수 있다. 1941년에 집중적으로 창작되었던 다른 종교시들과 달리 앞에 인용한 「초한대」와 이 시는 1934년 예수가 탄생하기 전날인 크리스마스 이브에 창작되었다. 김종태에 의해 "세계의 구체성으로부터 거리를 둔 채 기독교 정신에 심취되어" 관념적으로 형상화되었다고 평가[171]받을 정도로 이 시에 나타난 삶과 죽음의 인식은 얼핏 매우 난해한 느낌을 준다. 그러나 이 시에서 "죽음의 序曲"으로 표현된 '삶의 노래'와 '죽음'의 관계를 살펴보는 것은

170 이 시는 윤동주의 첫 습작노트인 「나의습작기의 詩아닌詩」에 두 번째로 수록된 작품으로 여기에서는 자필 원고에 부가된 3연까지를 모두 합하여—후대에 편집된 시집들에서는 3연을 삭제하여 공개하고 있다— 원전으로 확정하기로 한다.

171 김종태, 앞의 글, p.318.

「무서운時間」에 나타난 죽음의식의 역설성, 즉 "떠러"지는 "가랑닢"이 "서럽지도 않은" 이유를 유기적으로 설명해주는 데 도움을 줄 수 있다.

「삶과죽음.」에서는 앞의 시들에서보다 청각과 죽음의식의 연계가 극명하게 드러난다. 1연에서 "삶"의 노래는 "죽음의 序曲"을 들려주는 역할을 담당한다. 지상에 처한 인간의 "삶"이 "序曲"이고 "죽음" 이후의 본곡(本曲)을 예고한다는 사고는 인간이 살아가는 생의 범주를 죽음 이후로 확장시킨다. 기독교는 인간의 구원 문제를 예수 그리스도의 강림과 대속에 예속시킴으로써 여러 구원 종교들로부터 '희망'이라는 요소를 취했다. 이렇게 해서 신약의 바울 신학에 이르면 '삶은 죄악의 상태에서의 죽음이요, 육체적인 죽음은 영생으로 이르는 길목'이 된다는 사고가 형성된다.[172] 죽음이 현실의 삶을 끝맺는 순간이 아니라, 사후에 지속될 가능태로서의 또 다른 삶이라는 말이다. 이렇듯 직선적 시간관의 연장선상에 설 때, 인간은 죽음 이후에 지속될 본곡으로서의 영원성을 인식하게 되고 비로소 죽음에 대한 두려움에서 해방될 수 있다. 이는 윤동주의 시 전반에 나타난 희망적 기대를 형성하는 사상적 기반이 된다.

퇴고 과정에서 삽입된 4연은 "삶"을 "죽음의 序曲"으로 표현한 1연의 시간의식을 보다 직접적으로 반영한다. 괄호 안에 삽입된 "이노래의 끝을 맛본 니들"은 죽음을 맞이한 사람들만이 "다음노래의 맛"을 경험할 수 있다는 사고를 보여준다. 현세의 삶과 사후

172 필립 아리에스, 앞의 책, p.188.

의 삶을 대비시키며 청각을 미각으로 변형시켜 삶과 죽음을 연장선상에서 그려낸 4연에서는 죽음이 환기시키는 단절에 대한 두려움이 사라지고 새로운 삶에 대한 희망과 기대가 나타난다.

한편 "세상사람은—/뼈를 녹여내는듯한 삶이노래에./춤을 춘다."고 했던 2연의 구절을 상기해 보자. "노래 끝의 恐怖를 생각할 사이가 없"이 계속해서 춤을 추듯이, 세상에 우연적으로 던져진 후부터 흐르기 시작한 시간의 흐름 속에 개인의 의지와 관계없이 "삶"의 "노래"는 지속된다. 인간은 '삶의 노래'가 멈추는 '죽음'의 순간에서야 비로소 그 "춤"을 멈출 수 있는 것이다.

그런데 여기서 그러한 '삶의 노래'가 "뼈"를 녹여가는 과정에 비유되었음을 주목해야 한다. 성경에서 뼈는 인간 탄생의 근원으로 나타난다.[173] 이는 마지막 연의 "죽고 뼈만남은/죽음의 勝利者 偉人들!"과 "뼈"로 연결된다. '삶:죽음=뼈를 녹임:뼈만 남음'으로 도식화될 수 있는 2연과 5연의 대칭구조는 뼈를 녹여내는 것 같은 삶의 시간이 멈추자 죽음을 맞은 인간이 유일하게 남기는 것이 분주한 지상의 삶에 의해 녹을 정도로 고통받던 "뼈"뿐이라는 아이러니를 남긴다. 위에서 언급한 성경적 의미에 비추어볼 때, "뼈"를 남긴다는 이 시의 상상력은 본원적 자기, 신 앞에 범죄하기 이전의 순수한 상태로의 귀환을 의미한다고 볼 수 있다. 이는 2연과 5연 사이에 배치된 3연에서 '삶의 노래'를 관장하는 존재가 "하늘 복판에

173 "여호와 하나님이 아담을 깊이 잠들게 하시니 잠들매 그가 그 갈빗대 하나를 취하고 살로 대신 채우시고/여호와 하나님이 아담에게서 취하신 그 갈빗대로 여자를 만드시고"(창 2:21~22a)

알색이드시/이 노래를 불은者", "그리고 소낙비 끝인뒤같이도/이 노래를 끝인者"와 같이 절대자로서의 신의 이미지로 등장한다는 점에 의해서도 뒷받침될 수 있다. 결국 순전함을 회복한 자, 다시 말해 앞에서 언급한 바와 같이 옷을 빨아 "흰 옷을 입은 자"로 돌아간 자에게 '죽음'은 더 이상 단절과 종결이 아니라 새로운 노래의 시작이 된다. 그리고 윤동주의 시에서 그렇게 죽음을 두려워하지 않고 새로운 노래를 맛본 자들은 죽음을 통해 본원성[174]을 회복한 "죽음의 勝利者", 세상 사람들의 죄과를 넘어선 "偉人들"로 명명된다.

이러한 사고는 예수 그리스도의 죽음으로 집중되는 기독교적 교리에 그 기반을 두고 있다.[175] 이에 비추어볼 때, "죽음의 勝利者 偉人들"은 결국 죽음을 넘어서는 희망의 상징 예수의 부활사건에 동참하는 자를 뜻하게 된다. 「삶과죽음」은 그러한 기독교의 진리를 "노래"라는 청각적 요소로 매개된 "뼈"의 이미지로 가시화하여 시로 표현해낸 작품이다.

4. 반성의식의 확대와 희망적 자세

이제까지 '소리'로 형상화된 신의 존재 앞에 자신의 과오를 인

---

174 마르틴 하이데거, 앞의 책, p.60.

175 예수의 십자가 사건 이후 죽음에 의해 밀려나지 않고 지속되는 생명은 신앙을 통해서 존재한다는 구원에 대한 확신이 생겨났다. 이 새로운 생명은 죽음의 경계선 너머 차안에서 시작하는 것으로 믿어졌다." 심상태, 앞의 책, pp.280-292 참조.

식하게 되는 인간의 모습을 살펴보았다. 윤동주의 시에서 이는 '자발적 참회'와 '역설적 죽음의식'으로 나타난다. 이는 내면의 윤리적 정결성을 추구하는 윤동주 시 주체의 갈등과 번민과 닮아있다. 그 속에는 '예수'에 대한 동화의 욕망과 동일시의 불가능, 즉 신의 뜻을 이루고 싶은 자가 자기의 불완전성을 자각하면서 겪게 되는 신앙적 차원의 갈등이 내재되어 있다.

이렇게 윤동주의 시에서 '부끄러움'은 종교적 지평으로 확대된다. 그의 시에서 주체의 내면적 갈등이 고뇌의 토로로 끝나지 않고 언제나 희망에 대한 기대와 의지를 내포하는 이유는 자신이 허용한 세상의 비극을 독생자의 죽음을 통해 스스로 제거하는 신의 모습을 중심으로 기독교 진리에 기반을 둔 시 세계를 구현해왔기 때문이다. 앞에서 「새벽이 올 때까지」, 「序詩」 등을 분석하며 언급한 바 있듯이, 죽음에 대한 인식은 처음에 개인적인 차원에 국한되었으나, 점차 주변의 "죽어가는 것들", 즉 공동체적 운명을 지닌 타자에게로 확장시킨다. 이를 통해 '나'는 '우리'로 확장되고, 신과의 관계를 통해 자각하게 된 공동체적 인식은 현실 속의 고통받는 자를 외면하지 못하는 연민, 식민지기 청년의 고민에서 출발한 정결성 희구의 근원이 된다.

서두에서 언급했던 절대자로서의 신에 대한 인간의 지향성이 현실의 모순적 상태를 극복하려는 실천적 의지로 드러나면서, 윤동주의 시에서 불완전한 상태에 대한 반성과 갈등은 현실 속에서 완성을 희망하고 기다리는 자세로 전환된다. 이렇게 윤동주 시의 주체가 느끼는 반성, 부끄러움 등은 의무적 윤리를 넘어, 인간 존재에 대한 근본적인 지향성을 바탕으로 삼는다. 또한 이러한 자기 반성과 희망적 자세가 —한계성을 공유한— 타자에 대한 공동체적 인식으로 확장되며, 윤동주의 시는 고통받는 타자에 대한 연민과 식민지 조국에 대해 느끼는 아픔과 슬픔을, "모든 죽어 가는 것을 사랑하고", "나한테 주어진 길을 걸어가야겠다"(「序詩」)에서처럼, 운명에 대한 순응의지를 통해 극복하려는 특징을 보이게 된다.

참고문헌

강만길, 『韓國現代史』, 창작과비평사, 1984.

강영안, 『자연과 자유 사이』, 문예출판사, 1998.

「建設期의民族文學【其三】 獨逸 (五) 獨自性의探究와並行한 外國文學의獨逸化」, 『東亞日報』, 東亞日報社, 1935.3.23.

고진, 가라타니(炳谷行人), 『일본근대문학의 기원』, 박유하 옮김, 민음사, 1997.

__________________외(1997), 『현대 일본의 비평2』, 송태욱 옮김, 소명출판사, 2002.

골드만, 루시앙, 『숨은 신』, 송기형 · 정과리 옮김, 연구사, 1986.

「關東軍幹部入京 總督府와重要會議」, 『東亞日報』, 東亞日報社, 1936.6.17.

권영민 엮음, 『윤동주 연구』, 문학사상사, 1995a.

_____ 편저, 『하늘과 바람과 별과 시』, 문학사상사, 1995b.

金管, 「詩와音樂과의融合問題-附、譯詞에對하야(三)」, 『東亞日報』, 東亞日報社, 1934.7.21.

김동춘, 「북간도 조선민족사회의 형성과 기독교 수용과정」, 『한국기독교역사연구소소식』 81, 한국기독교역사연구소, 2008.

金思燁, 「朝鮮民謠의研究(完)」, 『東亞日報』, 東亞日報社, 1937.9.7.

_____, 「朝鮮民謠의研究 ❶」, 『東亞日報』, 東亞日報社, 1937.9.2.

_____, 「朝鮮民謠의研究 ❸」, 『東亞日報』, 東亞日報社, 1937.9.5.

김상봉, 『호모 에티쿠스 - 윤리적 인간의 탄생』, 한길사, 1999.

김승희, 「한국 현대시에 나타난 이산(離散, diaspora) 두만강, 현해탄, 38선을 넘어선 유민(遺民, 流民, 牖民)의식」, 『비교한국학』 11.1, 국제비교한국학회, 2003.

김신정, 「만주 이야기와 윤동주의 기억」, 『돈암어문학』 30, 돈암어문학회,

2016.
______,「윤동주 자필시고에 나타난 동북방언의 특성과 변천」,『한국시학연구』71, 한국시학회, 2022.
金岸曙,「밟아질朝鮮詩壇의길 (下)」,『東亞日報』, 東亞日報社, 1927.1.3.
김인섭,「한국현대시에 나타난 기독교의 구원의식-윤동주, 김현승 시를 중심으로-」,『문학과종교』9, 한국문학과종교학회, 2004.
김정현,『니체의 몸 철학』, 지성의 샘, 1995.
김종태,「윤동주 시에 나타난 죽음의식 연구」,『한국문예비평연구』20, 한국현대문예비평학회, 2006.
김진균 · 정근식 편저,『근대주체와 식민지 규율권력』, 문화과학사, 1997.
김창대,「에스겔서에 나타난 하나님의 형상과 개혁주의생명신학」,『생명과 말씀』4. 개혁주의생명신학회, 2011.
김치수 외,『현대기호학의 발전』, 서울대학교출판부, 1998.
김태우,「고문헌에 나타난 천문 현상에 따른 풍흉과 길흉 예측 - 해, 달, 별을 통한 예측과 민속과의 상관성을 중심으로 - 」,『민족문화연구』84, 고려대 민족문화연구원, 2019.
김학동 편,『윤동주』, 서강대학교 출판부, 1997.
김화선,「식민지 시대 아동문학 작품에 나타난 만주 체험의 형상화」,『국어교육연구』40, 국어교육학회, 2007.
김흥규,「尹東柱論」,『창작과 비평』9 · 3, 창작과 비평사, 1974.
대한성서공회 편집부,『성경전서 개역개정판』, 대한성서공회, 1998.
데카르트, 르네(1641),『성찰』, 이현복 옮김, 문예출판사, 1997.
레비나스, 엠마누엘,『시간과 타자』, 강영안 옮김, 문예출판사, 1996.
류양선,「尹東柱의 詩에 나타난 宗敎的 實存-「돌아와 보는 밤」分析」,『어문연구』134, 한국어문교육연구회, 2007.
리쾨르, 폴,『악의 상징』, 양명수 옮김, 문학과지성사, 1994.

마광수,『尹東柱 研究 : 그의 詩에 나타난 象徵的 表現을 中心으로』, 정음사, 1984.
「滿洲란엇던곳」,『東亞日報』, 東亞日報社, 1924.3.3.
무어-길버트, 바트(1997),『탈식민주의! 저항에서 유희로』, 이경원 옮김, 한길사, 2001.
문덕수,『現代詩의 理解와 鑑賞』, 三友出版社, 1982.
뮐러, 막스,『실존철학과 형이상학의 위기』, 박찬국 옮김, 서광사, 1988.
바슐라르, 가스통,『공기와 꿈』, 정영란 옮김, 민음사, 1993.
바흐친, 미하일,『말의 미학』, 김희숙 · 박종소 옮김, 길, 2006.
박금해,「만주사변(滿洲事變) 후 일제의 재만조선인교육정책(在滿朝鮮人教育政策) 연구」,『동방학지』130, 연세대학교 국학연구원, 2005.
박상규,「滿洲의 祭詞와 蒙古의 巫歌」,『韓國民俗學』17, 한국민속학회, 1984.
朴泰遠,「諺文 朝鮮口傳民謠集」,『東亞日報』, 東亞日報社, 1933.2.28.
박훈,「근대 일본의 '어린이' 관의 형성」,『동아연구』49, 서강대학교 동아연구소, 2005.
발레리, P.,『발레리』, 김현 옮김, 혜원출판사, 1987.
방정환,「새로 開拓되는 童話에 關하여」,『(소파) 방정환 문집 상』, 하한출판사, 2000.
베갱, 알베르,『낭만적 영혼과 꿈—독일 낭만주의와 프랑스 시에 관한 시론』, 이상해 옮김, 문학동네, 2001.
베네딕트, 루스,『국화와 칼』, 김윤식 · 오인석 옮김, 을유문화사, 1992.
베르크, 오귀스탱,『대지에서 인간으로 산다는 것』, 김주경 옮김, 미다스출판사, 2001.
변승구,「시조에 나타난 대화체의 장르 수용 양상과 의미 -『韓國時調大事典』을 중심으로 -」,『순천향 인문과학논총』31.1, 순천향대학교 인문학연구소, 2012.

서경식, 『디아스포라 기행』, 돌베개, 2006.

서준섭, 『한국 모더니즘 문학 연구』, 일지사, 1988.

「鮮滿經濟現下槪況(續)」, 『東亞日報』, 東亞日報社, 1922.2.22.

소래섭, 「『少年』 誌에 나타난 '소년'의 의미와 '아동'의 발견」, 『한국학보』 28.4, 일지사, 2002.

소쉬르, 페르낭 드, 『일반언어학 강의』, 최승언 옮김, 민음사, 1990.

송삼용, 『십자가 영성을 회복하라』, 넥서스CROSS, 2010.

송우혜, 『(재개정판)윤동주 평전 : 나의 청춘은 다하지 않았다』, 푸른역사, 2004.

신익호, 「현대시에 나타난 기독교적 메시아 사상-윤동주 박두진의 시를 중심으로-」, 『국제어문』 21, 국제어문학회, 2000.

심상태, 『인간-신학적 인간학 입문』, 서광사, 1989.

아리스토텔레스, 『(개역판) 시학』, 천병희 옮김, 문예출판사, 1995.

아리에스, 필립, 『죽음 앞의 인간』, 고선일 옮김, 새물결, 2004.

廉想涉, 「時調와民謠」, 『東亞日報』, 東亞日報社, 1927.4.30.

「領事會議와 在滿同胞의對策」, 『東亞日報』, 東亞日報社, 1923.11.27.

오문석, 「윤동주와 다문화적 주체성의 문학」, 『한국근대문학연구』 25, 한국근대문학회, 2012.

왕신영 외 엮음, 『(증보판) 사진판 윤동주 자필 시고전집』, 민음사, 2002.

요시미, 다케우치, 『일본과 아시아』, 서광덕 · 백지운 옮김, 소명출판, 2004.

원종찬, 「일제강점기의 동요 · 동시론 연구 - 한국적 특성에 관한 고찰 -」, 『한국아동문학연구』 20, 한국아동문학학회, 2011.

유종호, 『시란 무엇인가』, 민음사, 1995.

尹圭涉, 「知性問題와휴매니즘=三十年代인테리겐챠의行程」(1)~(6), 『朝鮮日報』, 朝鮮日報社, 1938.10.11-20.

尹東柱, 『하늘과 바람과 별과 詩』, 정음사, 1948.

_____, 『하늘과바람과별과詩-원본대조 윤동주 전집』, 정현종 외 편주, 연세대학교출판부, 2005.

윤휘탁, 「滿洲國의 敎育 理念과 朝鮮人 敎育」, 『중국사연구』 104, 중국사학회, 2016.

이건청, 『윤동주-신념의 길과 수난의 인간상』, 건국대학교 출판부, 1994.

이남수, 「근대한국아동문학에 나타난 감상주의 연구 - '어린이' 지에 게재된 동요를 중심으로」, 『한국아동문학연구』 1, 한국아동문학학회, 1990.

이상, 『정본 이상 문학전집 01-詩』, 김주현 주해, 소명출판, 2005.

이승하, 「일제하 기독교 시인의 죽음의식-정지용, 윤동주의 경우」, 『현대문학이론연구』 11, 현대문학이론학회, 1999.

이연숙, 「디아스포라와 국문학」, 『민족문학사연구』 19, 민족문학사연구소, 2001.

李寅善, 「藝苑動議」, 『東亞日報』, 東亞日報社, 1937.8.13.

이재철, 『아동문학개론』, 서문당, 1983.

이치로, 이시다(石田一良), 『일본사상사의 이해』, 성해준 · 감영희 옮김, J&C, 2004.

이희창, 「자연 현상과 農占 문화의 사례 고찰 - 한국 세시풍속을 중심으로」, 『원불교사상과종교문화』 88, 원광대학교 원불교사상연구원, 2021.

임금화, 「중국 길림성 서란 · 교하지역 조선족 주거공간에 대한 연구」, 『민속연구』 38, 안동대학교 민속학연구소, 2019.

임재해, 「민속문화의 자연친화적 성격과 속신의 생태학적 교육 기능」, 『比較民俗學』 21, 비교민속학회, 2001.

정안기, 「1930년대 在滿朝鮮人의 敎育政治史 연구」, 『만주연구』 17, 만주학회, 2014.

정재완, 『한국현대시인연구』, 전남대출판부, 2001.

「在滿同胞保護」, 『東亞日報』, 東亞日報社, 1923.5.8.

「在滿同胞의 武器를沒收」, 『東亞日報』, 東亞日報社, 1925.9.25.
「在滿同胞의= 中國歸化問題」, 『東亞日報』, 東亞日報社, 1925.6.13.
「在滿同胞取締問題」, 『東亞日報』, 東亞日報社, 1925.6.1.
「在滿蒙朝鮮人」, 『東亞日報』, 東亞日報社, 1925.1.28.
「在滿朝鮮農民들에게 今後水田耕作을不許?」, 『東亞日報』, 東亞日報社, 1925.9.5.
「在滿朝鮮人 救護問題」, 『東亞日報』, 東亞日報社, 1923.10.11.
「在滿朝鮮人에게 自治權을」, 『東亞日報』, 東亞日報社, 1923.12.3.
「在滿朝鮮人의 救濟」, 『東亞日報』, 東亞日報社, 1922.5.13.
「在滿洲朝鮮人의生活을保障하라」, 『東亞日報』, 東亞日報社, 1921.10.29.
조규익, 『해방전 만주지역의 우리 시인들과 시문학』, 국학자료원, 1996.
조두환, 『라이너 마리아 릴케』, 건국대학교 출판부, 2001.
조재수 편, 『남북한말 사전』, 한겨레신문사, 2000.
______, 『尹東柱 시어 사전』, 연세대학교 출판부, 2005.
「中國官憲의在滿= 朝鮮人壓迫尤甚」, 『東亞日報』, 東亞日報社, 1925.8.18.
지라르, 르네, 『나는 사탄이 번개처럼 떨어지는 것을 본다』, 김진식 옮김, 문학과지성사, 2004.
__________, 『폭력과 성스러움』, 김진식 · 박무호 옮김, 민음사, 2000.
채현석, 「만주지역의 한국인 교회사」, 『한국기독교와 역사』 3, 한국기독교역사연구소, 1994.
「治外法權一部撤廢로 滿洲移民大困境」, 『東亞日報』, 東亞日報社, 1936.6.13.
「治外法權撤廢 移讓案決」, 『東亞日報』, 東亞日報社, 1936.4.16.
카시러, E., 『인문학의 구조 내에서 상징형식 개념 외』, 오향미 옮김, 책세상, 2002.
칸트, I, 『판단력비판』, 이석윤 옮김, 박영사, 1974.
케니, 안쏘니(1980), 『토마스 아퀴나스』, 강영계 · 김익현 옮김, 서광사, 1984.
키스터, 다니엘, 「중국 북부 지방에서의 샤머니즘」, 『한국문화연구』 1, 경희대학교 민속학연구소, 1998.
토도로프, T., 『상징과 해석』, 신진 · 윤여복 공역, 동아대학교출판부, 1987.
파스, 옥타비오, 『활과 리라』, 김홍근 · 김은중 옮김, 솔, 1998.
퍼슨, C.A. 반, 『몸 영혼 정신』, 손봉호 · 강영안 옮김, 서광사, 1985.
하이데거, 마르틴, 『존재론, 현사실성의 철학』, 이기상 · 김재철 옮김, 서광사, 2002.
______________(1953), 『존재와 시간』, 소광희 옮김, 경문사, 1995.
한글학회, 『우리말 큰사전』, 어문각, 1992.
韓哲昊, 「明東學校의 변천과 그 성격」, 『한국근현대사연구』 51, 한국근현대사학회, 2009.
홍장학, 『정본 윤동주 전집 원전연구』, 문학과지성사, 2004.
홍종필, 「만주사변 이전 재만조선인의 교육에 대하여」, 『명지사론』 6, 명지사학회, 1994.

子安宣邦, 『日本近代思想批判』, 岩波書店, 2003.
韓晳曦, 『日本の朝鮮支配と宗教政策』, 未來社, 1988.
Clark, S. H., *Paul Ricoeur*, London: Routledge, 1990.
Ricoeur, Paul(1975), *The Rule of Metaphor - : multi-disciplinary studies of the creation of meaning in language*, trans. by Robert Czerny with Kathleen McLaughlin and John Costello, London: Routledge & Kegan Paul, 1978.

윤동주의 시

아홉 개의 창으로 본 세계

초판인쇄 2024년 12월 31일
초판발행 2024년 12월 31일

지은이 임수영
펴낸이 채종준
펴낸곳 한국학술정보(주)
주 소 경기도 파주시 회동길 230(문발동)
전 화 031-908-3181(대표)
팩 스 031-908-3189
투고문의 ksibook1@kstudy.com
등 록 제일산-115호(2000. 6. 19)

ISBN 979-11-7318-158-0 93800